斷線的殺意

SNAP

Belinda Bauer
貝琳達・鮑兒——著
尤傳莉——譯

獻給我了不起的經紀人Jane Gregory。
三十歲生日快樂！

世上有兩種人。

一種是認為這種事永遠不會發生在他們身上。

另一種是知道這種事總有一天會發生在他們身上……

一九九八年，八月二十日

車子裡太熱了，座位聞起來都好像正在融化。傑克穿著短褲，每回他挪動雙腿，那聲音聽起來都像是在撕透明膠帶。

車窗全都搖下來了，但是沒有一絲風；只有小昆蟲的嗡響，聽起來像是乾燥的紙在顫動。天空懸著一朵毛邊雲，一架看不見的噴射機在亮藍的天空劃出一道粉筆線。

汗水從傑克的頸背流淌下來，他把車門打開。

「不要！」喬依說，「媽媽叫我們要留在車上的！」

「我是留在車上沒錯啊，」他說，「只是想涼快一點而已。」

這是個安靜的下午，公路上的車子不多，但是每回有汽車經過，這輛老舊的豐田車就會稍微搖晃一下。

要是有卡車經過，就會搖晃得很厲害。

「把門關上！」喬依說。

傑克不耐地嘖了一聲，關上車門。喬依就是愛小題大作。九歲的她動不動就大哭或唱歌或大笑。她通常想要什麼都能得逞。

「現在多久了？」她抱怨道。

傑克看一下手腕上的錶，這是他上回過十一歲生日的禮物。

他本來要求的禮物是PlayStation。

「二十分鐘。」他說。

這是謊話。自從這輛車咳嗽又扭動、嘎吱嘎吱地在M5高速公路的南下車道路肩緩緩停下之後，到現在已經將近一個小時了。所以他們的母親把他們留在這裡、自己走路去找緊急電話，已經超過半小時了。

待在車上。我不會去太久的。

好吧，她現在去很久了——傑克又開始有那種慣常的氣惱，氣他母親不是他父親。換作爸爸就會曉得車子出了什麼問題。他不會坐在那邊一再轉車鑰匙，搞到電池沒電。他會有手機，不必像個山頂洞人似的沿著公路去找緊急電話。

梅麗在兒童座椅上哭哭啼啼扭動著，照在她臉上的陽光搞得她坐立不安。

喬依湊過去，把橡皮奶嘴塞回梅麗嘴裡。

「狗屎，好熱。」傑克說。

「你說狗屎，」喬依說，「我要告訴媽媽。」但她講得沒有平常那麼堅定。車裡熱得讓人堅定不起來。

像在烤箱裡那麼熱。

他們兩個之前玩了一陣子「我是小間諜」遊戲，說出自己眼前某樣東西的第一個字母，要對方猜是什麼。S是天空（Sky），R是馬路（Road），F是田野（Field），直到有限的實物全都猜過了，他們就開始讓對方猜一些蠢東西，比方YUF是「你的醜臉」（Your Ugly Face）。

「閉嘴！」喬依說。

傑克正想說你才閉嘴！但接著又決定算了，因為他最年長，現在由他作主。媽媽之前是這麼說的……

由傑克作主。

……所以他說他看到D，看喬依能否猜出是塵土（Dust），同時往前看著公路，猜想電話會有多遠，猜他母親緩慢、懷孕的蹣跚腳步要多快能走到那裡，猜她在電話那邊會待多久。他一個答案都不知道，但是他直覺上認為她去太久了。

她之前把車停在一小排針葉樹的陰影中，但那些樹影一路縮短到沒了。

他瞇眼望著毒辣的太陽。

要是他別開眼睛，然後又看回去，就會看到她繞過轉彎處走來。他想像著，希望這樣的狀況發生。

只要他別開眼睛。

然後又看回去。

慢慢地。

她就會在那裡。

她就會在那裡……

她不在那裡。

「她跑去哪裡了？」喬依說，踢著椅背。「她說十分鐘，結果去了十小時！」

前座的梅麗開始大哭。

「看你做的好事！」傑克身子從椅背上方往前探，手忙腳亂地安撫梅麗，給了她奶瓶，但她只吸了一口水就推開，繼續哭哭啼啼。

「她討厭你。」喬依說，帶著一種得意的滿足，於是傑克又坐下來，讓她去試試看，但結果梅麗討厭每個人，一直哭了又哭。

哭個不停。

梅麗兩歲了，還是常常哭。傑克不太喜歡她。

「或許她該換尿布了，」喬依謹慎地說，「袋子裡有新的。」

「她很快就會不哭了。」傑克說。他從沒換過尿布。

喬依也沒換過；她沒再提尿布，只是咬著下唇，皺眉看著馬路轉彎處。

「她跑去哪裡了？」她又說了一次，但這回聲音好小好害怕，於是傑克非得做點什麼，不然他也會跟著害怕。

更害怕。

「我們去找她吧。」他忽然說。

「怎麼去？」

「走路就是了，」傑克說，「不會很遠，媽媽之前說過的。」

「如果不遠的話，那她為什麼還沒回來？」

傑克沒理會這個問題，只是打開車門。

「我們沒聽她的話待在車裡，她不是會生氣嗎？」

「不會啦，她會很高興我們去找她的。」

喬依的眼睛變得又大又圓。「她迷路了？」

「沒有！」

她的下唇顫抖。「我們迷路了？」

「沒有！沒有人迷路！我只是好熱又好無聊，想走走路而已。你可以跟我去，也可以留在這裡。」

「我不想留在這裡。」喬依很快就說。

「那就跟我走。」傑克說。

「那梅麗呢？」

「她會走路。」

「但是她不肯走啊。」

「那我們就抱她。」

「她太重了。」

「那我來抱。」

「可是路上的車子怎麼辦？」喬依對著旁邊呼嘯而過的車子說。經過的車子並不多，不過都開得很快。「太危險了。」她又輕聲補了一句。

之前他們想跟母親一起去找電話時，他們的母親就是這樣說的。

太危險了。

「來吧，」傑克說，「一切都會沒事的，我保證。」

喬依拿著嬰兒袋，傑克抱著梅麗。

梅麗不肯走，當然了。

窒悶的空氣在每輛經過的車後頭抽動著，然後又在塵沙中歸於平靜。

他們緊貼著路邊的防撞護欄走。比起之前從疾馳的車上看，那道鋼製橫欄其實要大得多——高度到手肘，下端幾乎到傑克的藍色足球短褲下緣。護欄外的土地上長滿了薄脆的長草，一路陡峭地往下延伸到灌木叢和小樹，然後降到最底部。再遠些，就是樹籬；而樹籬之外，則是田野。有青草，有幾隻綿羊。大部分的田野都一片空蕩，最接近的穀倉也離得好遠——像是小小的紅磚玩具屋，有著鋸齒形的屋頂。

路肩很寬，但不是空的。以往從車上看，老覺得路肩是空的，於是傑克很驚訝地看到，其實上頭充滿了各種東西。可樂罐和工人手套和小段塑膠管和絨毛玩具——一批隨意的組合，共同點就是都被壓扁了，而且上頭都罩著同樣的灰色細塵。

「如果有車子停下來呢？」喬依說，「我們應該上車嗎？」

「當然不要。」傑克嗤之以鼻。人人都知道，上陌生人的車就很容易被謀殺。

喬依也知道，她聽到自己的哥哥不會冒任何險，似乎比較放心了。

傑克回頭看他們的車，在眩目的陽光下發亮，但似乎已經離得好遠了——像是一艘在深海裡往下沉的船，一旦沉下去，他們就再也沒辦法回到船上了。

也或許下沉的是*他們*……

梅麗好重，而且因為暴躁又哭哭啼啼而顯得更重。她的臉發紅皺起，在傑克的懷裡像一隻鉛做的蠕蟲。

「太陽照著她的臉，」他說，「袋子裡有帽子嗎？」

他們停下來，喬依把袋子放到地上翻找。

「沒有。只有一條圍兜。」她拿起那條圍兜遞給他，在亮烈的陽光中瞇起眼睛。那圍兜是黃色的，上頭印著藍色鴨子。傑克把圍兜蓋在梅麗頭上，她稍微安靜一點了。

他們繼續往前走。

「我的腳好痛。」喬依穿著一雙愚蠢的粉紅色夾腳拖，前兩根腳趾間還有一朵塑膠花。

「不遠了。」傑克說，其實他根本不曉得離任何地方有多遠。只不過他父親都會這樣說。他回頭看了一眼；他們的車子消失在轉角了。

他們完全孤立無援了。

傑克好希望爸爸在這裡。他一個人就可以抱著梅麗和喬依，外加嬰兒袋。

而且輕鬆簡單。

他雙臂好痛，於是把梅麗放下，想逼她走路，但她還是不肯，即使她明明會走。她堅持站在原地不動，他也沒辦法拖著她走。

他真想給她一巴掌。

但結果他只是猛呼一口氣，用手背擦掉額頭的汗水，然後又把她抱起來，繼續往前。

一輛卡車按著喇叭經過，梅麗頭上的圍兜被吹走，飛到護欄外頭了。

「啊！」

喬依踮起腳，趴在護欄上要搆，但另一輛車經過，那條圍兜從黃色長草頂端一躍而下，沿著陡峭的斜坡往下飄。

「算了吧！」傑克說。

「但那條是上面有鴨子的！」

傑克繼續走，過了一會兒，喬依也跟上。她不斷回頭去看那塊鮮亮的圍兜。

「我好想吃冰淇淋。」她說。

傑克沒理會，但他也好想吃冰淇淋。冰棒也可以。他的嘴巴好乾。他很好奇在這片青翠繁茂的德文郡鄉間，人是不是有可能渴死。

感覺上有可能。

他恨他母親。他恨她。為什麼他們不能跟她一起去？為什麼她說她不會去太久，結果就是很久？

等他們找到她，他不會跟她講話的。這樣她就知道了！他應該乾脆從這裡的斜坡滑下去，在樹籬間找到柵門，走到一家農舍，去找水和電話。

打給爹地。

讓他來作主。

等她回到那輛車，發現他們都不見了，讓她去擔心……

但他什麼都沒做。

他們來到一棵低矮的蘋果樹旁，在光影斑駁的樹蔭下稍微逗留。傑克呻吟著把梅麗放下。她包著尿布的屁股立刻往後一坐，路肩上遍地都是鮮豔的小蘋果。

「不要把她放在地上，」喬依說，「好髒！」

「我不管。她重死了。」

「這個袋子也好重。」喬依把袋子扔在地上，從樹上摘了一顆小蘋果。蘋果是紅色的，但是她咬了一小口，發現又硬又酸，就吐在柏油路上。然後她從梅麗的奶瓶裡面吸著水，接著遞給傑克。兩人輪流喝完了那瓶水。

「我們應該留一點給梅麗的。」喬依說。

「來不及了。」傑克說。

一輛輛車經過，沒人停下來。

「走吧。」傑克說。

「我不想走，」喬依說，「太熱了。」

「我們非走不可。光是坐在這裡，是不可能找到媽媽的。」

喬依瞇眼看著前面的馬路，又長又直，路肩上沒有他們的母親或其他任何人的蹤跡，只有一片發亮的湖，像是沙漠中的海市蜃樓。

「我想回去了。」

傑克從口袋掏出車鑰匙朝她遞過去。「好，」他說，「鑰匙在這裡。」

喬依沒接。她回頭看著轉彎處，此時已經看不到他們家的那輛車了，然後她嘆口氣說：「這個袋子好重啊。」

「那就留下。帶一片尿布就好，讓媽媽可以幫她換。」

於是他們就把袋子留下。喬依拿出一片尿布，傑克把那個嬰兒袋小心塞在蘋果樹和護欄間的狹小縫隙中，這樣沒有人看得到，但等到他們所有人要回到車子的途中，就可以來拿。

然後他抱起梅麗，他們繼續往前走。

在反向車道，一輛藍色汽車在快車道上減速，駕駛人瞪著他們看。傑克別開目光，心臟怦怦跳，莫名其妙地害怕起來，直到那車子開遠了。

梅麗扭動著，又開始哭喊：「媽媽！媽媽！」她圓滾滾的手臂和張開的手指朝著他們家車子的方向亂抓，但那車子已經離得太遠，他們沒法回頭了。

「媽媽不在那裡，」傑克說，「她在前面。我們要去找她。」

梅麗的哭聲緩緩減弱，最後雙臂抱著他的脖子，臉頰貼著他肩膀，同時配合著他腳步的節奏，發出一種低沉而沙啞的哼聲。

喬依停下來說：「那是什麼？」

在前方，三隻烏鴉對著一灘血淋淋的東西啄食蹦跳。

「不曉得。」

「是什麼死掉的動物嗎？」

「不曉得。」

但那的確是死掉的動物。他們走近些，就聽到蒼蠅的聲音了。

是一隻死掉的狐狸——被壓扁了，但尚未被灰塵覆蓋——橘色毛皮間的一道裂口湧出滑溜溜的粉紅內臟。那些烏鴉正在搶食狐狸的眼睛。

傑克不敢看。他勉強按捺住厭惡，而喬依則朝那些烏鴉揮動雙臂。牠們拍動翅膀退開——但只退了幾呎——然後又跳回來。

「呀！」她喊道，「呀啊啊！」

但那些烏鴉大笑，圍著她蹦跳，像是一幫殘忍的混混。

她衝向牠們。

「喬依！」

傑克抓住她一隻手臂，一輛汽車衝過來，隨著憤怒的喇叭聲而突然轉向，剛好閃過她。

喬依望著他，蒼白的臉上雙眼瞪得好大，嘴巴形成一個震驚的O形。

然後兩個人都大笑起來。尖利的咯咯笑著，像烏鴉。那不是開心的笑聲，但他們還是繼續笑，就像在比賽誰能笑得最久，直到最後完全不好笑了，他們的臉也開始發痛。

然後傑克指著喬依的背後。

「電話在那裡！」

一百碼之外，有一個棒棒糖狀的橘色小電話亭。

他們生出新的力氣，連忙從那隻死狐狸旁趕過去。傑克走得好快，幾乎是慢跑了，喬依抓著他襯衫的背面，好像深怕一鬆手就會被丟下。傑克的手臂發疼，汗水刺著雙眼。梅麗晃蕩的腳不斷踢他的大腿，喬依拽得他失去平衡，但他沒減慢速度。直到他們離電話只剩三十或四十碼。然後他開始看著四周，想找他母親——看著護欄外，還有往下的草坡。甚至看得更遠，看著小樹和樹籬和更遠的田野，雙眼拚命尋找線索。

或許她掉下去了，也或許等在護欄的另一頭。或許她正看著他們走近，在招手。等著他們看到她。等到他看見她，他也會揮手的。他會跟她講話的。當然會啊！一切不好的事情都會忘光！他因為那種解脫的期待而興奮起來。

「她人呢？」喬依問。

傑克沒理她。

「傑克？」

「噓。」

他急步往前，皺著眉頭。離電話十碼時，他停下來。

那橘色的話筒從電話亭裡懸吊下來，剛好碰觸到黃色長草的頂端，在聽筒捲線的末端靜止不動。

傑克有一種很壞的感覺。

一切都不對勁。

一切，全都不對勁。

喬依動了。她放開傑克的襯衫，走過他旁邊。「電話壞了。」她說，伸手要去拿聽筒。

「不要碰！」他喊道，然後喬依哭了起來。

他們又在窒悶的空氣中走了大約四百公尺。

還是沒有車停下來。

沒有人想介入。

很多人——有的是家庭！——開著車經過他們旁邊，車上有冷氣、有行動電話、有可口可樂。在此同時，喬依靜靜哭著，傑克則還是抱著梅麗。

繼續往前走，傑克已經麻痺得感覺不到自己的雙腿了。

也感覺不到自己的心。

直到他們沿著匝道爬到一半，一輛車終於在他們前方的碎石子路面減速停下。

他們也停下腳步，顫抖而滿臉淚痕，被暑熱和恐懼搞得筋疲力盡。

接下來是一段漫長的、炎熱的暫停時間。

然後車門打開，一個警察下了車。

二〇〇一年

凱瑟琳．懷爾猛然驚醒，很確定有個人在屋裡。

「亞當？」

亞當不在家。他在切斯特菲爾德。凱瑟琳知道，因為他昨天才寄給她一張巴士站的明信片，上頭還畫了個諷刺的塗鴉。

不過她還是又喊了一次。

「亞當？」

什麼都沒有，只有那種毛骨悚然的感覺，覺得屋裡還有別人。窗外的街燈閃爍著熄了，害她片刻間什麼都看不見。

感覺上……是有人計畫好的。

「亞當？」她朝著黑暗低聲說。

「噗！」

那隻貓跳到她腿上，凱瑟琳尖叫一聲。

「走開，薯條！」

隨著一聲嘆息和一連串扭動，大腹便便的她坐起身來，把那貓趕下床。

「別慌，」她堅定地對著自己的肚皮說，「只是那隻貓。」

亞當以前還有另一隻貓，叫炸魚，在他們認識前就被汽車輾死了。凱瑟琳當初聽亞當提起時，當然是裝出同情的表情，但心裡暗自鬆了一口氣。光是要擔心一隻貓會坐在寶寶臉上就已經太夠了。薯條是一隻布偶貓品種的毛茸茸白貓，有著迷人的藍色眼睛。但凱瑟琳不是愛貓人。她也未必愛狗——她從來沒養過寵物，連金魚都沒有——不過跟亞當在一起的兩年，足以讓她明白自己絕對不愛貓。

亞當是愛貓人。根本就是愛死貓了，而貓也愛死他，同時牠們的毛遍布在他身上。凱瑟琳相信，貓在這個世界有自己的角色；但她也同樣確定，那個角色不會是在廚房角落的一個盒子裡拉屎。

或者跳上她的床。

她昨天夜裡一定是沒把臥室門關好，於是薯條就逮到機會，重申自己身為一隻貓的權利：可以趴在牠奴才的枕頭上，任意在他的襪子抽屜裡撒尿。

凱瑟琳發出噓聲，薯條高傲地走出臥室，回頭看了一眼，一副你給我記住的表情。

「盡量放馬過來。」凱瑟琳挑釁地說，然後又往後倒回枕頭上。

至少薯條讓她走出恐懼。

凱瑟琳雙手緊緊交握，放在腹部。對於自己的身體居然有這麼大的變化，她覺得驚訝又好笑。頭幾個月其實沒什麼改變，只是肚子稍微隆起，只要騎兩三個月健身腳踏車就可能迅速消失的那種。然後那隆起變得夠大，搞得她必須時時身體後傾、讓肚子往前突出——像是搬著盆景似的。現在，懷孕七個月，她要從椅子上起身時，感覺上比較像是在特力屋搬著一袋混合肥料要放上購物推車。

她等不及寶寶躺在她懷裡吃奶的那一天，又紅又皺，放聲大哭……

我絕對不會讓你受傷害！

凱瑟琳以往從來不會刻意想到，或做出這種感情強烈的承諾。但現在她不時會有這樣的感覺，直接發自內心，就像她也常常想像著寶寶離開她的子宮，於是一時激動得熱淚盈眶，整個人堅強起來。

她用掌根擦擦眼睛，嘆著氣詛咒著條。再過不了多久，她就會嚴重睡眠不足，而且會痛恨錯失任何睡眠的機會，哪怕只是瞇一下眼睛。

山繆斯醫師曾告訴她，要為自己與尚未出生的孩子創造出極致的寧靜。

極致的寧靜。

這位醫師當時還真的說出這些字眼，凱瑟琳也真的笑了出來。但隨著她懷孕愈久，她就愈能領略「極致的寧靜」的價值，於是她開始冥想，點蠟燭，在泡澡時閱讀垃圾小說。她做足部按摩，喝羽衣甘藍冰沙，每星期去上一次產前學習課，像一隻困住的甲蟲般躺在那邊沒法翻身，看著亞當幫助她練習呼吸、用力，而她忍不住在那邊咯咯直笑。

凱瑟琳決定靠閱讀幫助自己入睡。她有一大疊誘人的床頭書，但荷爾蒙老是吸引她去拿《嬰兒命名大全》。其實很可笑，因為她和亞當都喜歡傳統的名字，而這本書裡面充滿了荒謬的怪名字。而且，他們已經差不多決定了，女孩要叫愛麗思，紀念她祖母；而男孩就叫法蘭克，紀念他父親。儘管她知道自己不會給自己的寶寶取名叫地堡或克林普綸，但凱瑟琳覺得自己有責任，不能忽略任何最小的可能性。

她轉身要開燈，但手停在半空中。

有個聲音。

她不確定那是什麼、發自哪裡，但聽起來像是有人設法不要發出聲音。屋裡有人。

凱瑟琳的頸背發出刺麻的警示。

她三十一歲，成年後一直都是獨居，直到將近兩年前才搬來跟亞當同住。當你獨居時，夜裡聽到聲音，你不會懦弱地躲在被子裡，等著你的命運慢慢爬上樓梯、沿著走廊接近你。當你獨居時，你會起床去拿手電筒，或球棒，或噴霧式髮膠，然後你會悄悄走到樓下，去面對……洗碗機。

只有洗碗機能製造出夠大的聲音，足以吵醒她。

可是她之前沒有設定洗碗機啊……

凱瑟琳不像以往那樣做足準備，而且她現在還懷孕了。但這裡沒有別人，只有她。於是，隨著一聲悶哼，她兩腿下了床，搖搖晃晃地站起來。

她躡手躡腳地來到樓梯頂的平台，從書架拿了花瓶。那是個結實的瑞典玻璃花瓶，她從來沒喜歡過。如果把它丟向一個入侵者，那就是一石二鳥了。

她深吸一口氣，然後打開樓梯頂的燈，喊道：「不管誰在那裡，都最好給我滾出這棟房子！我已經打電話報警了，而且我有武器！」

她開始下樓，花瓶舉在肩膀的高度，同時覺得驚恐又愚蠢。到了樓梯底部，她停下來仔細傾聽。

什麼都沒有。

她搞錯了嗎？這也不會是第一次。獨自待在一棟房子裡，會讓所有聲音都變得更大。也更嚇人。如果她很確定的話，之前就會打電話報警了，但她其實並不確定——即使電話就在亞當那一側的床頭……

她調整一下手裡的那個花瓶，謹慎地檢查每一個房間。隨著經過的每一個門口，她都得到更多勇氣。客廳和餐室和廚房。

都沒有人。

凱瑟琳把花瓶放在廚房的餐桌上，旁邊是她的照相機和手機，然後放鬆地吐出一口大氣，很高興自己搞錯了。

然後她瞪著她的照相機和手機。她不記得把這兩樣東西放在餐桌上，因為沒有道理。另外亞當的筆記型電腦向來放在書房的書桌上，現在卻也出現在餐桌上——

狗娘養的！

剎那間凱瑟琳明白了。這些東西放在後門旁的餐桌上，好方便小偷離開時帶走！

她恐慌得喘不過氣來，趕緊檢查後門。沒鎖！她很確定自己鎖上的。她之前大喊時，侵入者一定就從後門離開了——匆忙得沒時間停下來拿自己的戰利品！

她趕緊重新鎖上後門，額頭貼著後門冰冷的玻璃，雙手遮在自己的臉旁邊，望向外頭的黑夜。

然後她猛吸一口氣，看到一個黑影離開房子的陰影處，掠過灌木叢，爬過籬笆，流暢得像油。

「我看到你了！」她大喊。「我看到你了，你混蛋！」

她的心臟跳得好厲害，但喊出這些話給了她力量。

然後一切就結束了。

他就在那裡，然後離開了。

她很害怕，但是她安全了。

結束了，她大吼時留在玻璃上的一小塊凝結水珠緩緩縮小，最後消失了。

凱瑟琳從門邊退開。她雙腿發抖，坐下來，一隻顫動的手放在腹部。

她腦袋裡飛快溫習著一連串事件，忙著思索前因後果，以及發生的事情和可能的結局，直到最後她終於開始鎮定下來，以比較正常的速度思考。

她沒事。

母子都沒事。

沒有發生什麼不好的事，沒被拿走任何東西。

這是最重要的，最基本的。

而且，她沒有恐慌，沒有尖叫，沒有躲在床底下。她不必靠男人來救她。她表現得很勇敢，很聰明。

凱瑟琳幾乎忘記獨立的感覺是什麼了，她回到樓上，心中開始滋生出一絲驕傲。

她進入臥室，堅定地關上門，鬆了口大氣。然後她轉向床，忽然胃裡猛地抽緊，緊得肚裡的寶寶回踢了她一腳。

床頭燈開著。

之前沒開的。當時她的手本來要去開燈，結果在半空中停下來，不是嗎？她知道她沒開燈的。

在那一小塊圓形燈光裡，有一把刀。

不是廚刀。

是真正的刀。

凱瑟琳不知不覺地走過去。

她低頭看著那把刀。

一把發亮的刀——刀刃是鋸齒狀的，刀背尾端呈弧形收至刀尖；刀柄鑲嵌著珍珠色的雲朵，倒映在一大片蒸騰的……

鮑魚殼。

這個字眼忽然從她腦海深處浮現，感覺上很正確，雖然她不太確定鮑魚殼是什麼。那蒼白的殼好平靜，好美麗，所以這把刀子不可能真像看起來那麼殘酷吧？凱瑟琳彷彿從遠處看著自己伸出手，手指碰了一下刀尖。

她猛吸一口氣，感覺到那電流竄上手臂和脖子，直達頭頂。淚水湧入她的雙眼，她食指的指紋上冒出一個紅色小珠，停留在那裡，閃亮得像是瑞士手錶上的一顆紅寶石。

她把食指放進嘴裡，打了個寒噤。

然後她注意到那張生日卡。

上頭印著一籃花。致我的女兒，在你特別的這一天。她母親總是挑最糟糕的卡片。凱瑟琳生日的一個星期後，就把那張卡片和其他的卡片捆成一紮，放進客房的一個抽屜裡。

然而，現在卻出現在這裡，放在她的床邊……

她覺得茫然無措，這彷彿是一個夢境，或是時間錯位……

她打開卡片。

一面寫著她母親潦草的簽名，原先空白的那一面則寫著一行新訊息：

我本來可以殺了你。

一九九八年，八月

已經一個星期了。

一個星期以來，所有人都低聲講話，只除了梅麗，她愛哭就哭，愛多大聲就多大聲，直到有個他們喊她阿姨（不是親阿姨）的鄰居過來把她抱走，說是「暫時照顧到艾玲回家」。

梅麗離開後，安靜的屋子就顯得太安靜了，因而沉默本身簡直就像是一種噪音。

傑克和喬依沒去上學。聽起來好像很開心，其實沒有。他們玩牌，或者看卡通，把聲音關小；同時屋裡老有警察進進出出，像笨拙的鬼魂。領頭的警察上唇的鬍鬚大得像是牛仔的。「叫我勞夫吧。」他告訴他們，但他們什麼都沒叫他——只是看他帶著紙張和照片進出廚房，跟他們的父親私下談話。

他們餓了，就直接抓盒子裡的玉米片吃。渴了，就喝自來水。累了，就在沙發上互相靠著，像暴風雪中的企鵝，很不舒服地睡覺。在不安的睡眠中，他們夢到熱燙的、充滿塵土的柏油路，夢到沒有人停下車來。

沒有人介入。

偶爾，他們的父親會抬起頭，彷彿這才想起他們，然後說：「你們兩個還好吧？」傑克和喬依就會拚命點頭，因為父親忙著應付警察和記者，而且因為如果他們說自己不好，或許另一個根本不認識的阿姨就會來把他們帶走，就像對梅麗那樣。

好幾份報紙每天早上都從前門的信箱口塞進來，發出一連串砰砰聲，像是死鳥從天空落下來，掉在他們的門墊上。

每一份報紙，每一天。

他們的父親坐在廚房的餐桌旁，入迷地閱讀著任何已知或猜測有關他妻子失蹤的消息。他湊近報紙，想從中蒐集更多意義，他的嘴唇唸唸有詞，他的手指被報紙油墨染黑。他一張報紙都不肯丟，深怕漏掉什麼，那些報紙堆疊在一起，成長速度驚人。

傑克和喬依不應該讀報紙的，但他們偶爾會趁父親在樓上時，偷偷去看一眼。從那些零星片段中，他們發現警方仍在尋找他們的母親，同時還是沒找到任何線索。

比爾舅舅和他的醜老婆烏娜從愛爾蘭趕來。烏娜假裝喜歡小孩，比爾舅舅則坐在廚房，看著他們的父親把一疊疊報紙從房間這一頭搬到那一頭，指著報上的一些地方，解釋著他認為他太太可能發生了什麼事。

他的推論有好幾個，傑克聽得很煩。全都是以壓低的顫抖聲音說得好急促，一點都不像他父親的男人聲音。而且全都牽涉到一個錯誤、一個誤解、一個溝通不良，顯然只要等到艾玲回家解釋她這陣子跑到哪裡去，一切就都沒事了。

傑克故意大聲哼歌，免得要聽到他父親如此可憐的聲音。

「閉嘴啦。」喬依說。

傑克哼得更大聲。

他們不能出去，因為好多記者來敲門，站在靠近酒館的那個街角，或者把車停在這條街上，人就坐在車子裡。

等待著。

「他們在等什麼？」喬依問，那天他們在她臥室裡，坐在地毯上玩牌。

「不知道。」傑克說，其實他覺得自己知道，也覺得喬依一定知道。

但是她站起來，打開臥室的窗子，往下朝著那些記者喊：「你們在等什麼？」

沒有人回答。但次日那些報紙塞進門來，喬依的照片登上了頭版。

標題是「被拋棄的喬依」。

傑克難過極了。

或許他母親真的把他們拋棄在路肩。或許他太吵、喬依太煩，而梅麗太愛拉大便，搞得她再也受不了。或許她根本沒有從那個橘色的緊急電話打出去求助。或許她只是厭煩了他和喬依在後座吵嘴，於是在路邊停車，走到轉角，然後伸出大拇指搭便車，展開她的新人生。一個更有錢的丈夫、一輛更好的汽車，還有新的孩子，會得到所有的玩具和擁抱，取代他和喬依和梅麗。

如果傑克夠努力嘗試，且堅持得夠久，他就可以氣得不在乎他母親是不是還會回家。

但即使在那些時刻，他還是偷偷希望她會回來。

二〇〇一年

凱瑟琳手握電話坐在那裡，直到天亮。

她兩度撥了亞當的號碼，但都在接通前就掛斷了。

她還打了一次想報警，但還沒撥完號就打消念頭了。

現在她只是坐在床緣，薯條貼著她的大腿取暖。

她好想聽到亞當的聲音。過去幾個小時裡，她腦袋裡編排著他們的對話有上百次了。

「喂？」他會粗聲說，而她會小聲回應喂，接著哭出來。

她知道自己會哭，無論她怎麼努力憋著都沒用。光是想到這點，就讓她眼睛泛淚。然後他的聲音會改變，換成那種她熟悉的溫柔語氣……「凱瑟琳？……」就像她宣布自己懷孕時那樣。當時他好開心！他立刻逼她在沙發上躺下（她咯咯笑著抗議），幫她準備了茶、吐司麵包和電視遙控器，然後自己匆忙趕出去，到一家通宵營業的加油站雜貨店，買了雞湯和綜合維他命，還有新生兒可能需要的所有東西。包括一包一歲到一歲半嬰兒適用的紙尿布、六罐香蕉泥嬰兒食品，還有一列煙囪會吹出泡泡的遙控玩具火車。兩天後，他報名參加了聖約翰救護機構的嬰兒急救護理課程，還把他的福斯Golf車款換成一輛可怕豆綠色的Volvo車，有側撞防護系統和自動兒童安全鎖……

她不能告訴他。

不能告訴他，就在他盡力做了各種能保護她和寶寶的事情之後，她還在屋裡跌跌撞撞，喊著愚蠢的威脅話，同時只有一個花瓶捍衛自己和肚裡的孩子，要抵抗一個揮著刀子的入侵者。

而且是她讓他進來的！

她沒關浴室的窗子，這樣如果薯條想出去，她就不必費事去開窗。即使亞當交代過她不要這樣。

但是天氣好熱！他每回交代她不要開窗，她腦袋裡都這麼抱怨著。而且那窗子那麼小，又那麼高！沒人有辦法從那裡進來的。

但某個人就從那裡進來了。空氣芳香劑被撞得往旁邊倒下，而且如果她把頭歪向某個角度，就可以看到砌著白色瓷磚的窗台上有個腳印。凱瑟琳在黑暗中花了漫長的幾個小時把事情一一拼湊起來，猜想小偷是從那窗子進來的，先下樓去拿了幾樣值錢的東西，同時開了後門的鎖，以確定自己不會被困住。

然後他又回到樓上……

她現在明白了，之前她不是勇敢，而是鹵莽。

一定是媽媽腦害的！很多人跟她說過，懷孕有可能會讓孕婦做出不理性的決定、不合邏輯的選擇，凱瑟琳當時都以為那是厭女的無稽之談。

但現在她明白自己好蠢，就像恐怖片裡面的金髮笨妞一樣，還不肯打開那些愚蠢的燈。

她自己冒著風險，而且更糟糕的是，害他們的寶寶也冒了風險。

她怎麼能把這事情告訴亞當？

她不能說，也不會說的。要是告訴他，他會大發雷霆，而且理由充分。這麼一來，她極致的寧靜將會結束，生活中將會充滿擔憂和愧疚，以及加強保護措施，亞當會用棉花把她緊緊包起來，直到她窒息……

她又恐慌起來，撥了緊急求救電話。

撥到一半，她又放棄。把事情從頭到尾想一遍。

警方能做什麼？小偷什麼都沒拿，也沒有破壞任何東西。而且她連小偷都沒看到。要是她打電話報警，她就得重溫整件事——把她的愚蠢展示給全世界知道——卻只是徒勞一場。人人都知道，警方很少能抓到小偷。《提弗頓週報》上頭充滿了警方沒能解決的案子。有個小偷就逍遙法外了好久，媒體甚至幫他取了綽號叫金髮賊，因為他闖空門時，會在屋裡的床上睡覺，吃屋裡的食物❶。如果警方抓不到金髮賊，凱瑟琳不相信他們會有多努力去抓這個撞翻她家空氣芳香劑的男子。

打電話報警只會害她出醜，以及大驚小怪。

就是她母親會說的。大驚小怪。沒事添亂又毫無意義。

凱瑟琳把電話扔在一旁，抱住肚子。「我們不需要大驚小怪，對不對，克林普綸？」

她覺得好倒楣，嘆了口氣。她根本就不該在家的！她和亞當本來預定這個週末要南下到海邊的席德茅斯，慶祝他們的結婚週年紀念日。但是他們房租還沒繳，而且他們正在為寶寶努力省錢，後來亞當有了個週末加班的機會，他們就取消度假了。

她醒來時，本來應該是在俯瞰著海景的房間裡，坐在床上吃早餐，結果沒去成。更糟糕的是，她遭了小偷，又被威脅，真是在傷口上撒鹽。

這會兒她看著窗外，彷彿在等著奇蹟出現，能看到驚喜的景色。但結果她唯一看到的，就是這條死巷裡對面肯特先生的房子，被升起的太陽照成一片發光的粉紅色。

雖然不是大海，但這幅景象讓她覺得好過一些。這一夜很糟糕，但是結束了，黎明為她的恐懼加上一層新的、比較不可怕的色彩。

我本來可以殺了你。

是啊，她心想，但是你沒有，不是嗎？

這是令人寬慰的事實。

那個入侵的小偷沒殺她。即使當她搖搖晃晃站在樓梯頂，又胖又重心不穩，手裡的花瓶還在發抖。即使當時只要輕輕推她一下，就可以讓她往下直摔到門廳裡……但他還是沒有殺她。他盡力避開她，然後從他進來的路線逃掉。

事實上，是她把他嚇得逃離這棟房子！

或許他只是想反過來也嚇嚇她……

凱瑟琳眨著眼睛。

這個感覺上很有道理。她大聲咆哮阻撓了那小偷的計畫，於是他用一個惡意的舉動回敬她。留下那把刀和威脅的字條，知道這麼一來，即使沒法偷走什麼值錢的東西，也至少會偷走她的安全感。

很合邏輯。

有可能……

❶西方知名童話《金髮姑娘與三隻熊》，故事中有天一家三隻熊出門散步，名為金髮（Goldilocks）的女孩闖進他們家，吃了他們的燕麥粥，坐了他們的椅子，睡了他們的床。

於是凱瑟琳就開始這樣想，下定決心這麼想。兌現不了的承諾是毫無意義的。而既然沒有意義，也就不必讓任何人知道。什麼都沒有改變，這對她是最好的，更重要的是，對寶寶是最好的。

極致的寧靜。

於是凱瑟琳．懷爾沒打電話給丈夫說家裡遭小偷的事，也沒打電話報警。

她只是用一張面紙蓋住那把發出微光的刀，小心翼翼拿起來，還伸長了手臂，讓那把刀離自己身體遠遠地，好像它會從她手裡逃掉似的。

然後她把刀塞到自己胸罩抽屜的最裡面，又把那張生日卡拿去廚房水槽裡燒掉。

一九九八年八月

失蹤艾玲的最後一通求助電話

隨著一個輕輕的喀噠聲，傑克的那口氣卡在喉嚨，懸吊在捲線末端的橘色電話聽筒又回到他的腦海中，同時帶來了那一刻的暈眩驚駭之感。

不要碰！……

那個報紙標題之下是一篇怪異的報導，每一行都好短，而且沒有對齊，像一首詩——但是傑克不必閱讀，就知道這篇報導意味著什麼。

他的母親曾經打電話求助。她曾握著那個橘色的電話聽筒。她當時就在那裡……他們是多久之後才到的？

幾百年？

一會兒？

傑克後悔得心痛。但願他早點去找她！但願他當時走快一點！但願他沒在那邊玩愚蠢的「我是小間諜」，或是不得不抱著梅麗，或是停在那棵蘋果樹下！他們就能追上她，她就不會失蹤了。當時由他作主！他可以救她的！

但願……

他顫抖著深吸一口氣。

喂？

這個字離開報紙，飄向傑克，他可以聽到他母親說出來，清楚得就像站在他旁邊。

喂？

你有什麼緊急狀況？

喔，你好。我的車子壞掉了。

請問你的名字，女士？

艾玲・布萊特太太。

好的，布萊特太太，現在你車子在哪裡？

在路肩上。

很安全地停在車道外頭嗎？

是的。

你一個人嗎？

還有我的小孩。

他們還在車上嗎？

是的。

可以麻煩你叫他們下車，帶他們移到防撞護欄外頭避開車流嗎？我在線上等你。

呃，不行。我沒辦法。現在他們不在我旁邊。那輛車停在公路後頭那裡。帶著他們三個一起走過來太危險了。梅麗還只是嬰兒，你知道？而且我不曉得要走多遠。不過他們很安全。

傑克震驚地猛吸一口氣。

安全？她怎麼可以這樣說？她怎麼可以說他們很安全？他們根本不安全。她不曉得他們一路上有多麼不安全！不曉得喬依穿著夾腳拖有多痛，不曉得梅麗怎麼哭個不停，也不曉得他雙臂抱她抱得快斷掉！她不曉得那隻狐狸和烏鴉和差點撞到他們的那輛汽車！

也不曉得始終沒人停下來。沒有人介入。

傑克肚裡生出一股怒氣。她根本不在乎他們！她怎麼可以這樣？她丟下他們！喬依被拋棄了。他們全都是！

頭頂有個吱呀聲，傑克憋住氣看著天花板，然後趕緊繼續閱讀……

好吧，布萊特太太，你的車是在你現在位置的南邊還是北邊？

唔，我看看〔笑聲〕。我們正要去艾克斯——

〔一輛汽車在路邊停下的聲音〕

啊，現在有個人停下來要幫忙了……嗨……

〔聲音聽不清楚。艾玲．布萊特。不明男性。〕

布萊特太太？

〔無人應答〕

「喂，布萊特太太？」

〔無人應答〕

「布萊特太太，你還在嗎？」

〔無人應答〕

〔汽車駛離的聲音〕

傑克茫然地瞪著最後一行。

汽車駛離的聲音。

他不希望故事就這樣結束。他甚至還翻了一頁，愚蠢地希望報導是接到別的地方。但是當然沒有。

汽車駛離的聲音。

他母親在車上嗎？

他不知道。

顯然沒人知道。

但是人人都知道，上陌生人的車就很容易被謀殺……

前門傳來敲門聲。傑克把手上的報紙塞回那一堆裡，急忙跑回沙發坐好。

門廳有人在低聲說話。是那位「叫我勞夫吧」的警長，還有個表情愉快的年輕女警，她朝傑克微笑，說她名叫潘，問說能不能坐在沙發上他旁邊。

傑克不希望她坐在自己旁邊，但她反正坐下了，同時「叫我勞夫吧」跟著他父親進入廚房，一手抱著一大疊亂七八糟的紙張。檔案夾、表格和照片，還有一個塑膠證物袋。

傑克忽然覺得害怕與憤怒結成一團球，緊實而扭動地塞住他的喉嚨。他的臉頰發燙，雙耳像是在水下似的。

那像一個恐怖的夢，他起身，但女警潘抓住他的手腕，握得很用力，所以他知道她不可能輕易放手。

「放開我，」他咬牙說，「放開我。」

然後廚房門後傳來他父親的哭號聲，像一隻被屠殺的狗，他和潘都瑟縮了一下。

於是傑克知道……他就是知道！他好恨他們所有人，因為他們不肯把他不想知道的事情告訴他，讓他在那邊猜。

「放開我！」他喊道，然後又扭又轉，擺脫了潘的掌握。他跑出客廳，砰砰砰跑上樓。

喬依正在房間裡跟她的玩偶玩紙牌遊戲「心臟病」。她往上看著他說：「剛剛那些叫喊是怎麼回事？」

他沒辦法講話。他說不出口，只是站著。

「你想玩嗎？」喬依問。

傑克不想玩。但他也不知道該怎麼告訴喬依他們的媽媽死了。

於是他慢慢在那粗糙而扎人的藍色地毯上坐下來，看著喬依忙著把牌收攏在一起，好讓他們可以從頭開始玩。

二〇〇一年

凱瑟琳一整個白天都忙個不停。

她把汽車保險續約。她很不環保地把才半滿的髒衣服拿去洗，而且為了降低自己的罪惡感，把水溫調低到攝氏三十度。她擬出一份菜單。星期五珍奈和羅德要來吃晚餐，但她不會太費事。他們是第二級朋友——值得邀請，但是不值得投資。珍奈是她房地產仲介公司的同事，但羅德跟她沒有私交，只是珍奈可能會結婚的男朋友。凱瑟琳只見過羅德一次。他是上班族，工作很無趣——連珍奈都不太確定是什麼工作。

凱瑟琳決定要做義大利燉飯。很容易做，但客人總是覺得很厲害。所以她得買適合的米。還要買羊萵苣、菲達乳酪、冬南瓜和石榴籽。她會在星期五上午去全部買來，這樣才新鮮。

也或許她會先練習一次，免得又發生一次晚宴慘案，就像亞當稱之為「豬肉大慘敗」的那回。那回主菜是手撕豬肉。她有點弄錯了，結果本來應該烤得軟爛的豬肉就像鞋帶一樣硬韌，但亞當挽救了那一晚，他拿那豬肉開了個玩笑，於是沒有人覺得必須勉強吃掉。

亞當從來不在乎她做菜出差錯。他只會聳聳肩，把東西吃光光，然後說，你下次會做成功的。聖誕節時他買了一本食譜書送她，在手撕豬肉那一頁還夾著一張知名內衣連鎖店的禮券。

後來她就做成功了。

後來他們一切都很成功了。

凱瑟琳拍拍自己的肚皮，微笑朝時鐘看。午餐時間應該快到了。

結果是十點半。

她打電話給她母親。

「啊，你好！」海倫．皮特說，「我怎麼有榮幸讓你打給我？」

這是她制式的寒暄話——故意要引發女兒的罪惡感。但凱瑟琳不像往常那樣被搞得火大，這回光是聽到母親的聲音，她就多愁善感得雙眼泛淚了。

遲來的反應，她心想。其實好蠢。

「我知道，」她說，「我這陣子都沒跟你聯絡。」

「好幾個月！」

的確是好幾個月，但是她母親實在讓人避之唯恐不及。她沒耐心，只關心自己，而且愛批判。她不喜歡亞當，因為他們剛結婚時，亞當還是負債狀態，但是他毫不鬆懈地拚命加班，努力工作，後來終於把債還清了。

有回她告訴凱瑟琳，說她離開她的丈夫，是因為他閱讀時嘴巴還會跟著默唸。

「完全把我逼瘋了！」她說，手臂還誇張地一揮。「完全無法挽回！」

無論那個原因是真是假，他們的婚姻的確是無法挽回，凱瑟琳的父親搬到一個很安全的距離之外——加拿大——顯然這才覺得能找到一點平靜和安心。所以凱瑟琳是在單親家庭長大的，而且常常懷疑母親可能不如父親。

她幾乎是不自覺地去摸自己的腹部，默默保證這孩子永遠會有雙親，而且非常疼愛子女。

「你好嗎，媽媽？」

「我的手指好腫。」她母親發牢騷。她有關節炎，這表示有時候她的鑽石戒指會太緊。她一直跟醫生抱怨這事情，說買這些戒指花了好多錢，但總之覺得國民保健署就是不希望她戴著，這個醫療保險制度根本就是社會主義聯合壟斷的陰謀。

凱瑟琳為她母親腫大的手指發出同情的嘆息，然後改變話題。

「你去帕瑪那趟怎麼樣？」她問，她母親之前去西班牙馬約卡島的帕瑪度假。

「還好，但是我不懂為什麼那裡那麼熱。」

凱瑟琳沒理會她的不滿。

「你們不去哪裡嗎？」海倫含糊地問。

「我們這個星期本來要去席德茅斯，慶祝結婚週年，但是在最後一刻不得不取消。往後要等寶寶出生後，才能去度假了。」

「為什麼要取消？」

「亞當接了北邊的一趟工作。」

「嗯，」海倫悲觀地暗示，「我們就期望他北上只是去工作吧。」

賤貨！

凱瑟琳拒絕上鉤。

最後她母親終於問：「你最近好嗎？」遲問總比不問好。

「還好。」凱瑟琳忐忑不安地說。

「預產期是什麼時候？」

她明知道是什麼時候。凱瑟琳之前去她母親家時，就在冰箱上的月曆標示出日期了。

「還剩八星期。」

「老是想上小號？」

「是啊。」

「真要命啊，不是嗎？」

凱瑟琳聳聳肩。「熬過這陣子就行了。」

她想著是否該把遭小偷的事情告訴母親。畢竟她是女人——又是個母親，雖然是很爛的母親——而且找個人說出來，會減少她的罪惡感。至少她母親絕對不會告訴亞當——

「我要去買東西了，」海倫突然說，「要不要我帶個魚餡餅過去給你？」

「不，謝了，媽，我懷孕期間不吃魚的。」

海倫冷哼一聲。「你又在趕流行了。」

「那不是流行。我只是希望寶寶健康，如此而已。」

「魚餡餅很健康！裡頭沒有脂肪，全都是魚！還有很好的酥皮。」

她母親認為酥皮也是一大類食物。

「謝謝，但是魚裡面含汞。」

「真的！」海倫嗤之以鼻。「以為別人都沒生過小孩！」

「聽我說，媽，每個人都不一樣。你在懷我的時候抽菸，但是我從來沒拿這件事攻擊過你，不是嗎？」

「為什麼要攻擊？」海倫愉快地說，「你生下來健康得很。」

「我當時只有兩千七百公克。」

「當時這個體重很正常。」

「因為當時每個人都抽菸！」

「上帝啊，凱瑟琳，別再那麼緊張過頭了！人類幾千年來都沒對魚或香菸大驚小怪的，還不是照樣生小孩。」

「啊，老天在上！」凱瑟琳氣得掛斷電話。但怒氣來得快，去得也快，她的怒火忽然完全消失，接著她笑了起來。

這通電話鐵定讓她暫時不去想遭小偷的事了！而且就算她把遭小偷的事告訴她母親，也不該期望對方有任何同情。畢竟，人類幾千年來都沒對刀子或死亡威脅大驚小怪，還不是照樣有謀殺……

次日，亞當回家時，凱瑟琳沒告訴他——原因也是一樣。不要大驚小怪。

傑克找到他母親了。

他在路肩上，她也是，穿著她夏天的白色孕婦裝，位於護欄另一側，跟他步調一致，撥開長草往前走。天氣非常炎熱。

「過來這一邊吧。」他說。

沒辦法，她說。我太胖了。

於是他停下來幫她，但是他不能碰她的手，只能丟給她一條紅白條紋的長帶子，像理髮店的招牌柱。他一直丟過去，但她一直沒接住。他得過去另一邊幫她。他爬上護欄，雙手和裸露的大腿被灼熱的鋼製護欄燙得好痛，他咬牙吸氣。

但他太遲了。

總是這樣。

即使他已跨坐在那又燙又尖銳的鋼製護欄上，他母親卻開始失足踉蹌，雙膝跪地，沿著路邊斜坡往下滑了一小段距離。

媽！

她往上朝他大笑，假裝這樣很好玩，但其實不好玩。

然後她又往下滑了一段距離，雙手抓滿了薄脆的草，想停止下滑。草斷了。但她還是抓了又抓，草也斷了又斷，她在斜坡斷續下滑，雙手握滿了一束束乾黃的草莖，直到她滑入遠處下方的灌木叢中消失……

傑克醒來時心臟狂跳，都能聽到心跳的聲音了。

那不是真的！他沒在那裡！他在這裡，平安躺在床上，臉頰下頭的枕頭有童年的氣味。就像跳繩和仙女棒，還有馬麥醬三明治裝在溫暖的保鮮盒裡。

要是他轉身，就會看見昨天夜裡的內褲，搭在他的有軌賽道玩具模型（仿義大利蒙札賽道的版本）的髮夾彎上。法拉利對抗藍寶堅尼。他總是開法拉利；喬依總是被分到藍寶堅尼。她不在時，他就會整頓並清理法拉利玩具車底盤上的電刷，好讓車子與軌道的接觸保持在最順暢的狀況。

他總是贏，而勝利的氣味像燃燒的電線。

他前額上的汗水冷卻，同時呼吸穩定下來。

要不了多久，媽媽就會喊他去吃早餐，而他會假裝沒聽到。假裝他還在睡。

他閉上眼睛，上學前還可以再多賴床幾分鐘……

傑克？傑——克！

傑克緩緩睜開眼睛，皺眉看著有塗層的天花板，以及一個個塗成漩渦狀的紋理。

沒有意義。無論他多麼努力嘗試，都無法假裝她還在。

夢醒了，但可怕的現實仍繼續著。無論他醒著或睡著，過往那些破碎的變奏都糾纏著他，因而有時他很難分清哪些是夢、哪些是現實。有時傑克的記憶陰暗得他根本都看不清——也不想試著看清了。

他慢吞吞坐起身，搓了搓臉。手上戴的白色乳膠手套鉤到他臉頰上柔軟的金色刺毛鬍鬚。

他不想留鬍子，但他很期待能刮鬍子。

他雙腿下了床，依然穿著全身衣服，依然穿著鞋子。

他站起來——現在多了三年的身高，但沒有多少：他還是個瘦巴巴的小鬼，一頭參差不齊的金髮，穿著牛仔褲的臀部扁扁的。如果沒有鬍碴的話，他看起來像十二歲的少年。有了鬍碴，他看起來就像有鬍碴的十二歲的少年。

只有他的雙眼看起來顯老。

老很多。

傑克．布萊特有著像菸槍般細窄的雙眼，眼珠是淺灰色的，彷彿色彩都已經被他哭掉了。雙眼之間那道深深的溝紋，應該是屬於一個五十來歲、把全世界的重擔扛在肩上的中年人。

他一個接一個打開矮腳櫃的抽屜，任意挑出裡頭的幾件衣物。一件背心、一些內褲、襪子、一件兒童T恤……他把這些衣物放進了自己的背包，然後關上抽屜。

凌亂的矮腳櫃頂有一張裱框的照片。傑克拿起來。一個男孩和一個女孩在動物園裡，陽光下笑得燦爛。圓錐筒上的冰淇淋融化了，往下流到他們胖嘟嘟的手指上，同時他們背後的籠子裡，有一隻無奈的狐猴哀傷地睜大眼睛。

傑克記得像這樣的日子。至少他以為自己記得。有時他覺得自己的記憶彷彿是一個別人告訴他的故事，是一個類似的男孩過著另一種人生。

他把照片扔到地毯上，用力踩。

一次。

兩次。

然後他用腳跟碾磨，直到那些小孩的影像都被碾爛，再也看不見。

他伸手扯掉恐龍印花燈罩，然後從床頭桌拿起一把鐵鎚，開始攻擊那些玩具——在房間裡面橫衝直撞，把娃娃玩偶的粉紅色塑膠腦袋敲掉，踩扁。

他拿了一把廚刀插進床墊裡，把床和寢具割破又扯爛，直到整個房間像個雪花水晶球，被羽絨和海綿橡膠染得一片白。

然後他拉起帽兜緊緊包住自己的臉頰，掩住自己的嘴，輕鬆地快步下樓，手裡拿著鐵鎚。

乳白和淺藍色調的客廳佈置得很雅緻，電視機打從昨夜就開到現在。現在播映的是美國老影集《大家都愛雷蒙》。

傑克用力揮擊螢幕，力道大得鐵鎚卡住了，他還得努力把它從雷蒙臉上的洞拔出來。電視機在架子上猛烈搖晃，畫面閃爍成一片霓虹七彩，然後隨著一個帶電的嘶嘶聲而停擺。

傑克在茶几上一直跳，直到茶几桌面斷裂，搖晃地對折成兩半。他把牆上的家庭照片敲下來，接著追殺那些裝飾品——把傳家遺物和小孩做的陶器砸得粉碎。

他站著一會兒，因為這一波破壞而胸膛起伏，然後他刺破沙發和椅子上的坐墊——刀子刺進布料裡面劃開，裡頭的泡棉和木棉從破口大量湧出，完全不可能挽救，完全不可能修理，完全不可能復原。

讓這家人嚐嚐損失的滋味。

他接著到廚房，裡頭的地上已經有一灘髒水，是從冷凍庫打開的門流出來的。餐桌的一端放著剩菜。義大利麵和生菜沙拉。爐頭上放著沒洗的平底鍋。他把鍋子放進洗碗機裡，又把盤子、餐具和剩菜扔進去，然後設定開始清洗。

傑克拿了他的東西。一台攝影機、一個珠寶盒，還有一個PlayStation和一些遊戲，全都放進他的背包裡，連同鐵鎚、一包義大利麵條，又從水果缽裡拿了六個發亮的紅蘋果。

然後他從後門離開，跳過花園的圍籬，快步遠離那棟被毀掉的房子。

沒人看到他。

沒人在乎。

沒有人想介入。

今天是謀殺的絕佳日子。

英格蘭西南部的遼闊天空是宜人的藍色。四下有蜜蜂的嗡響和乾草的氣味。

約翰・馬佛刑事總督察臭著臉把遮光簾拉下。

天空讓他覺得好刺眼。當然了，這裡跟倫敦都是同一片天空，但至少在倫敦你看不到這麼大一片。馬佛不曉得哪個比較糟糕：是天上有太多天空，還是地上有太多綠意。他是在城市出生長大的，對於天空和綠意都心存懷疑。

但他現在人在這裡了。被那些坐辦公桌的文書人員流放到這個鄉下地方，他們不明白，如果要辦謀殺案，有時你就得偏離一下規則，才能抓到兇手。

有時還要偏離到極點。

而有時候，你這樣也還是抓不到兇手。

這就是殘酷的現實。但是現在好像都沒人了解真相了——就連警察都是。

警察這一行正在改變。現在一切都講究統計數字和文書工作和學位和機會均等，像他這樣的老派優秀警察，靠門路、直覺，以及長年辛苦贏得的經驗，已經名列瀕臨絕種的清單，而且是眾人獵殺的對象。

最後馬佛終於被迫退出，是因為一個不幸的事件，導致一名逃離拘留的嫌犯死亡。其實不是他的錯，但總之他被當成靶子。他沒有受到致命的傷，但也傷得夠重，脫離了原來的軌道，原先在倫敦近郊劉易舍姆警局領導一個謀殺團隊，現在調到最黑暗的薩默塞特郡一個鳥不生蛋的小地方當主管。

操他媽的，馬佛心裡不曉得罵了幾百次了。反正不會是永遠。

他會被冰在這裡一陣子，還得向一群該死的鄉巴佬證明自己，彌補他之前所犯的錯誤。然後一等到倫敦警察廳的警隊有另一個缺，他就會離開這裡了。

同時，他在湯頓鎮租了一棟兩臥室的房子。那是只有現代才會有的小房子——只有空間容納現代化生活設備，沒有空間營造特色。他可以擁有洗碗機或壁龕，但是不能兩者都要。樂高玩具訓練出來的建築師設法在這一帶注入某些個性，於是在手帕大的土地上，將每棟一模一樣的房子排成不同的角度，但是這只讓整個地方看起來很不整齊，而不是有趣。

馬佛不在乎。這是個洗澡和睡覺的地方。他只帶了三件家具來——一張新買的床、一張鬆垮的藍色燈心絨沙發，還有一架附有六個環場音效 Acoustic Energy 喇叭的大電視機。他花了好幾個小時把喇叭裝設得恰到好處，這樣羅德板球場的掌聲就好像是一路直接傳到他的客廳裡。

那就像是親臨現場。

家具都留給黛比了，但是馬佛並不想念那些家具，也不想念她。有什麼好想念的？他廚房裡有微波爐，街尾就有一家漢堡王。

他有點想念那隻狗，自己都覺得驚訝。

他的襯衫、西裝和鞋子佔去了嵌牆式衣櫃的五分之一，他的襪子連一個抽屜都放不滿。

馬佛不是那種會放小擺設的人，不過他倒是有個肺臟形狀的菸灰缸。他打算戒菸，但是在戒掉之前，他就把菸灰缸放在沙發扶手上，隨手可及。

有一度他考慮要買張餐桌，但接著就發現超耐磨地板很平，要攤開檔案和犯罪現場照片時，比餐桌更適合，因為現在家裡沒有狗或小孩會來搗蛋了。

前門傳來敲門聲，馬佛拿了他的西裝外套。這是他接任新工作的第一天，他們派了一個人來負責載他，直到他熟悉這一帶的地勢為止。

他手放在門鈕上，暫停一下。

門旁有一張照片，用一截膠帶貼在牆上。一個小女孩騎著極限腳踏車。傻笑的牙齒和一臉夏天的雀斑；剪短的鮑伯頭有一邊塞到招風耳後頭……

約翰．馬佛深吸一口氣。

然後他打開門去工作。

馬佛決心盡快熟悉這一帶的地勢，因為派洛特警員開車技術很糟糕：油門踩得很輕、煞車踩得很重，於是車子行駛緩慢又顛簸。托比．派洛特瘦極了，否則就是穿了一套超級大的制服。馬佛不太能確定是哪一個，但是他認為自己可以把一瓶牛奶從派洛特的後領塞進去，不會卡住他的脖子。派洛特還有個大大的、像鳥喙的鼻子，加上他的姓（Parrott）類似「鸚鵡」（parrot），於是馬佛就用知名卡通《大英雄》裡頭角色「撞船」所養的那隻鸚鵡名喊他「寶麗」，但派洛特沒笑。

去他的，馬佛心想。他已經開了玩笑，才不會因為派洛特是個沒有幽默感的混帳而收回。要是在倫敦，派洛特就會喜歡這個笑話，或至少會勉強接受。

他們離開湯頓，沿著M5公路南下，兩旁起伏的丘陵點綴著乳牛，然後轉入一條中間有著隔離帶的雙向車道，上下起伏又東拐西轉，繼續在一片綠色景致中開了十一公里，然後突然陡降進入提弗頓。

湯頓是個小鎮，但好歹還是個鎮，有黏著口香糖廢渣的人行道和容易識別的商店，以及親切的柴油廢氣臭味。提弗頓則是鄉間最底層的那級，而且馬佛覺得舉目望去，好像沒有一個地方沒有樹籬，或至少兩隻綿羊。

他來過這裡。

好吧，不是這裡，而是同樣糟糕的地方。童年時在康瓦爾郡的一次度假？他不確定。只記得在漫長得永無止境的車程中，他在汽車後座暈車，然後整整兩個星期除了跟他弟弟鬥嘴之外，都沒有什麼事情可做。

天氣很熱，派洛特說車上冷氣壞了，於是馬佛就皺著臉把車窗降下。

「聞起來像牛屎。」他說。

「因為那就是牛屎。」派洛特板著臉說。

馬佛又把車窗升上去，他們在悶熱的沉默中一路開完剩下的路。

雷諾茲刑事警佐非常聰明。

而且是有正式紀錄的。

他參加過一次「史丹佛－比耐智力測驗」，測得的智商是一三八分。而且他測驗那天狀況不好——就像他老是一再告訴他母親的。有點流鼻水，他說，然後輕輕聳了下肩，意思是：否則，誰曉得……？

雷諾茲喜歡當警察。他對於對與錯向來極其敏感，而且覺得有責任善盡其用。其實並不複雜：他是對的，其他每個人都是錯的。幸好他夠聰明，知道自己雖然總是對的，但其他總是錯的人就不太可能喜歡他。他通常都有辦法利用自己的人際技巧、他的幽默感，以及他的謙虛，克服任何自以為是的蠢人。

人人都喜歡他。

要是他們夠聰明的話……

此刻雷諾茲站在這輛無標誌的福特Focus警車旁，低頭瞇眼看著後視鏡。今天熱得要命，雷諾茲知道大部分警察都會只穿襯衫、不穿西裝外套，但他母親總說，只有海邊的工廠工人才不必穿西裝外套，於是他挑了一件質料輕薄的淡灰色西裝外套，打了紅白條紋的絲質領帶，黑皮鞋亮得簡直太明顯了。

他打量鏡中自己的臉，兩根手指試探性地摸了一下濃密的褐髮。新上任的刑事總督察今天會到，雷諾茲希望拿出自己最好的一面。

然後他過了馬路，敲了位於連排屋中間一戶房子的前門。等人應門時，他又用指尖輕摸一下頭髮，只是想確定自己的外表完美無瑕。

一個肌肉發達的紅臉男子開了門，穿著短褲和涼鞋。

「帕思摩先生？我是雷諾茲警佐。」

屋子裡一塌糊塗。一架巨大的電視機面朝下躺在地板上，三個有晒傷的小孩坐在沙發上瞪著電視機看，彷彿它隨時可能會自己立起來，恢復正常。

帕思摩先生指著那電視機。「那個，原來是幾乎全新的。才買兩個月而已。所有失竊物品我全都有收據。或許有助於指認？」

「我相信會有幫助的。」雷諾茲說，其實他不太相信能這麼幸運，找到任何一件失竊物以供比對。他沒跟帕思摩先生說，大部分入室盜竊案都只是極度敷衍地調查一下。倒不是沒人在乎，只不過沒人想花所需要的大量時間，而且要定罪很難。當然，他們會盡力而為，但主要是做給納稅人看，而不是真希望能追查到小偷，或是找回贓物。

偶爾有個屋主回家時，會發現一個毒蟲站在他們家客廳中央，手裡抱著一台微波爐，於是打電話報警。那個毒蟲會供出二十件或三十件其他入室盜竊案，判刑時會一併納入考慮。然後那些竊案會被標示為「破案」，所有人都會感覺好一點。

其他人則只是拿到一個案件編號給保險公司，然後用理賠金買新的東西。雷諾茲不喜歡這樣，但這就是生活的現實。碰到入室盜竊案，他認為自己務實的做法，就是提供兩個「R」：記錄（Recording）和保證（Reassurance）。第三個「R」——找回（Recovery）——則是只會發生在電視節目裡頭。

然而今天早上，雷諾茲卻大老遠從湯頓開車來到提弗頓……

「他們上樓了嗎？」他謹慎地問。

帕思摩先生還沒來得及回答，他身後就有一個聲音說：「變態。」

雷諾茲轉身。廚房門口站著一個女人，他猜想就是帕思摩太太。那是個壯碩的金髮女人，臉上唯一沒晒傷的是雙眼周圍的白圈，顯然她一整個假期都戴著很好的太陽眼鏡，搞得那張臉像是黑白反轉的大貓熊。

「變態，」她又說了一遍。「在我們床上。太噁心了。我們得把寢具、床墊，全部都丟掉。」

雷諾茲點點頭，小心翼翼在他的筆記本上寫了：

金髮賊？

「我可以去看一下嗎？」

帕思摩先生帶著他回頭，經過客廳來到門廳，然後憤怒地揮著一隻手臂，指著仍放在樓梯口的幾個行李箱。「你不會想到度假後回到家裡，會是這樣。」

「是啊，」雷諾茲同情地說，「你有保險嗎？」

「有。」帕思摩先生氣呼呼說，「但是你也知道那些混蛋是什麼樣。老是想盡辦法不給你錢。」

「唔，你什麼都沒動，好讓警方來查看，這樣是對的，帕思摩先生。我會給你一個案件編號，讓你去申請保險理賠。」

「謝了。」帕思摩點點頭，臉上的紅色稍微褪去一點。

第二個「R」做完了，雷諾茲上樓。

在主臥室裡，他挖到金礦了。那張床顯然被睡過。羽絨被已經推到一旁，所有的枕頭都扔在地上。雷諾茲再度拿出筆記本，然後以勝利的花體字把**金髮賊**後頭的問號給劃掉。

一張帕思摩太太的婚紗照——少了大約二十公斤，白了三個色號——被砸碎在床邊的床頭桌上。

「操他媽的去死！」

樓下傳來的髒話害雷諾茲皺了一下臉。他迅速走到樓梯頂端的走廊，扶著欄杆彎身，及時看到一個矮胖的中年男子把一個兒童的粉紅色行李箱踢到走廊另一邊。

「對不起！」雷諾茲堅定地說，「這裡是犯罪現場！」

那個男人往上怒目瞪著他。「你是雷諾茲？」

「是的。」

「你聽說過保持通道暢通嗎？我他娘的差點摔斷脖子！」

雷諾茲暫停一下，然後小心翼翼地問：「馬佛總督察？」

那男人沒回答，只是厲聲地問：「屍體在哪裡？」

雷諾茲匆忙下樓。「長官，」他用氣音輕聲警告，「客廳裡有小孩。」

馬佛壓低聲音。「死掉的小孩？」

「不，長官。」

「那你提小孩做什麼？」馬佛低沉而有力地說，「他媽的屍體在哪裡？」

「沒有屍體，長官。這是入室盜竊案。」

「什麼？」馬佛眨著眼睛看他。

他比雷諾茲矮，而且更胖。還邋遢許多。但他雙眼裡有個什麼——一種像豬的狡獪——讓雷諾茲處於下風。

帕思摩先生打開通往客廳的門，雷諾茲趕緊搶在馬佛之前開了口。

「這位是馬佛刑事總督察，這位是帕思摩先生。他和家人今天剛從葡萄牙回到家，發現屋裡被闖空門，幾件值錢的東西不見了，還有些被破壞了。」

帕思摩先生離開門口，讓馬佛看那台大電視機。他跨立在電視機上方，把那大螢幕提起來，好讓他們把毀損程度看個仔細。

「看到沒？」他說，「摔爛了。」

他又讓電視機落回地毯上。

「但是那台電視機已經壞掉了。」三個小孩中那個比較小的說，是個金髮女孩，嘴巴上長了水泡。

「沒錯，」她父親厲聲說，「有個狗——過分的壞人進來弄壞了，砸爛了。我們兩個月前才買的。」

馬佛沒理會他和他的電視機，只對著雷諾茲說：「我是兇殺案警探，」他說，「我趕到犯罪現場的時候，預期會看到的是謀殺被害人，而不是壞掉的電視機和地毯上拉的屎。」

他氣沖沖走出去。

帕思摩轉向雷諾茲，一臉困惑又厭惡的表情。

雷諾茲稍微清了清嗓子。「有些小偷會……那個——」他說，然後匆忙追出去，馬佛已經過了一半馬路，正大步走向對面那輛車子。同時派洛特警員斜倚著那輛車子，雙手插在口袋裡。

「德文與康瓦爾地區警隊要求我們幫忙，長官，」他朝著馬佛的背部說。然後他看了派洛特一眼，機靈地壓低嗓門。「這個小偷一年來搞得他們毫無頭緒，他們不希望自己看起來很……沒效率。」

「為什麼？」馬佛說，「因為他們的確是很沒效率？你不能把一個兇殺案警探浪費在一樁他媽的入室盜竊案上頭！」

馬佛對著派洛特揮手示意著駕駛座，自己打開乘客座旁的門，站在那裡點了一根菸。

「一點也沒錯，長官，」雷諾茲說，「不過如果沒有夠多的謀殺案要處理，那大家就要互相幫忙了。」

馬佛轉頭瞇眼看著他。「你什麼意思，沒有夠多的謀殺案？」

雷諾茲輕輕聳了一下肩。「唔，當然是有一些啦，不過有時候……你知道……碰到淡季……」

「淡季？」

「是的，長官，」雷諾茲說，「淡季。」

馬佛張口結舌，顯然完全被謀殺案淡季這個概念給難倒了。趁他消化時，雷諾茲又趁機爭取優勢。

「而且這不是隨便什麼連續竊案，長官。你在報紙上一定看過了。媒體稱他是『金髮賊』。」

「沒聽說過。」馬佛說，「什麼報紙？」

「《提弗頓週報》，」派洛特忽然開口。「頭版。」

「老天在上！」馬佛說，看看馬路前後，好像要找個人看能否認同他的鄙視，但一個人都沒看到。

他嘆了口氣，捏捏鼻子，默默罵了句狗屎，然後狠狠看了雷諾茲一眼，雖然眼神憤怒，但是也充滿無奈，因而雷諾茲覺得自己有責任要表示自己看出他的讓步。

「我知道這對你是大材小用，長官，」他安慰地說，「但是我們都會很感激的。」

馬佛總督察脫掉西裝外套，揉成一團丟進車裡。

「少拍馬屁了，雷諾茲。」他說，捲起襯衫袖子，踩熄了他的香菸。

「是的，長官。」雷諾茲說，然後跟著他回頭過了馬路。

「有零錢嗎？……有零錢嗎？」

快到小小的提沃利電影院那些商店間的破牆上，有一道老舊的石拱門，那個遊民男子就住在牆邊。

無論天氣如何，他成天都在那裡，坐在一塊厚紙板上，後方的牆上是這個星期上映的好萊塢票房大片海報。他雙腳裹在睡袋裡，像是一隻巨大的藍色毛毛蟲。

「有零錢嗎？」

每回有人經過他，他就說一次。他面前放著一個舊冰淇淋盒裝錢。傑克看過他把比較大的硬幣拿出來，好讓人們覺得他很可憐，於是會給他更多錢。

更多不勞而獲的錢。

「有零錢嗎？」

人們走過去。

「有零錢嗎？」

傑克走過去，用力踢了那個冰淇淋盒，那盒子大聲地滑離牆邊，同時裡面的硬幣叮噹滾出來，散落在人行道上。那男子往牆壁瑟縮，弓起肩膀，舉起一隻手臂護著頭側。

「喂，」有個人喊道，「不要亂來！」

是一個穿著粗花呢西裝的老農人。傑克沒理他。

「媽的去找份工作吧！」傑克回頭喊道，然後走向家的方向。

從外頭看，你看不出來這棟房子已經死了。從外頭看，這棟房子整齊又尋常得不得了，位於一條繁忙馬路旁一小段連棟排屋的中間。

門外那一小片窄窄的草地總是割得很整齊。一塊好草坪是第一道防線。人們看到屋外被照顧得很好，就會假設裡頭的一切也都照顧得很好。

那台割草機是傑克偷過最棒的東西。他是從貴族學校布蘭德爾中學附近一戶人家的車庫——光那個車庫就比他們整棟房子都要大——偷來的，然後他推著那台割草機，一路發出嘈雜的嘩啦聲，走過那些街道回到家。但是他沒有任何藉口可以解釋他為什麼有這台割草機，也不想說自己要去哪裡。所以每回有一輛車或一個人走近，他就只是放開割草機，獨自繼續往前走。

你推著那台割草機要做什麼？

不是我的。我只是經過，它剛好在旁邊。

但是沒有人阻止過他。

從來沒有。

他從家居市集百貨店偷來一公升裝的黑色亮光漆，用來漆前門。

他會把窗子洗乾淨。

他會把院子裡小徑的雜草拔掉。

他會割院子裡的草。

而且，就像變魔術似的，人們似乎忘了他們住在那兒。

但是*屋裡頭*……

門開到一半就卡住了，傑克不得不擠進去。

「狗屎。」

門後頭有一疊報紙。並不是很大疊，但這不是重點。門廳一定要保持淨空，一定要。以防萬一有訪客。雖然很少有訪客，但如果真的有，一切看起來都務必要很……正常。

他生氣地踢了那疊報紙，然後彎腰笨拙地提起來抱在懷裡——

就像梅麗。

「喬依！」他喊道，「喬依！」

這棟房子死了之後，就被掩埋了，緩慢而持續地，埋在一座報紙堆成的大山之下。所有的報紙，每一天逐漸累積。是從他父親開始的，然後從不停止。這三年來，堆成了一道又一道搖晃不穩的報紙牆，形成了雜亂的走道，高度到傑克的腦袋，寬度勉強夠人走過去。這些報紙牆遮住了原來的牆，同時擋住了照進窗內的光線，也吸走了頭頂上的燈光，所以永遠看不到地板。老鼠和蜘蛛就在那些黑暗的角落裡肆虐。

傑克知道是喬依趁他不在家時，在家裡整夜工作。把一疊疊報紙搬來搬去，保持某種家與家人的瘋狂概念。他們的母親就在那些報紙上，他們的父親不會把報紙扔掉，於是喬依也不會扔。就這樣，報紙還是持續送來，每個星期花掉他四十鎊！傑克常偷偷把報紙搬出去，丟在特易購超市外頭的回收箱，但有回被喬依看到了，追著他在街上跑，大鬧一場。

屋子裡有一股霉味，而且一定有老鼠尿的臭味。傑克太習慣了，因而根本不會注意到，只除了最熱的夏天，屋外的空氣顯得好新鮮，因而進門時他都會被熏得咳嗽。

他有回拿掉了瓦斯爐的保險絲，次日瓦斯爐就看不見了。屋裡沒有幾件看得到的家具，不過他知道它們都還埋在報紙底下的某處。現在客廳裡唯一可以坐的地方，就是沙發上的一個坐墊，梅麗和傑克為了設法保住這個空位，總是輪流坐在那裡，這樣喬依就沒辦法填上更多報紙了。

傑克不記得上回他看到家裡的電視機是什麼時候了。上樓後，浴室和他的床也堆滿了一山山報紙，梅麗睡在一個她用碎紙鋪成的小窩，像隻倉鼠似的。

有時會有一片空地神秘地出現——在一扇窗子前，或是在樓梯頂端——但是似乎從來沒有理由，然後一天後或一個星期後，那塊空地就會縮小、消失，變成另一道牆或一條通道，只留下不確定的記憶。有好長一段時間，喬依房間裡有一塊圓形的藍色地毯，是他們以前玩牌的地方，但就連那塊空間，最後都被變成一根由報紙堆成的高柱。

傑克打開客廳的燈，不過其實差別很小，燈光只會照到一疊疊報紙頂端的標題而已。

他把手上那疊報紙堆在客廳中央那道高及頭部、遮住天光的報紙牆上。「門廳又有報紙了，喬依。別說我沒警告過你喔。」

牆後有一個很小的聲音。有可能是一隻老鼠。屋裡老鼠夠多了。傑克放了捕鼠器，有時夜裡就會有老鼠尖叫聲傳來。

不過這回不是老鼠。

他擠過走道，來到廚房的餐桌旁——報紙也氾濫到廚房了，於是只剩下一道峽谷。在峽谷兩旁，一邊是堆滿報紙而發出吱呀聲的餐桌，另一邊是有著水槽、冰箱、洗碗機、爐具的小空間。當初報紙開始滑下來、落到加熱板上時，傑克在兩餐之間會把加熱板開關裡的保險絲拿出來，免得有人把整棟房子燒掉。最後他就乾脆不把保險絲裝回去了，而是去偷了一個微波爐回家，現在放在爐台上。

廚房裡的報紙峽谷尾端，是那扇上半部裝了玻璃的後門，使得整棟房子成為一個昏暗的消化道。

梅麗清出了一張長椅的末端，這會兒正從膝上的一個大碗裡吃著玉米片，她兩隻赤腳放在一隻巨大陸龜凹凸不平的龜殼上。

梅麗已經長大了些，成為一個憔悴、清瘦的小孩，有她哥哥淡灰色的眼珠，以及一頭煙霧色的頭髮。她穿著凱蒂貓的睡衣褲，顏色褪得像她一樣蒼白，而且小了兩號，於是露出她有如樹枝般蒼白細瘦的小腿。

「嗨，」她說。

傑克沒吭聲。他把義大利麵條放進櫥子，蘋果放進冰箱，然後檢查幾疊報紙，看著日期。他找到一疊自己要的，就坐在地板上盤起腿，把第一份放在自己的腿上。

梅麗吃著她的玉米片，同時傑克翻著報紙。那些報紙邊緣很脆，而且發黃、佈滿褐色斑點。他每翻一頁，聽起來就像小昆蟲的翅膀在炎熱夏日空氣中的嗡響……

小昆蟲

小昆蟲

在他耳旁，梅麗的湯匙叮噹敲著碗。

「你可以更吵一點嗎？」

她什麼都沒說，只是一直敲一直敲，直到玉米片吃光了，她就著碗口喝掉牛奶。那個碗沒地方放，因為餐桌上的一疊疊報紙幾乎堆到天花板了，所以她只好把大碗放在膝上，一隻赤腳在傑克的手臂旁輕輕搖晃。

「你買了書給我嗎？」

「我帶了一些衣服給你。」

梅麗嘆氣。她才五歲，但已經是嘆氣高手了。

傑克火大瞪著她。「幹嘛？」

梅麗又翻白眼。

「那就找你其他書來看嘛。」

「我已經全都看過了。」

「那就再看一遍。」

「我全都重新看過，看了好多遍。」

的確，他知道。梅麗超級愛看書。一個負責監督在家自學的訪查員曾說她「很有天賦」，對她讚嘆不已，因而沒注意到傑克的拼字很爛，也沒注意到喬依的數學完全不行。

這會兒傑克輕揮手臂，朝房間畫了個圈。「那就看這些報紙吧。」

梅麗拉長了臉。「我老是在看報紙。我想看真正的故事。」

「我明天會帶一本書回來給你。」

「什麼書？」

「我不知道。」

「為什麼你不知道？」

「我就是不知道。」

「可不可以帶一本有吸血鬼的？」

「耶穌啊，梅麗！我不知道！」

傑克又回去看報紙，回到那些發出嗡響的小昆蟲，回到炎熱的路肩。他幾乎可以感覺到腳下隔著鞋底傳來的熱氣……

「你在找什麼？」

「一些東西。」

「什麼東西。」

「有關媽媽的東西。」

「但是到底是什麼東西？」

「你當時太小，不記得的東西。」

梅麗皺眉，噘著嘴唇。然後她腳趾敲敲那隻陸龜說：「唐諾比任何人都要老。他會記得的。」

傑克冷哼一聲。然後又不耐地嘖了一聲。有人把報上的一篇報導剪掉了，只留下一個L形的洞。

他繼續看下一份報紙。

然後下一份。

還有下一份。

被剪掉的洞比有關他母親的報導還要多。

「寇以爾太太的房子裡有一位新來的女士，」梅麗說，「她戴著眼鏡，坐在一張旋轉椅。」

傑克狠狠瞪著她。「你跟她講話了嗎？」

「沒有。」

「你知道要說什麼的。」

「我又不是笨蛋。」梅麗說。

傑克翻了一頁，看到他母親的名字。

艾玲。

父親對準媽媽艾玲的懇求

他心中憤怒的餘燼冒出火花，重新燃燒起來。報上總說她是「準媽媽」，但她本來就已經是媽媽了。

大家都忘了他和喬依和梅麗。

他瀏覽著那篇報導。裡頭講的沒有他不知道的。還有一張他母親的照片，小小的，很模糊，一頭金髮，藍色眼珠。在微笑。

獨自一個人。

傑克好恨這張照片，但報上好像只登過這張照片，雖然他記得他父親曾把一整包家庭照交給警方。後來他再也沒有看過那些照片。裡頭有他們騎著腳踏車的，有站在戲水池邊的，還有全家出門、去一些他現在根本不記得的地方玩。

但是有一張全家人的合照……大海在他們後方，他們的頭髮遮在眼睛上——被北德文郡的海風吹的，他們家曾在那邊租了一棟破敗不堪的小屋，附近的懸崖邊有一棟鬧鬼的房子……

有一小段時間，那張照片都貼在冰箱上，然後被換掉了——換成一張瓦斯帳單，或是一張學校的成績單，或是喬依畫的貓。

總之是別的。

結果現在不見了，他真希望能找到那張照片。他覺得一定有某份報紙登過那張照片，而不是這張他母親的小照片，只有一個人……

梅麗把骨瘦的手肘靠在他肩膀上，他皺起臉。

「我記得媽咪。」

「才不呢。」他身子一扭擺脫她。

「我記得，」她堅持，「她看起來就像那張照片。」

「什麼？又小又模糊？」

「對。」梅麗挑釁地說。

傑克沒理會。梅麗不記得他們的母親。不像他記得那麼清楚。而喬依，或許吧，不過喬依瘋了，所以很難知道她腦袋裡還記得什麼。

這篇報導登出的另一張照片，是他父親站在一張長桌後方，面前擺著一支麥克風。

他在哭，當然了。

傑克憤怒地闔上報紙，又從膝上拿了另一份起來。

梅麗一隻小腳放在他背部，扭著腳趾。「我在幫你按摩。」

他翻了一頁。

小昆蟲

小昆蟲

「我長大以後要當按摩師。」

傑克沒吭聲，過了好一會兒，梅麗嘆了氣，滑下長椅，站在一疊報紙上，好把她用過的大碗和湯匙在水槽裡洗乾淨，接著把洗好的餐具放在另一疊報紙上晾乾。

然後廚房裡微弱的光線忽然變得更暗，因為她額頭抵著後門。

「我可以出去嗎？」

小昆蟲

「傑克！」

「幹嘛？」

「我可以去後院嗎？」

「現在幾點了？」

梅麗瞇著眼睛看自己的手錶。那是一只老舊的天美時兒童錶，錶面一半是紅色的，有文字標示著「過了」；藍色那一半則標示著「還差」，可以讓兒童學習時間的描述方式。

「十點過了二十分。」

「那麼，不行。」

「為什麼？」

「你明知道為什麼。」

梅麗對著玻璃嘆氣，在上頭的白霧寫上自己的名字。

「好吧，那我可以做什麼？」

沉默。

「我可以做什麼？」

「你可以他媽的不要擋住光線。」

梅麗靠向一側說，「少安勿躁！」她一定是從某本書裡面看到這個成語的，而且顯然很喜歡，因為她現在常常講。

「我要挑開鎖。」她宣布，把一根小指頭塞進那個空的鎖孔，同時搖晃著門把，但是傑克抬頭看著她，眼神裡威脅意味濃厚，於是她趕緊放手，好像那門把熱得發燙。接著她離開門邊，擠過他旁邊坐下來。

她從一疊報紙裡隨意抽出一份。

「Shrimpman是『死亡天使』，她唸出聲來。「什麼是Shrimpman？像漁夫（fisherman）嗎？」

「所以是船員？」

「是*Shipman*。」傑克說著站起來。

「Shipman是他的姓。他是個醫師，殺了一些老人。」

「為什麼？」

「應該是發瘋了吧。」

梅麗打量著那個男子的照片，蓄著絡腮鬍，戴眼鏡，身穿拉鍊開襟毛衣。

「他看起來不像發瘋了。」

「沒有人看起來像。」傑克說。

「那要怎麼分辨他瘋了沒？」

「沒辦法分辨。」他說。

接著是很長一段不安的沉默。

「不過你可以分辨吸血鬼，」最後梅麗終於說，「因為他們的牙齒。」

「是啊，」傑克聳聳肩。「不過只有他們笑的時候，才看得到。」

「你是怎麼回事？」

他們坐在運河邊的長椅上，綽號「光滑」的路易斯．卜瑞吉正在刮腿毛。

傑克輕搖著嬰兒車，憤怒地對著太陽瞇起眼睛。「沒事。」

「看你愁眉苦臉的。」路易斯說，刀子沿著小腿往上刮。

「光滑」路易斯幾乎全身無毛。他刮不到的地方，就用拔的——公然且毫不害臊。他腦袋上有黑色短髮，但是沒有眉毛，也看不到鬍碴。別的年輕男子會隨身帶著現金或保險套，路易斯則總是帶著一把粉紅色的小鑷子。

即使在隆冬時節，他也照樣穿著工裝短褲，以便隨時能摸到膝蓋。他的雙手很少停下不動，長長的手指總是在身上摸個不停，不自覺地沿著自己的眉毛、下頷，跳過肩膀，來到手臂，然後往下到大腿、膝蓋、小腿，再回到臉上。

檢查看有沒有什麼剛冒出的短毛。

如果他發現一根，就會當場、就地拔掉，完全不會打斷對話的節奏。

「隨便啦。」他說，「你要多少？」

「一百五？」

路易斯隔著牙齒吸氣，好像一個無能的水管工打量著一個壞掉的鍋爐。

傑克沒理會他。那是習慣，如此而已。一百五是很公道的價錢，而路易斯是個公道的人。他不擔心。

提弗頓不是大都會，但是也夠大，供養得起一個起碼的小賊集團，以及兩個全職的收贓人——就是路易斯和他疏遠的父親卜瑞吉先生。

雖然才二十三歲，但是自從兩年前母親不幸去坐牢之後，路易斯就繼承家業，至今已經兩年了。

卜瑞吉圍籬❷。

這是木料場外頭的招牌。路易斯手下的夥計們看了就笑，但卜瑞吉圍籬是合法的——也夠賺錢，不會引人懷疑。而且路易斯．卜瑞吉非常、非常謹慎。他以前還當竊賊的時候坐過一次牢，從此發誓絕對不會再入獄。「你知道這個是什麼？」他會說，敲著自己的鼻側。「全英格蘭西南各郡最靈的鼻子。」

其實並非如此。

路易斯不是家中手足的老大，但絕對是最狡猾的。他們五個兄弟姊妹以狡猾程度排順序，是路易斯、尚恩、譚美、維克多、卡爾文。路易斯是最聰明也最有野心的，於是他媽媽把圍籬和銷贓事業都留給他負責，因為維克多太懶，譚美太瘋，而尚恩太喜歡海洛因了。

路易斯的雙胞胎兄弟卡爾文是唯一出淤泥而不染的。他十九歲就離家去當警察。這當然搞得兩兄弟之間很尷尬，但路易斯還是很愛這個雙胞胎兄弟，他們對於對方令人遺憾的事業選擇也都假裝沒看到，而且每年一次，他們兩兄弟都會去艾克斯荒原露營。

但總之，卜瑞吉先生因此跟路易斯斷絕往來。他已經因為卡爾文背叛家族而不理他了——不過他自己早在子女小時候就拋家棄子，跟另外一個女人建立家庭了。

卜瑞吉一家充滿了荒謬的原則，以及隨時變動的結盟關係。

寶寶驚動了一下，好像快醒了。傑克趕緊又搖了搖嬰兒車。

這不是他的孩子，是路易斯的。

寶寶叫巴茲。

路易斯手下的夥計們全都輪流照顧巴茲。如果你不打算照顧這小孩，就等於不打算跟路易斯打交道。

傑克不介意。照顧巴茲不麻煩，只不過你要記得別在他面前說粗話。大部分時間他都待在嬰兒車裡，如果出來了，路易斯就會把一條伸縮牽狗繩扣在他小牛仔褲的腰帶上，於是照顧小孩就有點像是放一個大風箏——收線回來餵他喝柳橙汁，或是猛地拽一下，免得他摔下運河或踩到狗大便。

路易斯的女朋友洛琳要上班，她覺得路易斯整天都在家，沒有理由額外花錢找保姆。於是傑克就在那邊搖晃嬰兒車。

他喜歡運河邊這裡。很安靜，空氣新鮮，有時還會有隻翠鳥掠過水面，像一顆五彩斑斕的石子。

在運河對岸的拖船路，一隻白褐花斑大馬拖著一艘運河船前行，慢得船頭周圍的水不是起波紋，而是緩緩彎下；船尾的餘波則是懶洋洋地隆起，而不是陣陣漣漪。那隻馬名叫鑽石，牽著馬走在旁邊的男子是史丹。

他們認識史丹，但他沒跟他們打招呼。

怕有人會看到。

「一百六十五。」路易斯說。

---

❷ Bridge Fencing，其中 fencing 字面上是製造圍籬，但俚語中也指買賣贓物。

「什麼？」傑克心思漫遊得好遠，根本沒在聽他講話。

「好了，」路易斯說，起勁地拔著膝蓋的毛。「那就算你一百七十吧。」

傑克大笑，然後兩人握手成交。

路易斯沒給他錢，傑克也沒把東西給他。路易斯的方式不是這樣的。他從來不碰贓物，身上帶的現金也頂多只有幾鎊。他們分手後，他會走路離開，然後找手下一個夥計把錢放在某一個地方；傑克稍後會去拿那些錢，同時把東西留在那個地方。

然後史丹牽著鑽石從船閘那邊回頭的途中，會去拿東西，再送到路易斯的另一個地方。

不是他家。不是木料場。

傑克從沒問過是哪裡。那是路易斯的生意，不是他的。

一切都是靠互信。

傑克看著路易斯刮腿毛。那些毛髮短得還來不及彎曲，就被刀子刮離腿，像是火星爆開來。

「好利的刀。」傑克說。

路易斯把刀對著太陽，望著閃閃發光的刀身。「傑．費雪的，」他說，「我最得意的財產——當然了，巴茲除外。花了我一大筆錢，但是可以用一輩子，永垂不朽。」

然後刀子又回到小腿……

他執迷於除毛這件事太詭異了，走在路上常有人對他露出好笑的表情。但是傑克不在乎他有多怪。

因為「光滑」路易斯．卜瑞吉救過他的命……

母親離開他們兩年後，有天早上，他父親出門買牛奶，從此再也沒有回家。

他們等牛奶等了一星期。

沒人留意他們。當初母親死後，他們就沒再回學校上學了，而他們的父親也沒再回去上班。亞瑟．布萊特說他們是在家自學，但那是說得好聽，他們只不過是在九點和三點之間不看電視而已。雖然母親剛死時，住在他們那一小排連棟住宅的少數鄰居對他們很關心，但接下來過了兩年，鄰居們逐漸回到自己的正常生活，關心自己的問題。畢竟，這三個小孩有父親——在今天這個時代，已經比很多小孩好得多了。

父親不在了，一切彷彿又回到當年在路肩的狀況。一切由傑克作主，只不過這回他嚇呆了——不曉得該待在屋裡，還是該出門去求助。

第一優先的，還是要讓梅麗不哭。

他跟梅麗說他們正在做實驗，頭兩天幾乎是好玩。梅麗用彩色筆塗唐諾的龜殼，同時傑克唸著有關越共的故事給她聽。喬依向來是最用功的學生，她打開她的代數課本，但接著只是盯著門看，嘴裡咬著筆，用力得藍墨水都滲到嘴唇上。

於是傑克用他剩下的零用錢買食物，接著用喬依的。那些錢不多。到了第四天，他在屋子裡不停搜尋，尋找錢和線索，喬依則坐在沙發上哭。

「社福單位會來把我們帶走。」

「爸爸很快就會回家的。」傑克堅持。

「我們會被送到照顧機構，」喬依哭著說，「然後我們全都會被別人收養！」

「閉嘴啦，」傑克用氣音說，「梅麗會聽到的。」

「什麼收養？」梅麗說。

第五天，電費欠繳被停電了；第六天，沒有食物了。他們餓著肚子去睡覺，餓著肚子醒來，喬依還在哭，然後梅麗也開始哭，傑克不知道該怎麼辦。

隔壁的寇以爾太太可能會借他十鎊——但現在喬依提到收養，傑克不希望讓人知道父親沒回家，免得他們真的會被社福單位帶走。他們所知道的唯一親戚就是愛爾蘭的比爾舅舅，而他們的共識是寧可住在箱子裡，也不想跟烏娜舅媽一起住——就連從來沒見過烏娜的梅麗都是如此。

到了第七天，前門傳來敲門聲，喬依低聲說：「社福單位！」接著他們三個爬到客廳窗下，躲在已經沿牆堆疊的報紙後頭。喬依一根手指貼著梅麗的嘴唇，梅麗撥開，大聲用氣音說：「我又沒在講話！」

他們沒應門，幾分鐘後，頭頂的小窗傳來喀啦和刮擦聲，接著窗子就打開來，然後——讓他們完全驚呆了——一個沒有眉毛的年輕男子從那個小窗的開口擠進來。他發現眼前有三個嚇壞的小孩往上看著他，於是停下來，整個人懸在那裡，卡在中途，雙腳還在屋子外頭。

「啊嘿！」他跟他們招呼，他們全都咯咯笑了起來。

那個人就是路易斯．卜瑞吉，他雙手朝下跳進客廳幾分鐘後，就設法接線繞過電表，讓屋裡的燈又亮了起來。然後他離開一陣子，帶了乳酪漢堡回來。

趁他們三兄妹填飽肚子時，「光滑」路易斯就以竊賊的目光把全屋子搜了一遍，在他父親衣櫃的一隻球鞋裡找到一個信封，裡面裝了三百鎊，還找到一個文件夾，裡面放著家庭帳單和銀行對帳單。他花了一個小時搞清每個月要付什麼錢，然後寫了張清單給傑克。

「電費我們解決了，」他說，好像他偷電的事情傑克也參與了。「剩下的，你覺得可以應付嗎？」

「沒辦法，」傑克坦白告訴他，「我十三歲。」

「那又怎樣？」

「我可以做什麼？」

路易斯上下打量他一會兒，然後說：「多得很。」

接著他就開始教傑克如何進入他人房屋，而且不要搞到去坐牢。

第一課是最基本的：保持苗條，戴手套，先確認你的撤退路線，而且永遠要準備好謊言和微笑。然後他教他入室盜竊這一行的種種細節。鉸鏈、門閂、防雨板，塑膠窗框和木板窗框的差別。不同廠牌螺絲頭上面的凹槽形狀有什麼不一樣。身上該帶什麼工具，免得因為帶著小偷裝備而被問罪；搜尋的最佳順序；什麼東西可以賣錢，什麼不行；要信任誰（他），不要信任誰（其他所有人）——以及刑法的基本觀念。

「我弟弟是警察，」他有回很自豪地說，「這一行的各種把戲我全知道。」

傑克從一開始就很厲害。當小偷從來不是他嚮往的工作，但是他認真得就像是簽約要加入英超足球隊那般。他本來就瘦而結實，而且會偷各種正確的食物，好保持這樣的身材。水果、蔬菜、糙米和雞肉。他會偷有關食物營養學的書。碰到有機會的時候，他會偷有機食品。他做輕量運動，而且勤奮做伸展，直到自己的鼻子可以碰到膝蓋，後腦可以碰到腳跟。

他偷得夠多，可以存錢以備緊急之用，直到一個秘密袋子裡累積到兩千鎊，放在他房間的衣櫥頂。

對傑克來說，偷竊就像魔術，像是可以變出錢來。

還有食物。還有衣服和書……

他一直知道這樣不是對的，但他的怒氣讓他覺得這是公平的。

傑克從沒問過路易斯為什麼決定要幫他，而不是把他的錢騙光光，他只是很感激而已。所以，在他人生這段完全不信任他人的期間，傑克決定信任「光滑」路易斯．卜瑞吉——小偷、收贓人……

以及說謊者。

「嘿，路易斯，」傑克試探性地說，「你進去過嗎？」

路易斯停止刮毛，瞇眼看著他。「你問這做什麼？」

「沒有理由，」傑克聳聳肩。「只是問一聲。」

路易斯皺眉。「一次。」他說，然後又回去刮腿毛，繼續從皮膚上刮出火星。

「發生了什麼事？」

「警察，」他兇巴巴說。然後他搖搖頭，傑克以為到此為止了。但過了一會兒，路易斯又繼續，「那是我成年後第一次因為入室盜竊被起訴。之前我頂多只有被打個手心之類的，但是我知道這回我可能會去坐牢，所以就跟他們談了條件。」他搖搖頭，對自己的愚蠢嗤之以鼻。「我以為，給他們一些真正的甜頭，我就有點籌碼可以拿到認罪協商的好條件，你知道？所以我就這麼做了，他們說非常感謝你，抓住了當晚餐吞下肚……之後他們還是讓我去坐牢。」

傑克眼睛瞪大了。

「進去四個月。就這樣。」路易斯打了個響指，同時鬱悶地點頭。「老弟，絕對不要信任警察，無論他們跟你承諾什麼——那些貪婪的混帳，總會找個罪名讓你坐牢的。」

巴茲哭哭啼啼，但是路易斯繼續瞪著傑克，直到傑克點頭，表示了解警察了。

「你可以繼續搖他嗎？」傑克問。「我得去家居市集了。」

「不用了，他得出來跑一跑，不然我就得整夜不睡，而且洛琳會殺了我。」他站起來，把巴茲抱出嬰兒車。「好吧，巴茲小弟？你好嗎？」

巴茲皺起臉，頭靠在父親的肩膀上。

路易斯揉揉巴茲的背部，然後伸手摸著他兒子穿了尿布的胖大牛仔褲，從上頭的口袋裡掏出一片紙，遞給傑克。

「尚恩說他們會去泰國待到星期六。」

「好極了，大哥。」

「記住我說的話。」

「我會的。」

路易斯把巴茲放下地，狗繩扣在他的腰帶上。小男孩打了個呵欠，四下看看，然後直奔運河。

傑克差點忘了問。「你給了他們什麼？」

「誰？」

「警察。你給了他們什麼甜頭？」

路易斯露出苦笑。「我老爸。」

傑克也大笑起來。然後他離開，走向黃金街。還沒到轉角，他回頭看到路易斯熟練地把牽狗繩往回拉，讓巴茲減速，呈一個大弧繞行，像一隻馬林魚。

家居市集百貨店什麼都賣，但是其獨門特色是混亂。

櫥窗裡展示著燉鍋、學校用品、綿羊驅蟲劑，對一個小農鎮而言，並沒有新奇之處。但是家居市集的消費者最好是在提弗頓出生且長大，才有辦法掌握店裡隨機的存貨和怪異的格局：那是多年來逐步合併附近多家商店，所創造出來的陳列方式。一進店門，地板就陡斜向上五十多碼，直通店裡的後方；然後往兩側延伸，與街道平行，面對著其他店家背面的門或窗子，像一棵又大又寬闊的樹。

傑克進門時，門上的鈴鐺響了，他沿著鋪地毯的上坡走，爬過陳列的賀卡和平底鍋、桌上遊戲和燈罩、魔杖和保暖襪和垃圾桶，一路來到店裡的後方。此處地毯和天花板幾乎就要交會，高個子常客會彎下身，而高個子遊客就會撞到頭，然後露出淒慘的微笑，因為這也是小鎮魅力的一部分。

就在高出地面足足六公尺以上、位於一牆安靜的時鐘之下，傑克拿起一盒乳膠手套，轉身，開始下坡朝結帳的收銀台走去。

下坡有好幾條路線，他挑了一條與眾人不同的。縫紉線、假花、車用潤滑油、擠花袋，隨著他加快速度，這些東西也愈來愈快掠過他身邊……

就在髮飾品前，他費了點勁停下腳步。然後他稍微後退，往上坡走幾步，看著一整架相框——裡面都有同一家假扮的家人，在玻璃後頭快樂地微笑：一個女孩、一個男孩，還有一個海灘球。總是會有海灘球。

傑克瞇眼看著那排相框。

他拿起兩個比較，然後把其中一個放回去。

他只付了手套錢。

然後他想起自己警告過喬依，於是走到「忙碌蜜蜂」糖果店兼報刊經銷商，把訂閱的報紙取消。本來就愁眉苦臉的店主多倫先生差點要哭出來。

回家後，傑克進入他很少使用的臥室，擠過一疊疊報紙，經過同樣堆滿報紙的床，來到窗前。他從口袋裡拿出那個偷來的相框，審視著。裡頭的兩個小孩和海灘球，和他自己黯淡的環境形成明顯的對比。他們好乾淨！就連指甲都不例外。他們的頭髮洗過，牙齒整齊而潔白。他想像著他們會擁有的臥室——好多玩具和書和乾淨的寢具——位於充滿了溫暖和亮光和愛的家中。

傑克把那張照片從相框中抽出來，揉成一團扔在地上，然後把空相框放在窗台上。

不知怎地，有個相框放在那裡，準備好等待著，就給了他希望，覺得自己有可能找到那張自家的全家福照片，放進去。

有了這個相框，他就覺得好過多了，雖然他知道自己這樣很幼稚。

他生活中難得有希望出現，即使只是一點點，也足以讓他支撐很久。

寇以爾太太家的花園有動靜，傑克趕緊退後。

寇以爾太太死前，有一整年都坐在輪椅上，難得出來戶外。她已經聾了，而且脾氣很壞，沒興趣參與任何事，也沒興趣跟任何人打交道。

傑克一直很喜歡她。他會幫她採購雜貨，替她割草——開場白總是說「我爸派我來的」，免得她起疑心。

但是現在搬來了一個新鄰居。梅麗提過，現在新鄰居出現了。瘦瘦的，然而背脊挺直。頭上戴著草帽，一手拿著小鏟子，另一手提著一個黑色水桶，不過她身上穿的衣服不是要打理花園的：淺粉紅色襯衫，白長褲和涼鞋。

她沒用那把小鏟子做任何事，只是走到破爛草坪的中央，緩緩轉了一圈，審視著自己的新領土，以及之外。

她轉向傑克的方向時，他退離窗子更遠，進入陰影處，不會被看到了。

但那個老女人的臉朝向他的窗子昂起，好像知道他在那裡。

傑克心底有點小小的不安。

即使從這麼遠的距離，這個新鄰居看起來都很好管閒事。

睡覺時間到了，亞當站在後門的門口，呼喚著那隻貓。

「薯—條！薯—條！來嘛，薯條！」

凱瑟琳暗自微笑。薯條老是逼得亞當乞求。她從不乞求。她喊了，貓就回來，否則她就把牠鎖在外頭過夜。簡單得很。薯條知道，總是從花園迅速衝進屋內，像一支毛茸茸的白箭。但牠吃定了亞當，老是不肯進屋，直到她的人類奴才被徹底羞辱過一頓——吹口哨，花言巧語哄著，手裡還拿著那盒貓零食不斷搖晃，像是美國歌星巴瑞．曼尼洛搖著沙槌。

電話鈴響了。

「我來接。」她說，然後要從沙發上起身，努力到第二次才成功。

「這麼晚了，會是誰打來的？」她問著肚裡的寶寶，但是寶寶顯然不知道。

「喂？」

電話那頭一片靜默。

「喂？」她又說了一次。

「薯條！拜託，我的好薯條！」

但電話另一頭還是沒有出聲。

凱瑟琳張口要第三度說「喂」，然後又緩緩閉上嘴。那沉默太深、太黑暗了，不可能是線路故障。

有個人在那裡，只是不想說話。

前兩天刀子出現那一夜的記憶，沿著她的後頸流淌而下，像緩慢的黑油，將她裹上一層滑溜溜的恐懼。

有個人顫抖地呼吸。

或許是她自己。

從很遠很遠的地方，傳來亞當搖晃著那盒貓零食的聲音，好像巴瑞．曼尼洛在唱著他的招牌歌〈科帕卡巴那〉。

「你想幹嘛？」凱瑟琳低聲問。對方沒有立刻回答，她就又問一次，幾乎開始恐慌起來。「你想幹嘛？」

電話裡傳來一個小小的吸氣聲。

然後又沒了。只剩下她耳邊無止境的靜默。

「你想幹嘛？」這回她講得好小聲，自己都不確定是否發出了聲音。

一陣漫長的沉默。那個人掛斷電話了嗎？

然後傳來一句低語——跟她的聲音一樣小，彷彿對方也不想被別人聽到。

「我本來可以殺了你。」

凱瑟琳的臉忽然麻痹了。她感覺不到自己的嘴巴。

那聲音裡沒有威脅的意味，只不過是陳述事實。沒有更多，也沒有更少。但她雙腿發軟，一手扶著牆壁好撐住自己。

然後那貝殼裡的沉默被近處一個機械聲所取代，凱瑟琳知道他掛斷了。

她緩緩放下電話。

在她身後，亞當說：「是誰啊？」

她沒轉身。「什麼？」

「剛剛打電話來的？」

「喔，」她說，「打錯號碼的。」

然後她這才轉身。亞當懷裡抱著那隻貓，毛茸茸地好神氣。

「希望對方有道歉，」他說，「都快十一點了。」

「是的，」她結巴地說，「她說了對不起。」

亞當皺眉看著她。「你還好嗎，凱瑟琳？」他說，「你臉色有點蒼白。」

她勉強擠出微笑。「我想我剛剛站起來太急了。」

亞當讓懷裡的薯條溜到地上。他溫柔地扶著凱瑟琳走回沙發，然後跪在她面前的地毯上，抬頭憂慮地看著她的臉。「你要喝點水嗎？還是茶？我可以去泡茶給你？」

她點點頭。「是的，麻煩了，甜心。有杯茶就太好了。」

她希望他去廚房，或去任何地方都好，這樣她就不必假裝，不必跟他撒謊了。

但是他沒離開。「你確定沒事？」他說，「我可以打電話給醫院。去拿那個包……」

打從她懷孕第四個月開始，她就收拾好待產包，放在前門旁邊。當時她還能穿十二號的牛仔褲，想到自己日後會需要那個包，感覺上似乎好不真實。但現在她每天都會去查看那個包，好確認還在那裡。有時候她會加入一些東西，或者用更好的某個東西去換掉原來的。

「不是寶寶，」她向他保證。「我想，我只是剛剛去接電話時太快站起來，所以有點暈眩。」

她又朝他微笑，用力握了一下他的手。「我想喝杯茶，麻煩了，親愛的。」

他褐色的眼珠搜尋著她的雙眼，於是她閉上眼睛，小心翼翼地往後倚著靠墊。

亞當又拿了一個靠墊，輕柔地塞到她後腰下方。

「好一點了？」他問。

「謝謝。」她說。

他吻了她前額，然後吻她的肚子。

凱瑟琳慶幸地眨著眼，把淚水忍回去。有時他讓她覺得自己像一個公主、一個情人、一個受鍾愛的小孩，三者同時發生。

而她竟然跟他撒謊！

他彷彿聽到她的思緒，嚴肅地看著她。「如果有什麼不對勁，你會告訴我吧，凱瑟琳？」

她不假思索地點頭。「當然了！」

但其實她不會。

因為如果她告訴他有關那通電話，就得說出遭小偷的事情，然後他不光會為了浴室沒關的窗子和那個瑞典花瓶而生氣，也會為她之前什麼都沒說而傷心。

凱瑟琳真希望自己之前沒有瞞著亞當任何事，但現在她已經走上這條路，實在很難回頭了。

她覺得自己好像背著他偷吃。

「我愛你。」他說，像一支帶著愧疚的飛鏢射中她。

接著她讓他緊擁著自己好一會兒，雖然她其實只想獨處。

梅麗檢查她那只紅藍兩色的小手錶。到了三點三十分，她就從掛鉤上取了後門的鑰匙，抱著陸龜唐諾衝出去。

太陽照著她的皮膚時，她興奮得輕輕顫抖，然後把唐諾放在草坪，自己也撲地趴在那片溫暖的青草上，彷彿潛入一片深深的綠色池塘。

她趴在那裡，兩手捧著自己的臉，讓青草刺著她的眼皮和鼻子，同時吸入青草、泥土和樹根的氣味。然後，緩緩地，她轉身側躺，好傾聽花園的聲音。

她臉頰下頭有草莖彎曲與折斷的聲音，還有她自己的頭髮拂過耳朵的摩擦聲。但一旦她靜止不動且呼吸放慢，她就可以聽到腦袋下方的全世界：甲蟲和昆蟲的細碎聲響，還有——她幻想出來的——蚯蚓在土壤間鑽動，土壤也在蚯蚓體內鑽動。

除了唐諾之外，蚯蚓是她最愛的動物。傑克用一個鞋盒幫她做了個蚯蚓旅館，上頭開了門和窗子，還有拉上的遮光簾，裡頭放了半滿的泥土，這樣梅麗就可以觀察蚯蚓，不怕有青草擋住。她會抓來蚯蚓，讓牠們住進旅館幾天，然後又讓牠們退房離開，放回花園裡面繼續工作，同時迎接另一批新客人到來。

在一本大大的黑色筆記本上，她用簽字筆仔細記錄了客人的到達與離開，然後幫牠們取了名字：小蛇、扭扭、溜溜和呎長。她很確定「呎長」的一呎長度是尋常可見的，但傑克說不太可能。

梅麗閉上眼睛，在草地上伸展雙臂，彷彿擁抱整個星球。她一隻耳朵傾聽著蚯蚓和甲蟲，另一隻耳朵充滿了鳥類的輕柔啁啾，還有熊蜂嗡嗡地飛來飛去，像是鄉間小路上的車聲。有個緩慢、沙啞的咳嗽聲，然後是一個喀噠聲和一個叮噹聲。

一陣短暫的靜默，然後又出現了：噗——啪，噹。

梅麗抬起頭看著圍籬。隔壁有人想發動割草機。

她起身，小心翼翼地站在迷你溫室四周的矮磚牆上，這樣她就可以掛在那裡，腋下剛好卡著圍籬。

新鄰居在那裡——一個老女人穿著不太合宜的白長褲和粉紅色印花襯衫。

「哈囉。」

那老女人抬頭看，但是看錯方向了，所以梅麗就伸出一手揮了揮。「在這裡。」

「喔，」那女人說，「哈囉。」

「我是梅麗。」梅麗說。

「喔，」那老女人說，「很好。」

「你叫什麼名字？」

「喔，」她又說了一遍。「你的名字是梅麗？」

「是啊，」梅麗說，「我剛剛說過了。」

「很好！」那老女人說，然後又沉默了一下，好像不知道關於這名字有什麼可以說的。

最後她終於說：「梅麗這個名字很美。」

「是嗎？」梅麗說。她從來沒這麼想過。這名字只是人們用來喊她的，是她的一部分，就像她的手指和腳趾。不美也不醜，只不過是手指和腳趾而已。

「你叫什麼名字？」她又問了一遍。

「雷諾茲太太。」

「喔。」梅麗說。雷諾茲太太這個名字不美也不醜，所以現在輪到她不曉得要針對這名字說什麼了。

雷諾茲太太又拉了一下割草機的啟動繩，聽起來沒有發動成功。梅麗知道，因為傑克幫她發動割草機的時候，會發出又快又響的聲音，吵得她要摀住耳朵。雷諾茲太太的割草機聽起來喘著氣，好像生病了。

「我們家的割草機可以發動。」她說。

雷諾茲太太沒說話，只是又拉了一次啟動的繩子。噗——啪，噹。

「我會用割草機割草，」梅麗又說，「但是我哥得幫我發動割草機。」

「非常好。」雷諾茲太太說，好像梅麗說的話有什麼不對勁。

「你自己一個人住嗎？」

「對。」噗——啪，噹。

「我跟我哥和我姊和我爸一起住。但是我爸常常出門工作。在開採石油的油井。」

「是嗎？」雷諾茲太太說，一邊轉鬆了割草機上的一個蓋子，往裡頭看，梅麗覺得她根本沒在認真聽。

「是啊。」她繼續說，「所以大部分時間只有我們在家。」

「真不錯，」雷諾茲太太說，「裡頭還有汽油，也有機油。我不曉得哪裡出了問題。」

傑克會曉得哪裡出了問題，梅麗心想。傑克一下子就能修好的。她好想說傑克可以幫她修，但是如果說出來，傑克一定會生氣。傑克不喜歡介入鄰居的事情，以防萬一鄰居也想介入他們家的事情。於是梅麗沒說任何有關割草機的事。她被規定可以說的話有哪些，不能越出範圍。

「我在家上學。」她說。

「現在嗎？」雷諾茲太太聽進了剛剛的話，目光忽然離開割草機，抬頭往上認真看著撐掛在圍籬上的梅麗。「如果你父親不在家，那誰在家裡給你上課？」

「我哥和我姊，」梅麗說，「我讀了一大堆書。」

「是嗎？」雷諾茲太太疑心地說，「那你最喜歡哪一科？」

「吸血鬼。」

「吸血鬼？」

「對，」梅麗點頭。「我知道有關他們的一切。他們會吸你的血，但只有你邀請他們才可以。」

雷諾茲太太皺眉，於是梅麗又解釋：「他們不能想吸就吸，這樣違反規則。」

「原來！」雷諾茲太太堅定地說。她雙手扶著瘦削臀部的上方，看著割草機，接著目光又回到梅麗身上。「你哥和你姊幾歲了？」

「二十，」梅麗說，「另一個十九。」

「啊，」雷諾茲太太說，「非常年輕。」

「對我來說不會，」梅麗聳聳肩，又問：「你還有小孩嗎？」

「還有？」

「唔，因為你好老了。」

「我六十三歲，」雷諾茲太太不高興地說，「你幾歲了？」

「將近六歲，」梅麗說，「所以呢？你還有小孩嗎？」

「我有一個兒子。」

「或許他可以幫你割草。」

雷諾茲太太嘆了口氣說：「或許吧。」她把割草機推回花園裡的工具小屋，用一把掛鎖給鎖上了，接著將鑰匙放在屋外露台上的一個花盆下。

「這一帶沒有人會偷東西的。」梅麗說。

「可別太有把握。」雷諾茲太太說。然後她直起身子說：「那麼，吸血鬼，還有別的嗎？」

「很多。」梅麗說。

「比方呢？」雷諾茲太太說。

「嗯……新聞，」梅麗說，「我知道所有新聞。」

「真的？」

那個語氣讓梅麗覺得雷諾茲太太認為她在撒謊，於是她皺起鼻子，努力思索她在報上看過的東西。

「全世界最後一隻ibuk死了。」

「什麼是ibuk？」雷諾茲太太問。

「是一種綿羊。」

雷諾茲太太皺眉，然後說：「你的意思是ibex（羱羊）。」

「對，ibex。」梅麗說。

「那是一種山羊。」雷諾茲太太說。

「反正不重要，」梅麗聳聳肩。「因為牠被一棵樹壓死了。」

「是這樣嗎？」雷諾茲太太半信半疑地說。

「是啊，另外俄羅斯有一艘潛水艇沉到海底下，他們沒法把人救出來，裡頭的人全都死了。」

「潛水艇。」雷諾茲太太說。

「是啊，」梅麗目光挑釁地繼續說：「另外席普曼的所有事我都知道。他殺了好多人，但是只殺老的。」

雷諾茲太太皺起嘴唇，看起來似乎要說什麼，然後似乎又改變心意說：「你那樣掛在圍籬上好嗎？」

梅麗從來沒想過這個問題，但現在她低頭看著圍籬，又看看自己，然後看著自己的腳撐在迷你溫室的矮磚牆上。她覺得一切看起來都沒問題。

「我想沒問題。」她點頭說。

雷諾茲太太雙手又扶著臀部上方，好像在生氣。

「好吧，只要你別把圍籬給弄壞就好。」她說，然後沒說再見，就走進屋內，關上後門。

梅麗不明白自己怎麼可能弄壞圍籬，講這種話真蠢。那是圍籬耶。

她又趴在那裡一會兒，看著鄰居花園裡長得太高的草。然後她小心翼翼爬下來，留意不要踩到迷你溫室的玻璃蓋。溫室裡頭種了番茄，還有萵苣和蔥。澆水是她的工作，她一天都沒有耽誤過，因為溫室裡面很熱，即使沒出太陽。她會知道是因為傑克有回要她躺在迷你溫室裡，蓋上蓋子，所以她知道那些植物有多麼需要水。

這會兒她打開蓋子，摘了一顆甜美的櫻桃小番茄，用她小小的白色牙齒咬開。

她被允許吃這些，因為生菜沙拉對身體很好。
她又摘了一顆，打算要給喬依。

星期五晚上，凱瑟琳的義大利燉飯非常成功。她唯一做的就是站在那裡，一邊聽著ＢＢＣ的長壽廣播劇《阿徹一家》，一邊攪拌著鍋裡的米，但珍奈一直誇個不停，活像是吃到了獨角獸肉串燒似的。

「這個食譜一定要給我！」她在不同時間說了三遍。「實在太好吃了。」

「只不過是米飯加上苦工而已。」第一次凱瑟琳微笑回答。第二次她只微笑；第三次她就假裝沒聽見，之後珍奈就沒再說了，不過她倒是問了義大利燉飯和西班牙大鍋飯的差異，結果大家都搞不清楚。最後他們花了很多時間，決定差異是「魚」。

他們的談話很尷尬。凱瑟琳很喜歡她在房地產仲介公司的工作，但珍奈現在提起來，感覺上毫無價值。而且珍奈談得愈多，就愈沒有內容，聽起來也愈老套。

「所以我對貝文先生說，花園裡有那個池塘，他們的房子絕對賣不掉！那是住宅！那個池塘就像是拿著一面紅旗警告大家，旗子上頭還畫了錦鯉！」

珍奈大笑，但在場只有凱瑟琳努力擠出笑容並贊同，希望能讓羅德因此閉嘴別說話。

羅德是中等身材和身高，一雙小眼睛，五官模糊。他長得不醜，但隨著時間愈晚，凱瑟琳就愈加覺得他令人反感。

首先，雖然她之前只見過他一次，而且很短暫，但他一進門就吻她臉頰，接著還摸她的肚子，好像她是個幸運符似的！

「真是大好消息。」他說，遲了七個月。

凱瑟琳硬擠出微笑，避開他的手，而且接下來整個晚上都設法跟他維持一隻手臂的距離。

但即使保持距離，她也還是不喜歡他。他跟亞當聊汽車時咄咄逼人，宣稱內行卻只是暴露他的無知；他告訴他們有個工作上碰到的白痴，那個人他們不認識也不在乎——然後看他們沒興趣附和，就覺得受到冒犯。他沒吃過像這樣的義大利燉飯，要求凱瑟琳說出她的秘密材料，然後又不斷把「秘密材料」轉成一個懷孕的笑話，每回講出來都擠一下眼睛或手肘碰一下旁邊的人，結果大家都沒笑。

到了八點三十分，他已經顯然非常顧人怨，凱瑟琳等不及要送客了。

談話中的空檔愈來愈長，珍奈努力填補的企圖變得愈來愈淒慘，而且亞當也毫無貢獻，只除了偶爾講「把鹽遞給我」之外。偶爾他會看向飯廳門外的電視機方向，有回還在浴室裡面待好久，凱瑟琳知道他一定是在裡面看起書來……

一開始凱瑟琳還努力嘗試，但就是沒辦法讓那些膚淺的談話持續下去，因為她心底有個更黑暗得多的真相。

只要她開口，她就會說出來，而且會毫不保留地全部傾吐。

這一切我才不在乎！前幾天一個男人偷闖進我們屋裡！還威脅要殺我！

想到這場晚餐派對表面的禮貌有可能多麼快就破裂，她幾乎要笑出來。

「還要葡萄酒嗎？」亞當說，她狠狠瞪了他一眼，表示不——然後才發現珍奈也看到了。

凱瑟琳臉紅了。

「你還好嗎，凱瑟琳？」珍奈說，頭歪到一邊表示同情。

凱瑟琳知道背後隱含的意思。

你為什麼要這麼難搞、這麼賤？如果你不希望我們待在這裡，當初為什麼要邀我們來？

「對不起，珍奈，」她說，「我一直好期待這場晚餐，但我實在是累壞了。因為寶寶，你知道吧？」

誰都沒辦法跟寶寶爭辯。

「當然了，」珍奈微笑。「還有你那些攪拌活兒。」

那些謊言，她的意思是這個。

他們喝完咖啡就立刻告辭，凱瑟琳在門口擁抱珍奈，因為她感覺好糟——雖然沒糟到留他們再多坐一會兒。

當亞當送走他們關上門，凱瑟琳倒在他懷裡，解脫地嘆了口氣。

「感謝上帝！」

他輕拍她的背。

「真對不起，」她靠著他的胸膛說，「我實在是提不起勁。可憐的珍奈。我明天會打電話給她道歉。眼前我只想去好好泡個熱水澡，然後上床睡覺。」

他又拍拍她的背，但是什麼都沒說。凱瑟琳抬頭看他。「你還好吧？」

「很好。」他說。

她稍微抽離他的懷抱。「怎麼了？」

亞當聳聳肩。「那個羅德是個混蛋，不是嗎？」

「一點也沒錯，」她同意，然後又把臉頰貼著他的胸膛。「就連我都看得出來，他對汽車根本一點都不懂！」

「還有他居然去摸你的肚子。」

「就是啊，」凱瑟琳說，「真的很不得體。」

「我不喜歡他。」亞當說。

「我也不喜歡，」她說，「但是珍奈交男朋友從來不超過一年，所以他的期限快到了。」

「很好，」他說，「我希望我們永遠不必再看到他。」

凱瑟琳微笑，放開亞當，開始爬樓梯。

她才爬了兩階，就有人敲門。

是羅德，他有個輪胎沒氣了。

哎呀。

羅德又進屋要打電話給他保汽車險的公司，同時凱瑟琳走出去安慰珍奈，並察看輪胎。在溫暖夏夜的黑暗中，她和珍奈並肩站在那輛豐田車旁。

「好慘。」凱瑟琳說。

「羅德才剛把所有輪胎都換新過，」珍奈說，「我要叫他把車子開回保養廠，好好罵他們一頓。」

她們同時朝門口轉頭，要看羅德是否出來了。

結果沒有。

沉默。

凱瑟琳很不想又邀他們進屋而拖長這個夜晚，泡個熱水澡已經近在眼前了。

「你和羅德好像很快樂。」

「到目前為止還好，」珍奈點點頭，然後手指交叉以祈求好運。「他今天晚上很緊張，我看得出來。他根本對汽車一竅不通。」

她們兩人都大笑起來。

「不過他對我很好，」珍奈說，「這是個好轉變。」

「那就太好了。」

「是啊，沒錯。」

「你現在知道他做什麼工作了嗎？」

「還是不曉得。」珍奈說。

凱瑟琳又笑了，很高興自己當了一整晚差勁的主人之後，可以跟珍奈共享這一刻。

「我會給你那個義大利燉飯的食譜。」

「啊拜託一定要。真的太好吃了。羅德通常只吃裹麵糊油炸的東西，要讓他吃別的好困難。」

最後凱瑟琳終於沒辦法再拖了。

「我們回屋裡等吧？」

「你確定？」珍奈問。

「當然確定。」

於是她們沿著短短的車道往回走，珍奈說：「不會吧！你們被開了罰單？」她伸手橫過豆綠色的Volvo車引擎蓋，拿出雨刷下頭壓的一張紙。她在橘色路燈的光線下打開來，皺起眉頭。

「那是什麼？」凱瑟琳問。

「好怪。」珍奈遞過來，凱瑟琳看到那上頭熟悉的字跡，心往下沉。

打電話報警！

雷諾茲警佐開始不喜歡約翰．馬佛了。

雷諾茲不是個愛批判的人，所以他們第一次見面，他就盡量往好處想，不要妄加論斷。畢竟，馬佛總督察初來乍到，又才剛被一個粉紅色行李箱絆倒。事情一定會有些不順的。

但是一個星期後，事情還是不順。

而且雷諾茲確實感覺到，往後只會更加不順。

首先，馬佛看起來糟透了。他體重過重又邋遢，兩隻耳朵指向不同的角度，而且雖然他穿了西裝，但是非常不合身，像是別人的衣服。另外他鼻毛很長，光這點就足以讓雷諾茲不寒而慄。他堅信文明人除了頭上以外，其他任何地方都不該有毛髮。他自己有個百靈牌修毛器，每天早上都著魔似地用來清理自己的鼻腔。但是馬佛有好多鼻毛，有時講話講到一半，還會用大拇指和食指捏鼻子，好像他懷疑鼻孔裡會有什麼東西垂下來。

另外馬佛渾身菸臭味，而且喝酒喝太兇了。他不管長褲是什麼顏色的，一概穿著磨損的褐色舊皮鞋。他的領帶非但很久沒有乾洗過，而且看起來好像打從買來、套進他那個歪向一側的大腦袋之後，就再也沒有解開過。

雷諾茲實在沒辦法去看那個髒兮兮的領帶結。

他忽然瑟縮一下，因為馬佛在他鼻子下方打了個響指。

「醒醒，雷諾茲！」

雷諾茲臉紅了，伊麗莎白．萊斯朝他眨了下眼睛。

雷諾茲也不確定自己喜歡她。她夠漂亮，但是非常不像個淑女。他有回看到她奔跑過一個停車場，毫無理由。

而且萊斯是刑事警員，不應該跟一個警佐眨眼睛，除非是值勤時公務所需。

他嘆氣。現在再也沒有這些上下的界限了。一切都平等，大家都以名相稱。

於是雷諾茲轉身，沒理會萊斯的眨眼。

這是為了她好。

馬佛拿出一張捲起來的大地圖，在地板上展開。

此刻他們在北提弗頓一片產業內一棟小房子的空蕩客廳裡——跟馬佛自己租的房子有點像。

他們全都湊著那張地圖看。地圖上用簽字筆標示出好幾打紅點。

「每一個紅點都是一個金髮賊的犯罪現場，」馬佛說，「大部分都是在這個區域附近。所以我們就在這裡設陷阱。」

「什麼陷阱？」派洛特問。

馬佛一隻手臂朝客廳裡揮了一圈，像個房地產仲介人員。「歡迎來到捕捉屋！」

「那是什麼？」萊斯問。

馬佛難得咧嘴一笑。「這棟房子就是我們要抓到金髮賊的地方。」

「怎麼抓？」派洛特問。

馬佛暫停一下，好製造戲劇效果。

「藉著給他想要的一切！」

他的團隊茫然看著他。

好吧，不是他的團隊，而是硬塞給他的團隊。如果要他挑，首先，他不會挑雷諾茲——有那雙亮晶晶的皮鞋和紅色的絲質領帶。

他也不會挑萊斯警員。馬佛不太喜歡女警。以前行動時，他只見過一個還不錯的，而且很確定她是女同性戀。萊斯太年輕也太漂亮了，只會讓人分心。對他當然沒用——他已經發誓戒絕女色——而是對團隊裡的其他人。

最後是托比．派洛特，當初馬佛第一天上班時就是搭他的車子，後來才知道，他偵辦金髮賊的案子快一年了。他被派繼續辦這個案子，負責在舊的德文與康瓦爾警隊小組和新的亞聞與薩摩塞特警隊小組之間當聯絡人。派洛特看起來讓人沒什麼信心。他坐在椅子上，雙手防衛地放在膝蓋和瘦肩膀之間，弓著身子像是第一次參加匿名戒酒協會的聚會。

馬佛嘆氣。這就是金髮賊團隊。沒有一個像樣的。

「拜託，」馬佛說，「這個混蛋把警方耍得團團轉也太久了！我還有殺人兇手要抓，才不想把人生浪費在一個不重要的小賊身上，所以大家打起精神，告訴我他想要什麼！」

當然了，他其實沒有殺人兇手要抓；但總之，重點不在於實情，而在於激勵士氣。

「一張過夜的床？」萊斯謹慎地說。

「所以才會有金髮賊的綽號。」雷諾茲充滿希望地說，但馬佛只是瞪他一眼。

「那是他進屋之後，」馬佛說，「但是我要知道，是什麼讓金髮賊選擇這棟房子闖入，而不是隔壁那棟。」

「獨立式的房子。」派洛特說。

「很好。」馬佛說。

「但是帕思摩家住在連棟排屋。」雷諾茲說。

「那一樁不是金髮賊幹的。」馬佛說。

雷諾茲看起來大吃一驚。「他們家的床被睡過，食物被偷走，電視機和家庭照片被砸爛。這些全是金髮賊的特徵。」

「不是。」馬佛說，一副不容爭辯的語氣。

「我會告訴你們，」他繼續說，「這個混蛋想要的是隱私。位於一片無特色產業上的獨立式房子，浴室有個高高的小窗子，廚房屋頂很容易爬上去，後院有樹遮住。所有的犯罪現場都有這些共同點，而這棟房子也都有。

「現在我們唯一要做的，就是把房子佈置好，看起來像是有人住的地方。屋裡要裝滿容易帶走的小東西，就是他喜歡偷的那種，接下來就等著他發現這棟房子了。」

「然後他會闖入，把我們所有東西都偷走。」派洛特皺眉說，好像覺得馬佛的計畫裡忽略了這個關鍵的缺陷。

「重點就在這裡，」馬佛厲聲說，「因為接下來……他就會觸動一個無聲的警鈴，啟動我們將會設置的隱藏式錄影機，所以我們會當場拿獲他，外加還把他的犯罪過程錄在彩色影片裡。然後我們會給他一個不錯的認罪協商條件，天曉得他還有多少其他的違法事件，總之，事情簡單得很。」

雷諾茲、萊斯、派洛特四下打量著那個空蕩的客廳。

「有可能成功。」雷諾茲說。

「會成功的！」馬佛兇巴巴地說，「我看過成功的例子。」

其實這不是實話，不過他聽說過就是了。

「太好了，」萊斯說，「什麼時候開始？」

「你和雷諾茲現在就開始。」

「我和雷諾茲警佐？」她驚訝地問。

「雷諾茲警佐和我。」雷諾茲糾正她，心想該把長官放前面才對，然後發現其他所有人都茫然看著他。

馬佛又開口了。「你們兩個要假裝住在這裡，好讓一切看起來真實可信。你們可以用艾克斯特倉庫裡的那些家具。不必花俏的，只要真實就行。然後你們花大約一個星期住在這裡，跟鄰居聊天，在當地酒館喝酒，進出這棟房子，接著你們就離開——」馬佛雙手各舉起兩根指頭，比了個引號。「——去度假，接下來，我們就等著金髮賊上門了。」

他搓搓雙手，看起來對自己很滿意。

雷諾茲說：「嗯——」

馬佛轉向他。「有什麼不對勁嗎，雷諾茲？」

雷諾茲警佐看起來很不自在。「長官，只不過我知道萊斯警員有個……伴侶……我不希望有任何……尷尬……」

馬佛哼了一聲，萊斯一隻手不在意地搖了搖。「啊，艾瑞克不會介意的。」

「別緊張，雷諾茲，」馬佛逗他。「你不必跟她嘿咻。」

托比．派洛特大笑，但萊斯說：「有個問題大概很蠢，長官——」

「那就別問。」馬佛說，然後捲起地圖，明白表示這場談話結束。

「唔，我反正還是要問，」萊斯聳聳肩，於是馬佛心想，她真難搞。「金髮賊要怎麼發現這個捕捉屋？」

「這件事交給我。」他兇巴巴地說。萊斯點點頭，不再多說了。

回湯頓的一路上，馬佛都悶悶不樂。

該死的女人！他心想。老是提出問題！

但那是一個好問題。而且是他沒有答案的。

暫時的而已。

在馬佛童年那個黯淡而遙遠的康瓦爾假期裡，他曾去釣魚。

記憶中，那個部分是整個假期裡他唯一有點好感的。他和他父親和弟弟。他記得站在當地一家釣具店——名叫「垂釣男」——昏暗的店內，聽話地不要去碰一屋子釣竿、一架架迷彩防水服裝，還有一整牆有如屋瓦般層層覆蓋的小塑膠袋，裡頭裝了陌生的手工藝品，其用途就像人生的意義般讓他完全猜不透。鮮豔彩球和羽毛、銀色的假魚、小鉛球和大鉛錘、螢光蜈蚣、一千種不同的滾珠軸承和線圈和魚鉤，還有幾十個、幾百個繞著亮藍色釣魚線的捲軸。

一個破爛的冰凍櫃上頭有一份魚餌清單，長度跟他十歲的手臂一樣。

之前在南倫敦的家裡，他釣魚只曉得用蚯蚓和一塊石頭綁在線上，丟進水裡。但是那天他眼界大開，看到了釣魚的種種花招，同時垂釣男漁具店的老闆盤問他父親打算去哪裡釣魚、想釣到什麼魚、兩個男孩可以把釣線拋得多遠……後來他們只釣到了幾隻螃蟹。

「你不會想釣到河水，是吧？」那位漁具店的老闆最後說，然後發出老菸槍的沙啞笑聲。雖然馬佛當時不明白那句話的意思，但那些字眼就像西南各郡的口音般，牢牢印在他腦海中。

現在他又想到了那句話。

你不會想釣到河水。

馬佛相信捕捉屋是正確的誘餌。

但是如果他們要抓到正確的魚，就得把誘餌放在正確的位置。

傑克低頭望著路易斯給他的那張紙，查看上頭的姓名和地址。

東尼與莎拉．戈梅茲。

那地址是從一個信封撕下來的，信封上有個葡萄酒俱樂部的標誌，他以前看過，還不止一次。葡萄酒俱樂部、P&O遊輪之旅、Boden服飾、各式各樣馬類用品型錄，賣的東西全是他永遠買不起的。

但他認識買得起的人。

至少，認識他們的房子……

傑克敲了門。

沒有人回應，那是當然，因為參加葡萄酒會員俱樂部的人在泰國，不過他完全準備好要裝出一臉困惑，接著是歉意，說找錯房子了。

啊，抱歉了大哥！這個地址搞得我都糊塗了！

但是沒人來應門，傑克也沒再敲第二次。他四下看了一圈，然後大膽地沿著房屋側面走，來到後院，戴上他的乳膠手套。

這是唯一的危險時刻。他已經離開前門了，這時如果有鄰居看到他而跑過來詢問，他要說自己迷路就很難過關了。

不過他還是有一套謊話，完全準備好了：東尼的兒子借走了我的腳踏車。我只是要去後院的工具小屋取回來而已。

傑克希望沒有人會跑來質疑他，因為他不是天生就很會撒謊的人。當然，他也不是天生的小偷，但他瘦削又健康又絕望得不顧一切，於是偷竊對他成了一個可行的職業。總之，他沒有「光滑」路易斯那樣能言善道的天賦，所以如果不是非有必要，他寧可不講話。

他沿著房子側邊往前走，知道擴建的廚房上方就會是浴室，離屋頂只有一段很緩的斜坡。這些新房子都很類似，而且傑克對它們瞭如指掌。他喜歡知道會發生什麼狀況。夏天時，窗子常常會打開；但是如果沒開，也並不表示他進不去，只不過要花比較久的時間。而花比較久的時間就表示風險更大，所以他喜歡一扇打開的窗子。

結果一如預料……

沒人相信有人能穿過這麼小又這麼高的窗子。

他們的缺乏想像力，就是他進屋的鑰匙。

後院裡也種了幾棵雜交的萊蘭柏。這一點對他向來都是個有利因素。茂密的綠色枝葉可以掩護他，讓鄰居即使是在大白天，也幾乎都看不到。而現在不是白天。

這房子的屋頂排水系統非常棒。

就像任何稱職的小偷，傑克的雙眼很自然地就會循著任何房子的外牆往上看，循著簷溝和雨水管的配置，評估這戶住宅，在電光石火的片刻內超前部署。

這棟房子的雨水管沿著廚房和浴室筆直往上。傑克評估，一旦上了廚房頂，只要沿著污水管往上爬沒幾呎，就可以傾斜身子把窗子完全打開。接下來經過一次伸展、一次短暫懸空、一次扭動身體，他就進屋了。

從離地開始，整個過程花了他不到三十秒。

他會被任何人看到的可能性很低。而看到的人還打算做些什麼阻止，那可能性就更低了。

傑克跳下窗台、越過水槽，然後像個俄羅斯體操選手般完美落地在浴室腳墊上。他深吸一口氣，讓這個房子的氣味充滿他全身，一路直通到指尖。

萊特煤焦油皂加上檸檬香馬桶清潔劑。聞起來像是柳橙林裡面生了一堆火。

傑克喜歡房子裡的氣味。有些有化學氣味，比方空氣芳香劑和花香洗衣粉，但傑克偏愛聞起來像個家的氣味。浴室裡面的洗髮精、臥室裡面乾淨的床單、廚房裡的食物，甚至是洗衣間的泥土味和洗衣籃內的臭襪子味，都會帶領他回到自己家的昔日……

之前。

他們的房子以前聞起來就是這樣。他很確定是如此，否則他不會在行竊的房子裡認出那種種氣味。有一回，他嗅出了他們小時候都用過的一瓶西瓜洗髮精，於是拿了塞進他背包裡，雙手顫抖得像是在提弗頓的一處房產裡發現古埃及法老王圖坦卡門的墳墓。回到家，他在水槽裡洗了頭（因為浴缸永遠堆滿報紙），然後把那瓶洗髮精藏在花園裡，這樣其他人就沒法用了。

當然，梅麗發現了。因為她老是為了找蚯蚓而到處亂挖。她什麼都沒說，但他根本不必太接近她去嗅，就知道發生了什麼事——她的頭髮有那種光澤。她想跑上樓，但是能躲到哪裡？他在嬰兒室一個報紙形成的箱形峽谷裡逮到她，賞了她耳光，因為她拿了不屬於自己的東西。

「我恨你！」她扶著欄杆往下大喊，此時傑克正氣沖沖地奔下樓，幾疊報紙滑到他腳下，害他差點跌倒。「我恨你，我希望你被卡車撞死！」

然後她哭了，他感覺好差，但這樣可以教會她不該拿他的洗髮精……

傑克做了晚餐。他檢查過冰箱，又看了塞滿罐頭和小包食物的櫥櫃，小心翼翼地從中挑選。有些他拿到後門旁放著，打算帶回家——乾豆子、燕麥、生菜。冷凍庫裡有一隻土雞。冷藏室裡有啤酒，但是他不喝酒。他從來不敢喝，怕萬一會從窗子摔出去或什麼的。

那梅麗和喬依怎麼辦？

他用蔬菜做了個西式蛋捲，然後從冷藏室裡拿了一小罐蛋奶水果鬆糕。傑克很少吃甜食，一時被那種刺激搞得有點暈眩起來。

他雙腳擱在茶几上看電視，沒轉台。當你在自己家裡找不到電視機時，看任何一台都很好。他一直到發現自己在打瞌睡，就把吃空的鬆糕罐和湯匙扔在地毯上，接著上樓去。

他淋浴把自己洗乾淨，接著享受泡澡的樂趣。熱水逐漸上升，淹過他的耳朵，他也往上浮起，身體漂離浴缸底，感覺像是在飛。然後水溢出浴缸邊緣，開始流到地板上。

他就讓熱水繼續流。

他洗了頭又沖水，重複好多次，直到頭髮都發澀了還繼續洗，只為了想感受手指間的泡沫。浴室裡有四條毛茸茸的大浴巾，他每一條都用了。

到了主臥室，他找到了吹風機。他吹乾頭髮，然後就那樣站在房間中央，全身赤裸，用吹風機吹著自己潮濕的皮膚。他不慌不忙，享受著溫暖空氣吹過全身的感覺。一大片地毯上沒有障礙物，腳下是乾淨柔軟的羊毛地毯，從房間這一頭可以看見另一頭那空間。

他穿上衣服，覺得暖和點了。

兩個小孩的房門上，用彩色拼圖各自拼出了名字。丹和雪倫娜。

雪倫娜的房間像是一個叫「麻煩製造者」的男孩團體的聖殿，這些男孩名字顯然是蘭斯、艾德、史考提、威猛米克。傑克覺得他們看起來一點也不麻煩，他自己一個人就可以砸爛他們的臉，於是把他們的海報從牆上扯下來撕爛。

丹的房間裡放著一張賽車形狀的床。傑克一直想要一張賽車床。他把自己的背包放在地上，鐵鎚放在床頭桌，然後上了那張床，沒脫衣服也沒脫鞋，以防萬一需要趕緊離開。

但是那張床不像他之前以為的那麼好玩。一旦他躺上去，感覺上就跟其他床沒兩樣。不過羽絨被很新，而且枕頭上印著變形金剛，傑克的腦袋就歇在柯博文柔軟的鐵掌中。

傑克閉上眼睛，謹慎地在黑暗中休息一下。

於是，就在陷入睡鄉的邊緣，他找到了極短暫的片刻，覺得一切都沒事。

週末過後，亞當又出門了——這回是去康瓦爾郡。

他的工作就是到處出差，這一點以前從來不曾困擾凱瑟琳。他每次出門三、四天，把馬飼料賣給各地的農牧用品店和馬廄，而她就在這裡自己過日子，等著歡迎他回家。以前她總覺得，他們每天晚上打電話聊天，還有他去一些小地方所寄來的搞笑明信片，就足以讓她感覺兩人緊密相連，很有安全感。

如今再也不是了。現在她知道以前的那種安全感有多麼虛妄，只要想到亞當要離開，還有接下來的漫漫長夜，她就覺得心慌。

想到會有另一通電話。

一張紙條……

一次拜訪……？

「我會想念你的。」她在車道上說。

「我也會想念你。」他說，把自己的袋子放在乘客座位上。「向來如此。」

「祝你去海邊一切順利。」

「我會寄明信片給你的。」

「別寄那種粗俗的。」她說。

「你破壞了一切。」他拉下臉，然後大笑，隔著懷孕的大肚子擁抱她。「你會沒事吧？」他埋在她頭髮裡說。

「當然了。」她說，因為說別的又有什麼意義？只會害他擔心，但他還是必須出門工作。

「好好照顧我們的寶寶。」

凱瑟琳覺得好內疚。感覺上就好像他知道！她幾乎可以聽到他這個句子的後半段：因為你上次沒照顧好。

你太多疑了，她告訴自己。他不知道的，因為你沒告訴他。

「我會的，」她認真地說，「對我來說，沒有比這更重要的事情了，亞當。」

「我知道，」他說，「你確定你沒事？」

她逼自己露出微笑。「我會想念你的，如此而已。因為寶寶就快出生了，我只是，你知道……」

「歇斯底里？」

「唔，」她聳聳肩，「我是女人嘛。」

「沒錯。」他明智地點點頭，然後兩人都笑了。

「不過說真的，凱瑟琳，」他說，「現在這個時候，我真的不想離開你。你知道你隨時可以打電話給我的，任何事都行，我就會上車直接開回家來陪你。不管我人在哪裡，都馬上會趕回來！」

「我知道。」她說，覺得自己的臉因為羞愧而發熱。

亞當又吻了她最後一次，這才上了那輛側邊有著「紅絲帶駿馬」的廂型車。凱瑟琳站在那兒揮手，直到他彎過轉角消失，然後她立刻覺得孤單起來。而且好冷，彷彿一片飄過來的雲擋住了明亮的朝陽。

她雙臂抱住自己，四下張望這條死巷。

沒有任何動靜。沒有人把回收垃圾拿出來，也沒有人催著小孩出門上學。

她匆忙回屋裡，但是屋裡感覺再也不像以往那麼安全了。凱瑟琳關上前門時，不知道自己是把危險關在外頭，或是關在裡面。

跟她在一起……

她站在前門旁一會兒，傾聽著屋裡的寂靜變得愈來愈大聲。

她想著，來烤個蛋糕！

她好久沒有烘焙甜點了，但是香蕉蛋糕的溫暖氣味正是她需要的，好讓她覺得舒適而安全。

她一路告訴寶寶每個步驟，隨著過去的每一分鐘，她都覺得愈來愈正常，到了半個小時後，她和廚房都沾上了麵粉，但烤箱裡頭已經有個香蕉蛋糕，讓她很有成就感。

然後她看到了香蕉，竟然沒加入蛋糕裡。

「啊狗屎！」

媽媽腦。

她不曉得該笑還是該哭。

「都怪你啦！」她對著自己的肚子訓誡——然後猛然抬頭。

花園裡有個什麼引起了她的注意。在圍籬上？他們家的花園並不大，但是周圍有很高的圍籬——六呎高的木板條——之外就是一小塊公共綠地，裡頭的樹緊挨著他們的院子。

她剛剛看到什麼了？她不確定。或許是一隻大鳥？

不，還要更大——

凱瑟琳打開後門，緩緩走過一片猶有燦亮露珠的草坪。天空清朗無雲，這一天已經很美好了。就連附近一具割草機的聲音都只是讓整個夏天的感覺更豐富，而不是破壞其平靜。

她走到圍籬前。圍籬太高了，她無法看到外頭。院外的針葉樹在某些地方緊貼著圍籬，把交疊的木板條撐開了一點。

她在圍籬旁慢慢走，跨過一叢叢灌木，手指沿著表面粗糙的松木板輕輕摸過。然後她笨拙地彎腰，眼睛湊著一個節孔。

她唯一能看到的，就是一堆樹枝。

她又走了三、四呎，來到木板條之間的一道縫隙。

隔著縫隙，她看到鄰近的那條街道，穿過一片剛割過的草地。草地中央是一具割草機——停下來了，但還在運轉。剛剛應該是有個鎮議會雇的工人推著這割草機，但現在看不到人。

凱瑟琳皺眉，納悶著這工人會不會就近找地方小解了。

那個就是她剛剛看到的！一名男子的頭頂朝附近的針葉樹移動，想找個隱密的地方。

搞得她在這裡，窺探他。

她直起身子，忍住咯咯笑的衝動。

她真是犯傻了。要是有人真的計畫要殺你，應該不會先打電話告訴你，或是留字條講類似的話！她心想，他們就只會……好吧……殺了你。

她不打算自己嚇自己。她已經做出選擇，她的選擇就是那個竊賊在虛張聲勢。他一直想嚇她，但凱瑟琳拒絕被嚇到，因為那就表示他贏了。

她回頭迅速走過花園，打算回屋裡去，刻意不要回頭看。

剛剛大概是一隻貓在圍籬上。薯條根本對守護領土毫無用處，兇悍一點的貓經過時，常常停下來逗牠。

她進屋後堅定地把門關上，然後瞪著外頭的花園。一個人都沒有。從來就沒有。

凱瑟琳前額靠在玻璃上，安慰地撫著肚子。「我們把他趕走了，不是嗎，克林普綸？我們把他趕走了，贏了一個大獎。」

想到自己的愚蠢，她微笑起來。回來做正事。她原先在做什麼？

啊對了——把蛋糕做壞了。或許現在還有時間把香蕉放進去……

凱瑟琳轉向烤箱，猛吸了一口氣。

烤箱是打開的，裡頭的烤模倒翻在瓷磚地板上。麵糊流淌著。

雷諾茲警佐對於跟馬佛見面相當期待。

他在捕捉屋做得太棒了，正等著至少會得到一句淡淡的幹得好，雷諾茲。伊麗莎白．萊斯跟他一起去警方的倉庫，但結果她對那些贓物的品味奇差，所以她唯一的貢獻就是一個啤酒開瓶器要放在廚房，另外還有她從家裡帶來的一些家庭照片和一個PlayStation。

相反地，雷諾茲以一貫的天分仔細察看了那個贓物倉庫。裡頭的家具不多，所以除了床之外，他挑了一批兼容並蓄的二十世紀中期柚木家具，還有幾把天鵝絨與羊毛的搞怪扶手椅。倉庫裡有幾打版畫、油畫和燈罩，還有品質不一的裝飾品，所以他就不太挑了。不過他極盡全力去找各種高檔的、吸引竊賊的小機件——蘋果筆記型電腦、數位相機，一架索尼電視機，還有一套經典的Bang & Olufsen音響。所有警方倉庫裡的東西如果沒有人認領走，最後都會拍賣掉，雷諾茲記下這事情，提醒自己屆時要來競標這套B&O音響。

他也在那倉庫挑到了適合的窗簾。綠色天鵝絨且是全襯裡的，不過因此比較重，而且他掛上去時，腳下站著的那張凳子大部分時間都在搖晃。

他還找來了一輛登山腳踏車和滑板要放在院子，照理說是應該屬於他們那位滿臉青春痘的兒子馬提——這兒子其實是跟萊斯的姊姊「借用」的。書架上有兩張馬提的照片，還有一張萊斯穿著珊瑚色比基尼在一家海灘酒吧拍的照片。

她的小腹非常平。

雷諾茲很難找到那麼輕鬆隨意的照片。他所能找到最不正式的照片，就是幾年前他去湖區一趟健行之旅拍的，裡頭穿著鬆垮的灰色短褲。水窪中倒映著太陽。

「好漂亮的腿，葛連！」萊斯看了大笑，雷諾茲臉紅了。

他是葛連，而她是蜜雪兒。這兩個臥底名字是萊斯挑的，而且為了維持他們的表面身分，馬佛也下令他們在這個任務期間，不必有任何階級上的尊稱。

雷諾茲覺得這是一大錯誤。

不過主臥室歸他，而馬提不會睡的那個單人床房間則歸萊斯，所以他希望這表示萊斯尊重他是上級。

總之，他們必須共用浴室，萊斯已經拿他的盥洗用具開玩笑，說是「陣容龐大」。

她買了一把牙刷。

只有一把牙刷。

「你帶了牙膏嗎？」她問，等到他說有，她說：「啊很好。我就覺得你應該會帶。」

他真想把牙膏藏起來。

萊斯從馬佛那邊拗到了額外的兩百鎊經費，然後他們就去家居市集百貨店採買。在那裡，雷諾茲把兩百鎊花在一些個人的小東西上頭，好讓一棟房子有家的感覺——蠟燭、花瓶、相框，以及其他各式各樣的小擺設。他還把家裡的一只舊錶拿來，是壞掉的寶路華，甚至還帶了二十幾本書來；不是要當誘餌，只是增加點文化氣息，抵消掉啤酒開瓶器和PlayStation的作用。他仔細挑選了一批書，想讓萊斯刮目相看，結果都是白費力氣。她認出俄國大文豪普希金，但只因為「他也製造伏特加！」。❸

雷諾茲只能嘆氣，覺得自己好孤單。

儘管萊斯很無知，但他對成果很得意。

電話、照片、照相機、電子遊戲機、冰箱裡的食物、舒適的床……金髮賊會喜歡這棟房子的。

如果他找到這裡的話。

而如果他找到了這裡，他們就一定能找到他……

他和萊斯的搬家卡車來到之前，警方技師就已經在屋裡裝設好攝影機和無聲的警鈴——在門上，在各個角落，還有窗台。

「操他媽的別亂搞攝影機，」那個技師告訴他們。「一吋都不能移。」

雷諾茲聽了皺起嘴唇。實在沒有必要說粗話。

他簡直因此想亂搞一下某部攝影機，移動一點點就好。但是他不會的。他是制定規則的人，不是破壞規則的人。

他腳下的凳子歪倒了，他扶著牆穩住自己，覺得自己的心臟跳到喉嚨口了。

「你還好吧？」萊斯看了一眼問。然後她目光又轉回電視機上頭，她正在打電子遊戲「俠盜獵車手」。打從他們從艾克斯特回來之後，她除了跟郵差調情之外，就只會打電子遊戲。

「我不懂你幹嘛還要弄窗簾來，」她說，「反正窗簾也是會保持拉開的狀態。」

「晚餐要吃什麼？」他問。

「晚餐？」萊斯皺眉看著電視螢幕，好像從來沒聽過這個字眼。

「是啊，我以為趁我在做所有工作的時間，你或許可以去做點吃的。」他刻意地說。

「喔，晚飯啊，」她說，「我以為吃個麥當勞就好了。」

❸ 普希金是德國的暢銷伏特加品牌。

「我不吃麥當勞。」他說。

「什麼！」她不可置信地說，「人人都吃麥當勞的！」

他糾正她。「我想你會發現，不是人人都這樣的。」

那就像是跟小孩講話。而且就像小孩，萊斯不會盡自己的本分。他很想這樣告訴她，但發現沒了上級的身分之後，就很難開這個口。

不過他一定會讓馬佛知道。雷諾茲不是馬屁精，但讓上司知道誰是團隊裡有價值的成員、誰在打混，也沒有什麼錯。

「有糖霜玉米片，」萊斯說，坐在那張贓物沙發上左歪右倒地輾過行人。「我只買了早點。我以為我們大部分會出去吃，因為我們想讓小偷來偷東西，而且——啊狗屎！」

有道煞車的尖嘯和一聲碰撞巨響，還有飛起來的信箱，同時萊斯扔下控制器。然後她起身走向雷諾茲，看著他掛窗簾。

她抓起那厚厚的綠天鵝絨皺褶時，他以為她終於要幫忙了，但結果她只是把那窗簾緊裹住他的雙腿和她的肩膀。

雷諾茲僵住了。他們被天鵝絨裹在一起，她的一邊手臂靠著他的臀部。

「你在搞什麼——」

萊斯咯咯笑著，舉著她的照相機伸直手，拍了一張兩人的合照。

閃光燈亮起時，雷諾茲瑟縮了一下。

「我們需要一張合照，」她說，「這樣看起來才會真實。」

「是啊，」雷諾茲說，「好主意。」

萊斯才剛放開窗簾而脫身時，門就剛好打開，馬佛走進來，手裡拿著半打健力士啤酒。

「慶祝你們搬入新居的禮物。」他說，「希望你們有開瓶器。」

萊斯去廚房拿，馬佛坐下來拍拍放在膝上的健力士，像在拍一隻北京狗。

「雷諾茲，來一瓶健力士？」

「謝謝，不了，長官。我不喜歡烈性黑啤酒。」

「我想也是。」馬佛說。

雷諾茲從眼角偷看到，馬佛挑剔地四下打量房間時，把每個細節看在眼裡。

「我不懂你們幹嘛還弄來窗簾，」他說，「我們反正只會保持拉開的狀態。」

雷諾茲很不高興，但還來不及回嘴，萊斯就回到客廳。她把兩個式樣不同的大玻璃杯放在茶几上，又把開瓶器遞給馬佛。

「今天才弄來的。」她說。

「幹得好，萊斯。」他淡淡地說。

二十三號搬來了一戶新人家。葛連和蜜雪兒夫婦，以及他們的兒子馬提。

尚恩沒看過那個兒子，但是看過他的登山腳踏車倒在前院。那輛腳踏車很不錯。專業的。很貴。就扔在草地上。

那個小孩活該讓人把腳踏車偷走。

蜜雪兒很可愛，而且很健談。深色頭髮，白皮膚，鼻子上有可愛的雀斑。尚恩沒時間交女朋友，但如果要交，她會是他喜歡的型。

他請她在寄給她的那些包裹上簽名時，她一直道謝。

他還沒見過葛連。

他們家沒有狗。

尚恩有一袋專門給狗吃的零食。大狗、小狗、憤怒的狗、友善的狗、嚇人的獒犬，還有愛叫的㹴犬和黏人的拉布拉多犬……只要尚恩拿出他那個袋子裡的零食，那些狗就全都任他擺布。就連主人大門口有個「內有惡犬」牌子、看似精明的德國牧羊犬，都會一臉羞愧表情地溜出狗屋，背叛主人託付的防護職責，屈服於一把狗食。

沒養狗還不是最關鍵的，只是讓人比較方便進去而已。人們喜歡聊他們的狗。狗叫什麼名字，有什麼好笑的小毛病。

還聊牠們會不會咬郵差……

人們也喜歡聊自家的貓。室內、室外，專用的小門、窗子……

今天又是個大熱天，尚恩穿著短褲，但是穿了長袖上衣。

短褲露出他強壯、褐色、多毛的雙腿。上衣的長袖則遮住了手臂的針孔。

尚恩初次染上海洛因癮是在十六歲的時候，十五年來進出勒戒所十四次。每次才出來幾天，他就又走回老路，他的家人最後終於明白，尚恩初次看到的那根針頭，其實是把天堂送入了他的血管：

他永遠不會戒掉的。

他怎麼有辦法？任何人怎麼有辦法？

於是尚恩變成了一個可以正常生活的海洛因成癮者。他有份當郵差的好工作，還有其他兼差的收入。這裡做點裝潢，那裡修點電腦。

外加一點偷竊。

青年時期，尚恩是提弗頓的一號傳奇人物，但不是因為什麼正經事，而是他所謂的「惡作劇」。

有回他偷了一輛狂歡節彩車，車上有一隻機械豬。

還有一回他惹得警方沿著拖船路默默地追逐，他自己站在偷來的駁船上發號施令，大聲喊著鼓勵那些警察來抓他。

他也不光是無害的胡鬧而已。他曾偷走一批最先進的醫療床。那些床從一輛卡車上卸貨下來時，尚恩和他的團隊就把那些床運到醫院的另一個出口，裝上另一輛卡車。唯一需要的，就是三套很容易偷的醫院傳送員制服，還有好時機，於是當真正的傳送員推著一張輪床進入醫院時，尚恩的人就準備好等著取得下一張——然後左轉進入另一條走道。他們偷了其他每一張床，總共九張。尚恩有個買家在波蘭等著，這筆竊盜賺了將近八千鎊。

但是整件事太麻煩了。從一開始打聽情報，到計畫和執行，都花了很大的力氣。對一個最大野心就是寧可睡覺的人來說，這種事遠遠超過他的意願。現在尚恩更喜歡那種盡量省力的。還有那種根本不必努力、只要友善就好的。尚恩有一張坦然、誠實的臉和歡快的微笑。對人友善是他與生俱來的天性，而且他每天送信時，總是對顧客和他們的貓狗很友善。

他會幫老人拿信去寄，免得他們還要走到郵筒，而且他留字條給客戶說他們的包裹放在垃圾收集箱旁邊時，他們就總能在那裡找到。所以尚恩很受歡迎，而且大家很信賴他。在短暫的門口收信時間裡，提弗頓的人們會告訴他各式各樣的秘密……

婁曼街的卡布登太太透露，她丈夫為了另一個男人而離開她。

住在靠近墓地的辛伊先生坦白，說他因為想擺脫花園裡工具小屋的老鼠，無意間毒死了鄰居的貓。

考利沼原路的麗莎．崔維瑟克跟他說，她一直覺得他「有趣」。當時是早上七點半，但她已經略帶醉意，而且化了濃妝，於是他接受她的邀請，進去喝杯茶，接下來六個月，他又繼續去她家喝杯快茶許多次，直到她老公出獄為止。

而且這些秘密尚恩一直都沒說出去。他從來不會講卡布登先生是同性戀的閒話，從沒告訴安琪兒太太她的愛貓提格死掉是因為吃了隔壁的老鼠藥，而且他每回在酒館碰到瑞奇．崔維瑟克時，都還是會請他喝一杯啤酒。畢竟他們小時候是同學，尚恩看不出有什麼理由要因為他睡過他老婆，就跟一個哥兒們鬧翻。

實情是，他發現要幫別人守密很容易，因為他不在乎他們。一個都不在乎。他唯一在乎的就是海洛因，以及怎麼弄到。

所以他每天去送信，從來沒有人抱怨過——或甚至注意到——有些垃圾郵件偶爾會不見。

但如果有顧客要求他把小包裹放在工具小屋裡，因為他們要去泰國一星期，或去席德茅斯慶祝結婚週年，或只是保柏醫療保險公司安排他們去過夜做個小檢查……

唔，那麼尚恩·卜瑞吉就會把這個訊息告訴他弟弟路易斯，每個訊息都可以賺到三十鎊。

傑克找到他母親了。

他在路肩上，而她在充滿乳牛的田野裡，正在對著橘色的緊急電話講話。

她朝他招手，他也招手回應。

「為什麼電話在田野裡？」喬依問。

「他們就是把電話放在那裡。」他說。

他們站在烈日下，看著母親掛斷電話，開始要走向他們。但是當她踏出腳步時，田野忽然開始傾斜，於是她就走向下坡。一開始還好。一開始她只是走得愈來愈快，但很快地，那斜坡就變成一座山，她必須用跑的——失控地跑——雙臂往旁邊伸，像在走鋼索似的，而田野仍繼續傾斜，從一座山變成一道牆，她停不下來。

「媽！」傑克大喊，開始跑向她——想去接住她——但太遲了。太慢了。她被抬離地面，跑過空氣，白色的孕婦裝翻拍且折疊，她手腳胡亂揮動著落下、落下、落下——

傑克悶哼一聲醒來。一時之間，他只是躺在黑暗中喘氣，不曉得自己在哪裡，也不曉得她在哪裡，不曉得是不是還來得及接住她……

然後他全身繃緊。

最小的聲音。

屋子裡有人。

他轉眼間就下了床，安靜且熟練地移動到窗前。窗子很容易就打開，外頭是車庫頂。這就是為什麼他挑了這個房間。

他往下懸吊，戴著乳膠手套的指尖抓著窗台，腳趾只感覺到牆面的瓷磚。他放手時，身體往下滑，但他順勢讓背部朝下，背包緊抓在胸口，這樣他的腳跟就會卡進屋簷的排水溝槽。像這樣的新房子，那溝槽可以撐得住他的重量。

果然。

他翻身，身體往下懸盪，落下。柔軟得像貓，落在後門外的露台上。旁邊的腳踏車是他之前在門廳裡發現的。那是一輛藍色的比利時 Eddy Merckx 車。值一百鎊。

傑克把背包揹在雙肩上。站在屋子的陰影裡，等待著。

低聲的交談。汽車門輕輕關上，免得吵到鄰居。

他們應該是在英格蘭西北端的坎布里亞才對。

或許那邊下雨了。

他等到前門關上的聲音傳來，然後上了腳踏車騎走，經過那些沉睡中新蓋的房子，下了丘陵來到舊城區。

那腳踏車又快又輕，感覺上像在飛。

一百鎊。否則他就自己留下了。

天空轉為粉紅色。「忙碌蜜蜂」已經亮起一盞燈，傑克迅速經過時，看到多倫先生在一貨架的巧克力後頭講電話。

騎到離家只剩五十碼時，他看到了喬依。

她穿著一件骯髒的粉紅色連身睡袍，打赤腳，直髮垂到臉上。她拖著兩大捆報紙沿著人行道往前走，吃力得幾乎彎著腰。在安靜的黎明中，那報紙刮在路面的聲音像是瀑布。

嘩嘩嘩嘩嘩嘩嘩嘩。

嘩嘩嘩嘩嘩嘩嘩嘩嘩嘩。

傑克騎到她旁邊停下。「你在做什麼？」他用氣音說。

喬依沒看他，也沒停止拖行。

嘩嘩嘩嘩嘩嘩嘩嘩嘩。

「狗屎！」他說，然後抓住其中一捆報紙。她把他推到一邊，他也推回去，硬從她手裡搶走。然後提起來艱難地走完剩下二十碼，來到他們家前門，摔進屋裡。

他又回來拿第二捆。

喬依直起身子，看著他拿走。

「進去屋裡。」他說。

喬依照做了。

他也進門後，狠狠甩上門。「你他媽的在搞什麼？要是有人逮到你呢？要是警察跑來呢？他們會來把我們帶走！」

梅麗穿著短襯褲下了一半樓梯。「發生了什麼事？」她問，但他們都沒看她。

喬依只是瞪著傑克喘氣——她灰白的眼珠被滿臉亂髮遮得幾乎看不見，然後彎腰想把一捆報紙拖到客廳，傑克用力踩住，硬把報紙搶走，捆著報紙的硬塑膠帶狠狠刮破她的手指。

「啊！」喬依低頭震驚地看著自己的手，然後撲向傑克，把血抹在他臉上。

他往後瑟縮一下，然後用力拍走她。

「呀！」她吼道，雙臂不停拍擊，彷彿他是路肩上的一隻烏鴉。「呀！」

「不要！」梅麗叫著。「不要打架！」

「你瘋了！」傑克朝喬依大吼。「他媽的瘋了！」

喬依的雙臂又拍擊了最後一次，然後轉身跑進客廳。她趴在隧道裡，雙腳瘋狂地亂踢著報紙牆，像一隻穿著骯髒粉紅睡袍的美人魚。

傑克沉默站在那裡，搖頭看著她發瘋。

有人敲門。

他們兩個都轉頭看。隔著門上那塊小玻璃，他們可以看到一顆灰色腦袋的頂部。

傑克吃力地起身，把那兩疊報紙從門廳提起來，走進客廳，砰地丟在地上。

外頭的人又敲門了。

這些人就是不死心。傑克看著梅麗，一根手指豎在嘴唇前。

她點頭。他開了門。

「一切都還好吧？」那個好管閒事的新鄰居說，她身上穿著晨袍。

「是的。」

「我聽到有人喊叫。」

「是的，」傑克說，「那是我，對不起。」

那老女人目光掠過他往後頭看，想尋找解釋。

在她身後，傑克看到那輛腳踏車，還倒在街上他剛剛扔下的地方。

「我從腳踏車上摔下來了。」

他擠過她旁邊要去牽車。

「啊，」她讓到一邊，讓他把車子牽進屋裡。「你沒事吧？」

「是的，謝謝，」傑克說，「我很好，抱歉打擾到你了。」

他把門關到一半，但那老女人還在繼續講話。

「你父親在家嗎？」

「他出門工作了。」

她雙手扶著臀部上方，好像根本不相信。

「我搬到隔壁了，你知道。我是雷諾茲太太。」

「是的，」傑克說，「你好。」

「你好。」她說。但其實他需要她說的是再見。

接下來有好一會兒沉默。

「你好，雷諾茲太太。」梅麗從樓梯上喊道。

「你好。」她說。

「我是傑克，」傑克說，「這位是梅麗。」

「我們見過了。」雷諾茲太太說。

接下來又是沉默。

「雷諾茲太太的割草機壞掉了，」梅麗忽然說，「或許你可以幫她修好？」

「是的，」傑克說，「我會找時間過去看一下，如果你願意的話。」

雷諾茲太太皺著眉頭，好像這不是個好消息。但她沒講別的話，只說：「謝謝。」

「好啦，再見。」梅麗開心地說。

「再見。」傑克說。

「再見。」雷諾茲太太不太情願地說，然後傑克關上門，額頭靠在門上。

狗屎。

那天稍晚，傑克又回到「忙碌蜜蜂」，把取消的報紙恢復，多倫先生很高興。

在貨架低處的一個盒子裡，裝著塑膠做的吸血鬼牙齒，牙尖還有假血。傑克挑了一副要送給梅麗。

他手要伸進口袋掏錢，但多倫先生寬大地拍了一下他的背。

「這副牙齒送你。」

「隔壁那家人不對勁。」雷諾茲太太說。

她站在後窗邊，雙手各端著一個晚餐的餐盤，像是司法的天平。

「嗯？」雷諾茲說，沒有表態。

他母親長年來老愛偷窺鄰居的動靜。在舊家那邊，她相信鄰居在種大麻，還逼他翻牆過去窺看一個工具小屋的窗戶，只因為那個鄰居的男主人一頭長髮綁成馬尾。

而且她母親耳朵很靈。

當時雷諾茲只好走到屋外，假裝他母親那隻不存在的貓跑去隔壁院子不見了，然後馬尾先生出現來幫他找時，問他那隻貓是什麼顏色，他一時答不出來。

到現在，想到這件事他還會臉紅，也不想再重演一次了。

於是這會兒，他假裝沒聽到母親在講什麼，免得捲入母親那種好管閒事的偏執狂。

同時，他腦子想著萊斯這個週末在做什麼。

葛連和蜜雪兒去參加瑞丁音樂節了。萊斯以前去過兩次，說如果他願意試試看，一定會喜歡的。

「就像大麥克漢堡？」他諷刺地問，她只是翻了個白眼，好像他是她老爸，太古板了。

實際上，萊斯跟男友艾瑞克去看電影了，雷諾茲這個週末則來陪他母親。他們吃沾麵包屑的炸黑線鱈，配豌豆和烤薯條，還有一小塊檸檬。她從一九九二年開始，晚餐就都是吃同樣的菜色。

「你聽到沒？」她忽然問。「我跟你說，那家人不對勁！」

「對不起，」他說，「什麼？」

「有些事情很怪，」她說，「他們家有一個男孩跟一個小女孩。那女孩跟我說她父親在外地工作，由她哥哥和姊姊照顧她。但是我從沒看到過她父親和姊姊，而且她說她哥哥二十歲，但我唯一見過的那個男孩，看起來根本只有十二歲。」

他走到窗前加入母親，但是天色太黑了，沒辦法看到隔壁的後院，更別說任何小孩了。

「唔，」雷諾茲說，「他們看起來像是被忽視嗎？」

「他們很瘦。」

「唔，現在太多胖小孩了。」雷諾茲說，拿了她手上的兩個空盤子，放進洗碗機裡。

「我前幾天還不得不早上六點過去看！」他母親說，「我被喊叫聲吵醒了。那個男孩說他騎腳踏車摔車，但是不只是這樣。另外，那個小女孩都沒人管。老在後院裡挖土或推著割草機割草。而且她只談吸血鬼和殺掉老人！」

雷諾茲什麼都沒說。只是讓那些小小的通俗劇情節懸在空中——然後隨風而逝。

有時這樣就夠了。

「甜點是什麼？」過了一會兒之後他問。

「蘋果塔。正要拿去加熱。」

「嗯，好極了。」他說，讓她繼續忙，同時自己走到另一個房間，裡頭有電腦。這電腦是他買給她的，好讓她可以寫電子郵件給住在澳洲的妹妹，但他發現電腦裡的最後一封郵件，還是他當初教她怎麼使用電子郵件時寄的。

「我不懂一般的信有什麼不對。」當時她不以為然地說。而當他告訴她電子郵件幾乎可以立刻把她的訊息傳到澳洲，她只是皺著眉說：「那可真討厭。」

萊斯把她先前拍的一堆照片寄給他了。她站在B&O音響前面、他正在佈置壁爐台上的照片，還有他們兩個人的合照，被綠色天鵝絨裹在一起，她一邊手臂抱著他的雙腿……

照片中她笑得開心，閃光燈照出了她的雀斑。

當時雷諾茲太在意她的碰觸，因而只是臉紅地站在凳子上搖搖欲墜，但在照片裡，一切看起來都好自然。彷彿伊麗莎白．萊斯很高興手臂抱著他的雙腿，而他很開心被她這樣抱住。

他們看起來好像正在胡鬧。

雷諾茲希望萊斯沒把這照片給艾瑞克看。她說過他不會介意，但是雷諾茲見過艾瑞克，覺得他看起來像是那種可能會非常介意的人。艾瑞克那天穿了灰色運動長褲，上身是金牌健身中心的T恤，袖子剪掉了，但當時是深冬。彷彿對他來說，就連穿短袖都太軟弱了。他並不比雷諾茲高，但是整個人肌肉發達，頭部和頸部在他的肩膀上方形成一個圓頂——看起來腦袋裡面比較像是塞了一隻烤雉雞，而不是有個腦。

雷諾茲不想惹麻煩。尤其是為了一個像伊麗莎白．萊斯這樣的女人。她沒把濕掉的浴墊掛起來晾乾。她電視不看時也不關掉——人都離開客廳了！她不會用夾子把糖霜玉米片的包裝袋夾起來以保持新鮮，只是將包裝袋塞回紙盒裡，順其自然。她把沾了奶油和馬麥醬的刀子扔在水槽裡，認為這樣就是「洗了」。她洗髮精用過了也不蓋上蓋子，而且是他的洗髮精。還有他的牙膏，她就大方拿來用，當成自己的。雷諾茲不能藏起來，因為那屋裡沒有其他人，要是牙膏不見了，她就知道是他藏的——這樣就顯得他太小器了。

她還抱怨淋浴室的排水孔被頭髮塞住了。

這一點雷諾茲堅持立場。不是他的頭髮。他的頭髮向來固守在他頭上，非常感謝你！

萊斯就讓步了，臉上帶著微微笑意，搞得他很想給她一巴掌。

雷諾茲早就料到住在一起會很麻煩。但結果比他預料的還要麻煩得多，所幸「建立房子」的時期告一段落，讓他鬆了口氣。往後他們當然還得不時回去，直到他們逮到金髮賊，或是放棄嘗試為止。但二十四小時、連續七天都跟萊斯住在一起的時間結束了，雷諾茲覺得自己好像歷經了一場風暴，很慶幸能回到沾麵包屑炸鱈魚和檸檬角的避風港，和他母親共度週末。

「要鮮奶油還是冰淇淋？」她喊道。

「鮮奶油，麻煩了。」雷諾茲也喊回去。

「喔我忘了告訴你，」她又說，「割草機沒辦法發動。你可以幫我看一下嗎？」

「等我有空的時候！」他喊道。

他考慮著要把那張萊斯抱著他雙腿的照片給他母親看。她對他保持單身非常不滿，要是那張照片能讓她以為他有個同居的對象，他就可以清靜好一陣子。因為刑警工作的輪班性質，他可以拖上好幾個月，不讓他母親認識這個所謂的女朋友，等到她愈來愈堅持，不能再拖下去，他可以說自己跟萊斯分手了。雷諾茲不是天生會騙人的，但他實在受不了他母親看到電視廣告裡面的嬰兒就眼淚汪汪，而且一再提起他那個矮胖的表姊茱迪絲——她小孩一個接一個生，活像海龜下蛋似的。

雷諾茲不是不喜歡女人，也不是不想要女人，只不過他總覺得自己可以找到更好的，比他現在所認識的這些女人都要好。而如果他未來可以找到更好的，現在又何必去跟這些認識的女人攪和呢？

他又不是動物！

他遺憾地嘆了口氣，判定如果把萊斯的照片給他母親看，只會惹來更多麻煩。

但是他把那張照片存了起來。

當然，他也存了其他的照片。或許他會自己建立一個私人的檔案，記錄金髮賊這個案子的調查進度。未來可能會有用處。建立一些高明的索引系統，以後他偵辦的每個案子都能派上用場。或者等到這個案子結束了，《提弗頓週報》會幫他做個特寫報導。

但眼前，他就只存起那張照片……

他口袋裡的手機響起，他作賊心虛地瑟縮了一下。

是馬佛打來的。

「你他媽的跑哪裡去了？」他吼道，「那屋子裡有人！」

那棟房子屬於葛連和蜜雪兒・李伊夫婦，他們去參加瑞丁音樂節了，要到星期天才會回來。

傑克敲了前門。沒回應，那是當然了。

他大膽地沿著房屋側邊走，進入後院。

屋頂的排水溝槽系統非常棒，一如預期。

尚恩沒提到是否有貓，但是這家人浴室的窗子開著……

伸展、懸吊、扭動，然後他就進去了。

窗台上有好多盥洗用品得閃過。

他下樓，腳步輕得連自己都聽不到，然後他打開後門的鎖，以防萬一得趕緊逃離。路易斯的話在他腦海響起：*進去之前，要先確保你出得來。*

然後他進入客廳。

他做的第一件事情，就是把那個綠色的醜窗簾拉起來。說得比做得容易，因為那些窗簾掛得太糟糕了。中間無法密合，但傑克也沒太費事。他還是開了燈。否則如果從外頭看，黑暗的客廳裡頭有一道手電筒的光會更可疑。任何知道葛連和蜜雪兒不在家的人，若是看到燈光大亮，應該都會假設是有人來餵貓或取郵件——如果他們夠關心、而去假設任何事情的話。

他四下看了客廳一圈，覺得很失望。

裡頭家具很少，彷彿葛連和蜜雪兒才剛搬進來。當然了，他們有大電視機和B&O音響，但他不打算把任何一個裝在他的背包裡帶走。

不過茶几上有台相機。Canon IXUS的，值四十鎊，而且攜帶方便。他把相機放進他的背包裡，繼續找別的。

書架上有葛連和蜜雪兒的一些照片。兩張各自的獨照。葛連的膝蓋蒼白、骨節突出，看起來就是那種寧可眼睛被戳瞎也不願意去參加音樂節的人。蜜雪兒那張照片是在海灘的酒吧裡，穿著橘色的比基尼泳裝，喝著一堆放了小傘的飲料。

她跟葛連不是同一個等級的，但傑克覺得這樣很好。或許他會買昂貴的珠寶給她，好彌補自己的高攀。

如果他買了，傑克就會找出來。

他雙眼沿著一本本書的書背看過去，認著上頭的作者：普希金、卡繆、道金斯。沒有吸血鬼。

書櫥上有一只手錶。傑克拿起來搖一搖，湊到耳邊聽，發現沒有運轉。他還是拿了，寶路華是好牌子，於是他戴在手上。如果他被攔下來，背包裡裝著相機很合理，但手錶就該戴在手腕上。

他轉身要上樓，希望二樓的狀況好一點。至少那裡會有一張床可以睡，沒有堆著報紙和霉味和老鼠屎。

他快走出客廳時，忽然停下——直覺告訴他有個什麼不對勁。傑克小心翼翼退回客廳，迷惑地緩緩轉了一圈，尋找讓他不安的源頭。

然後他站住完全不動，心臟狂跳。

在壁爐架上有個相框。相框裡是兩個小孩的合照……

還有一顆操他媽的海灘球。

傑克的腦子還沒搞清為什麼、怎麼回事，他的直覺就叫他跑。

於是傑克跑了。
很快。

馬佛怒不可遏。

「怎麼搞的！」他一直嘀咕又唸叨又大吼。「怎麼搞的！」

其他人都沒說什麼話，雖然他們看監視錄影片時，托比．派洛特的確咕噥了「啊要命」好幾次，結果只是惹得馬佛更火大。

「他到底是怎麼會知道的？」他吼道，「媽的是什麼嚇跑他的？你們兩個？」他說，一根質問的手指對準雷諾茲和萊斯。他輪流狠狠瞪他們兩個，顯然認為該怪他們其中之一，然後回頭瞪著電視機螢幕，又按了播放鍵——雷諾茲感覺上已經按了幾百次了。

螢幕上，那小偷初次閃過的身影，就是走過二樓的樓梯口。

「他從浴室的窗子進來，」馬佛嚴肅地說，「不過你盡了最大的努力，用髮油擋住這個入口，雷諾茲。天曉得那邊的攝影機為什麼沒拍到他。要是拍到了，我們就可以逮個正著……」

這回馬佛跟著錄影的畫面，重演整個行竊狀況，笨拙地模仿那位入侵的竊賊——他們幾乎百分之百確定就是金髮賊。

「下樓，沒問題，」馬佛繼續說，走到那個位置。「接著直奔後門，」——他作勢假裝打開門鎖——「然後又回到這裡，關上窗簾，打開燈……」

仿照著電視機上頭那個柔軟、戴著帽兜的身影，馬佛腳步沉重地走到窗簾前，假裝拉著。「我當初一看到這個窗簾，就知道是個錯誤，」他氣呼呼地說，「這窗簾讓那個囂張的小混蛋有了隱私。更容易搜索這個地方，不會引起別人疑心。」

雷諾茲脖子發燙，半是難堪、半是憤怒。他看得出整件事會往哪裡發展。就在他眼前，馬佛正要推演出一個論據。不是針對金髮賊，而是針對他。

「所以他開了燈，」馬佛站在門邊的開關旁說，「拿了相機放進他的背包裡，一切都很順利，然後他發現了手錶，搖一搖……」

他一手握拳舉到耳邊搖晃，站在書架旁，雙眼四下猛看，想搞懂那個竊賊站在那裡有可能看到或聽到什麼。接著他走向門。

「然後他停在這裡。」

雷諾茲垂在身側的雙手緊握成拳。他知道是什麼出了錯。他知道金髮賊看到了什麼——他們第一次看那監視影片時，他就曉得了。

現在他唯一能做的，就是坐在那裡，等著馬佛也看出來。

馬佛總督察走到金髮賊轉身的地方，自己也轉身，正對著壁爐架。「這裡有個什麼……」他說，「看——他在看著……」

雷諾茲咬緊牙，用力得都發出吱呀聲。那張照片。那張照片！那張該死的、該死的照片！

髮油的事情是鬼扯；窗簾的事情是藉口。但那張照片就真的是他的錯，他得負完全的責任。他在家居市集百貨店買了那個相框，心裡提醒自己要把裡面的老套照片換掉。這不是什麼大事，而是小事。但雷諾茲向來以注重細節為傲，所以他本來計畫好要換掉的。或許就換成他和萊斯的那張合照。

無論哪一張照片，反正他本來打算要換的。

但是他有那麼多事情要做！整個房子都是他一個人獨力完成！每一個裝飾和佈置和場景設計都是他自己一個人做的，而萊斯只是坐在那裡啥事不幹，但是他還是該記得的，只不過那套窗簾害他搞了好久才掛好，因為窗簾的質料太重，加上那把凳子搖晃不穩，而且他打從午餐後就什麼都沒吃，而萊斯根本沒買晚餐，只除了該死的糖霜玉米片！

雷諾茲覺得好想哭，真的好想哭。不公平！就是不公平！現在馬佛隨時都會看到相框裡那張老套的照片，推斷出怎麼回事，接著就會大發脾氣，把他罵得狗血淋頭了……

接下來的靜默好長又好沉重，因而雷諾茲唯一能做的就是不要跳起來，衝去把那個相框砸碎在壁爐前，然後用那玻璃碎片切腹自殺，他覺得好緊繃又好委屈。

馬佛忽然狠狠拍了壁爐台一下，他們都往後瑟縮，同時那力道把罪魁禍首的相框都震得往前倒下。他把相框拿起來擺正，然後說：「他到底是看到什麼了？」

「我不曉得，長官。」萊斯說。

「我也不曉得，長官。」雷諾茲說。

「考倒我了。」派洛特說。

馬佛嘆了口氣，又看了房間最後一圈，那姿態像是龍捲風過境後，站在自家滿地殘骸的廢墟中。他似乎完全迷失，而且徹底被擊垮了。

最後他終於捏了捏多毛的鼻子說：「那就只好再從頭開始了。」

就這樣了。

雷諾茲不敢相信自己的好運氣。

他看著馬佛走出門，看著他上車憤怒地倒車離開車道，然後輪胎發出尖嘯，急轉彎駛出這條死巷，活像是美國影集《警網雙雄》裡的主角那般。然後雷諾茲關上門，轉身靠在上面，垂頭喪氣。

馬佛真的不知道！他不知道那個相框就是引起整個大災難的關鍵。他不知道雷諾茲搞砸了整個行動，害警局白花了幾千鎊，而且還是沒能抓到那個瘦巴巴的小賊，搞得他們兩個地區警隊的人看起來像傻瓜。

雷諾茲決定不要告訴馬佛真相。

他回到客廳，發現伊麗莎白·萊斯一手拿著家居市集的那個相框，另一手拿著那張海灘球照片。

「我從來沒喜歡過這張照片。」她就當著他的面說，然後把照片揉成一團，丟進壁爐裡。

派洛特困惑地朝她皺起眉頭。

但雷諾茲正視著她的雙眼說：「我也從來沒喜歡過。」

那天晚上稍後，馬佛看電視上的板球賽轉播，密德塞克斯隊打得荒腔走板，輸給了約克郡隊，同時馬佛一面做出總結。

捕捉屋失敗了。

他不曉得為什麼會失敗，然而他很確定一定是這個專案小組做錯了什麼事。

但是不是他。他每件事都做得正確。不，另一個人搞砸了，等到他查出是誰、怎麼搞砸的，他一定要嚴厲懲罰這個人。

他賭這個人是雷諾茲。畢竟，那棟房子裡的每樣東西都是他獨力挑選、佈置的。馬佛知道這點，是因為雷諾茲賣力吹噓自己的功勞——甚至把他拉到一旁，告狀說萊斯是懶母牛。

好吧，他的用詞不是這樣。

他說的是對這個行動沒有做出一丁點重大的貢獻。

自作聰明的混蛋。

好吧，馬佛心想，雷諾茲是自食惡果，因為如果萊斯唯一的貢獻就是一個PlayStation遊戲機、一個開瓶器，還有一張她自己的比基尼照片，那麼就找不出她犯的錯。

密德塞克斯隊的擊球手一個輕率的揮棒，弄倒了自己的橫木，那個揮棒動作比較像是在打棒球而不是板球。馬佛哀嘆一聲，關掉電視機，又給自己倒了一杯消氣的威士忌。

不論出錯的是誰，捕捉屋的計畫失敗了。這表示他失敗了。而且最糟糕的是，這個失敗發生在他需要立下絕佳的第一印象之時。

馬佛太清楚了，搞砸一個案子，甚至只是一個愚蠢的舉動，就可能讓一個警察成為笑柄，而且也粉碎了任何升遷的希望。

馬佛鬱悶地瞪著那杯愛爾蘭威士忌，覺得自己沒有退路了。不過幾個星期前，他才在另一個警隊，面對著無路可退的窘境。

然後他喝掉自己的酒，心想，操他的。

無路可退，憑感覺碰運氣，設法勉強過關——這類狀況他向來最擅長對付。在倫敦時，他的破案率傲視群雄，比倫敦警察廳任何人都要高。那還是謀殺，不是這種入室盜竊的狗屎小案子！他不打算向一個綽號金髮賊的罪犯認輸。何況他來到湯頓——或是提弗頓，或隨便這鄉下地方叫什麼——新官上任才三星期。有這麼多綿羊和這麼廣大的天空，他發現很難搞清狀況。

六星期，他心想。要是捕捉屋真的會失敗，至少也該試上六星期。這段時間算是個體面的妥協。六個星期後，他覺得就可以告訴卡里摩刑事警司說他們努力過了，但這個實驗回收的希望愈來愈渺茫，再繼續下去恐怕是太昂貴了。

馬佛大致上心算了一下。捕捉屋進行了三星期，營運成本每星期花掉亞聞與薩默塞特地區警隊大約四千鎊，包括房租、各種帳單和加班費。如果現在不喊停，試上六星期的話，就得花上兩萬四千鎊，而不是一萬二千鎊了。

管他去死，馬佛心想。納稅人繳稅就是要讓他們花的啊。

於是他叫雷諾茲和萊斯再試一兩個星期，看是否能引誘金髮賊重回捕捉屋。

而且下回向卡里摩刑事警司報告時，他說一切都進行得很順利。

凱瑟琳．懷爾在超市裡採買，一面想著性愛。

不是鹹濕的那種，而是科學的那種。

她得出的結論是，懷孕讓一個人從各種社會狀況的性愛枷鎖中解放出來。

凱瑟琳知道自己年輕，而且還算漂亮，不過男人似乎不再覺得她有魅力。他們不再跟她調情，而是開始會協助她。一開始她很想念那種偶爾無傷大雅的調情所帶來的興奮感；但很快地，她就欣然接受有人幫她開門的無私，還有在診所等候室裡有人讓給她的座位。

女人對待她也更親切。更快露出微笑，而且更體諒她的背、她的雙腳、她的膀胱。彷彿她膨脹的肚子是一艘綁著線的飛船，上頭有廣告說她好一陣子不能享受性愛了，所以是個必須保護的姊妹，而不是競爭對手。

性愛消失了，凱瑟琳享受著這個更友好的世界。

她拿起一塊司提耳頓乳酪，同時漫不經心地想著，不知自己的這個想法是新見，或是其他人早就知道了。

無論如何，她對一切的感覺都好多了。這個想法協助她拋開驚嚇與恐懼。讓她回想起大部分人是好心的，大部分地方是安全的——而且大部分謊言都永遠不會被發現……

凱瑟琳把那塊司提耳頓乳酪放回去，責備肚裡的寶寶：「你不能吃藍紋乳酪啦，傻瓜！」

她把一塊美好、堅實的切達乳酪放在推車裡，轉彎來到肉類區，發現一名穿著深紅色套頭毛衣的男子正在聞培根，於是她轉向來到烘焙區，那裡到處都是果醬和糖霜。

「你想要什麼？」她說。

她旁邊那個中年女人開口，「你說什麼？」

凱瑟琳臉紅了。「對不起，我是在跟寶寶說話。」

那女人目光往下看著凱瑟琳的肚子，笑了起來。然後她彎腰對著凱瑟琳的肚臍。「我敢說你想要一塊黑炭，對吧？以前我肚裡的寶寶只想吃黑炭，害我嘴裡黑得就像撲克牌裡的黑桃A！」

凱瑟琳豎起大拇指對著自己的腹部。「這小傢伙要求吃冷的皇帝豆吃一星期，午餐和晚餐都要！」

「神經病，不是嗎？」

「一點也沒錯。」凱瑟琳開心地贊同道，然後推著推車往包裝蛋糕的方向走，寶寶想吃貝克威爾塔。

「你不能吃貝克威爾塔，」她堅定地對著肚子說，「等你回家可以吃個蘋果。很好吃喔！」

然後她的笑容消失，嘆了一口氣。她想騙誰啊，現在購物變成了一場充滿否決的障礙賽，再也沒有樂趣了。她的推車裡有好多葉菜，她簡直像是推著一個迷你溫室在超市裡到處跑。

或許她會去咖啡店，享受一杯茶和一塊蛋糕。如果是胡蘿蔔蛋糕，那就幾乎像是吸收了一天五大營養素的其中之一，不是嗎？

或許她該吃塊魚派。

夠了！

凱瑟琳忽然覺得餓得要命，還有點淚意。她迅速推著購物推車到收銀台，把半車她不想要的雜貨結了帳。她會再回來買其他的——等到她比較有意志力的時候。

外頭短暫下過一場雨，但太陽又報復性地重新露臉，停車場裡沾了雨水的汽車亮晶晶，周圍的柏油碎石路面已經開始散發蒸氣了。

凱瑟琳打開她那輛豆綠色 Volvo 車的後行李廂，從推車裡提起第一袋雜貨。袋子破了，裡頭的東西在停車場裡滾得到處都是。甜椒、洋蔥、包心菜和韭蔥。

她差點哭出來。

啊管他去死，她心想，我就倒車輾過那些健康的狗屎食物，然後回家睡午覺算了。

但不曉得從哪裡冒出來一個男孩，敏捷地東跑西閃，伸手到車子底下，把所有東西都撿回來，一一遞給她，她抱了滿懷的雜貨。

「啊！」她說，「謝謝。」

他點頭，然後一聲不吭，就主動幫她把其餘雜貨從推車搬到汽車上。

看到有人對孕婦發揮利他精神，凱瑟琳開始覺得好過一點了。

「你真是好心，」她看他搬完了之後說，「你在這裡工作嗎？」

「不是，」他聳聳肩。「只是路過。」

「那我運氣真好。」她說，想著自己是不是該給他小費。換了她祖母就會給，而且會要他站在那裡很久，自己在那邊翻找皮包大半天，拿出一枚少得可憐的硬幣。

「換了我祖母會給你小費。」她微笑。

「我不要小費。」他說。她以為他會離開了，但沒有。他只是站在那裡，蒼白而瘦削，穿著破舊的牛仔褲、愛迪達運動鞋和藍色帽T。她本來以為他大約十二歲，但現在她才明白一定不止，因為他下巴和臉頰開始長出一些絨毛。他雙眼細窄，眼珠是淺灰色，看起來很餓。

「我可以請你吃塊蛋糕嗎？」她忽然說，「我正好要去吃。」

她本來就是這樣打算的，有何不可？而且為什麼不乾脆也招待他？他付出一點小小的善意，她也用自己小小的善意回報，和他人互動。

她的大肚子讓她覺得可以如此提議。

但是當他說好，她還是很驚訝。

等到他們端著托盤排隊五分鐘時，凱瑟琳很後悔邀他來吃蛋糕了。

那個男孩並不健談。幾乎沒有眼神接觸。他們沉默地拖著腳步走向收銀機，沉默地坐下來。

「這算是五大營養素之一吧。」凱瑟琳開玩笑，切下一小角胡蘿蔔蛋糕。

那男孩沒笑。「我每天都會吃五種營養素，」他說，「我設法保持健康。」

他看起來並不健康，瘦得幾近營養不良。但是他沒吃他的蛋糕。

大概是嗑藥，凱瑟琳心想，然後立刻就責備自己，怎麼對一個才剛幫過自己的人有這麼不厚道的想法。

她內疚地胡亂講了些話。

「我也想保持健康，」她說，「因為寶寶，當然了。不過就算我沒有……你知道……」

那男孩對著她的卡布奇諾點了個頭。「我母親說過，」他說，「你有喜的時候，就不應該喝咖啡。」

凱瑟琳被他用「有喜」這個字眼逗笑了。聽起來好老氣，卻是出自他年幼的口中。

「這是低咖啡因的。」她微笑。

「也不應該抽菸。」他又說。

「我不抽菸，」她點頭，「幸好。不過我母親懷我的時候抽菸。我出生時體重不滿兩千七百公克。」

「這樣不好嗎？」他問。

「對，不太好。」她說，「當然了，我母親宣稱這樣的體重很正常。以前的人沒什麼知識，不是嗎？」

其實他根本不會知道，她心想。他是個孩子。他心目中的「以前」大概就只是去年聖誕節而已。

人生中頭一次，凱瑟琳覺得自己老了。一個肥胖的老女人像鴨子似的蹣跚而行，對陌生人發揮母愛，因為自己缺乏性愛而變得有自信。

那男孩瞪著自己的茶，但是沒喝。沉默延續下去。凱瑟琳把一小塊蛋糕放進嘴裡，然後緊接著又一口。她想快點吃完，就可以走了。

我得走了，不過你慢慢享受你的蛋糕吧。

「我不知道我出生時的體重是多少，」那男孩終於說，「我想我以前知道，但是忘記了。」

「你媽媽會知道的，」凱瑟琳說，「連個位數都會記得！」

「她死了。」他說。

「啊，」她說，「我很遺憾。」是真的。遺憾他母親死了——但是更遺憾自己提到她。

接下來有一段明顯的沉默，然後那男孩說：「她是被謀殺的。」

「天啊！」

凱瑟琳只說得出這些。不然還能說什麼？聽到這個意外的訊息之後，唯一合邏輯的就是問什麼時候、怎麼被謀殺的，以及兇手是否被抓到、你還好吧……但這些都不適合拿去問一個你剛認識的陌生人，也不適合在咖啡店裡談。

但是那男孩頭一次眼睛直視她，彷彿希望她提出問題，彷彿想激她提問。

凱瑟琳咬住下唇。她不想問。她不想知道。

她得把情勢導回普通的、正常的話題。她僵硬地說：「我很遺憾你的損失。」

那男孩沒表示聽到她的話，只是繼續直直瞪著她的臉。她避開他的目光，望向櫃檯，彷彿當有人告訴你他母親被謀殺時，你去看瑪芬鬆糕是全世界最自然不過的事情。

「有個陌生人用一把刀殺了她。」

凱瑟琳倒抽一口氣。

她不舒服。覺得整個世界搖晃不穩，很想吐。像是一艘小船被推上一波高高的海浪。她抓住桌子側邊，要航行過這個她自己引來的風暴。

「停下，」她低聲說，「別再說了，拜託。」

但是那男孩不肯停。反之，他身體前傾，湊近凱瑟琳，輕聲說：「她當時也懷孕了。」

凱瑟琳彷彿腦袋的血液完全被抽光。她抓住桌子邊緣的手好用力，指節都變成白色了。

「什麼？」她說，像聾人似的朝他抬起一邊耳朵。「你剛剛說什麼？」

「你聽到了。」他說。

凱瑟琳的確聽到了。這就是為什麼她張著嘴巴，呼吸急促。她不自覺地一隻手掩住肚子，想保護未出生的孩子。

「她就是被那把刀殺死的。」

「那把刀……」她的嗓子啞了。她又開口：「就是你留在我家的那把？」

「不！」那男孩表情很驚訝。

「不，」他又說了一次。「那把刀是我在你家發現的。」

傑克．布萊特從結了一層泥的健行靴裡抽出那把刀，然後緩緩皺起眉頭看著——很困惑自己竟然認得。

那貝殼刀柄像水上的油發出光澤。刀身一邊是鋸齒，另一邊尾端呈弧形彎到銳利的刀尖……

他感覺到名叫潘的那位女警握住他的手腕；聽到了那個象徵他們生活崩塌的、非人類的號叫，於是他知道，不知怎地他就是知道：刀子——就是這把刀！——殺了他的母親。

他驚慌得讓那把刀噹啷落地，跪著後退遠離那把刀，被恐懼和不確定的回憶搞得茫然。

然後他猛地抬頭，聽到驅魔師般的大叫：

「不管誰在那裡，都最好給我滾出這棟房子！」

凱瑟琳起身太急了。她肚子撞到桌側，痛得皺起臉。人們看著他們。她想給那男孩一巴掌，但結果她只是朝他彎腰，設法讓這件事情保持隱私。

保持禮貌。

英格蘭式的。

她的顫抖背叛了她。「如果你敢再接近我，」她低聲說，「我就會打電話報警。」

那男孩看著她，灰色的雙眼冷酷得就像骯髒湖水中浮著的冰。

「不，你不會的。」

傑克被怒氣搞得很激動。

他之前闖入凱瑟琳．懷爾家，在她床邊留下一把刀和一張字條，威脅要殺了她。她會看到的。她會打電話報警的。警方會調查，然後會把一件件事情連起來，解開一個個結。殺害她母親那個男人最後會被抓起來。

這一切都會發生，當時傑克毫不懷疑……

直到根本沒發生。

現在他什麼都沒有。沒有那把刀，也沒抓到兇手。

他根本不該留下那把刀！他應該帶走才對。直接去找警察，跟他們說他是在哪裡發現的，還有其中代表的意義……但是他不能這麼做，因為他不曉得其中的意義。亞當．懷爾就是緊急報案電話錄音裡那個悶住的聲音嗎？那個不明男性？他不曉得，也不知道該怎麼查清楚。只有警方有辦法查，但他不打算去找警方，因為就像路易斯說的，警方總是能找到藉口送你去坐牢。而如果他因為入室盜竊被抓起來，那麼喬依和梅麗立刻就會被社福單位帶走。

傑克不能讓這種事發生。

這就是為什麼她應該要打電話報警。告訴他們有關那把刀、那張字條、還有摔在廚房地板上的那個蛋糕，還有深夜的電話。

為什麼她不報警？

「狗屎！」他大喊。「狗屎！」

那個小警察局不遠處有個電話亭。

「需要警察、消防隊，還是救護車？」接電話的總機人員問。

他說不出話來。

橘色電話聽筒懸吊在捲線末端。

「喂。你需要警察、消防隊，還是救護車？」

他深吸一口氣。「喂。」

「你需要警察、消防隊，還是救護車，先生？」

傑克望著警察局。「我想要報案……」他說，「我想要報案……」

他想要報什麼案？傑克不知道。一樁謀殺？他不是要報案說有一樁謀殺，因為警方已經知道有那樁謀殺案了。他想要通報的是一名謀殺犯，但他沒有證據。他知道證據在哪裡，他心底感覺得到，而且在他腦子的黑暗中，一切都很合理，但是一旦他把那些事情說出來，攤在陽光下看，那證據就化為塵埃，像是梅麗的那些吸血鬼。

他不能為了那些塵埃，冒險失去他剩下的家人。

「先生，麻煩你告訴我你有什麼緊急狀況好嗎？」

傑克掛斷電話。

然後他把聽筒朝牆壁死命砸到爛。

凱瑟琳不記得自己開車從超市回家，但一定就是這樣，因為等到回過神來，她已經在院子的車道上，發抖得好厲害，連牙齒都格格作響，同時手指摸索著安全帶拴扣，心中愈來愈恐慌。

去他媽極致的寧靜！她得告訴亞當！她得告訴警方！她忽然好後悔在水槽裡燒掉那張卡片。

眼前浮現出那張紙的畫面，被焚為柔軟的灰燼，沖進排水孔內。

白痴！

但是她還有那把刀。光是那把刀應該就夠了。他們可以從刀上採到ＤＮＡ。他們可以從任何東西上頭採到ＤＮＡ。而且很快！她在電視上看過。讓他們抓到那個小混蛋。那個撒謊、偷竊、跟蹤的小屁孩！要是他不打擾她，她也不會去打擾他。但現在就算警察在大馬路上把他槍殺，她也不在乎！

安全帶終於鬆開，她拖著笨重的身軀下了車。

她試了三次，才把顫抖的鑰匙插進鎖孔裡。

她在大肚子容許的範圍內盡快上樓，胸部起伏著，一半是因為害怕，一半是因為吃力。薯條溜下床，但她沒理會。她打開她的胸罩抽屜，手伸到最裡面。

沒找到那把刀子。

她又檢查一次，這回放慢速度。

還是沒有。

她把抽屜整個拉出來，翻倒在床上。

一堆雜亂的軟鋼絲、緞帶和蕾絲。

刀子不在裡頭。

她又拉開褲襪抽屜、襪子抽屜，還有裝著套頭毛衣、Ｔ恤和牛仔褲的抽屜。

都沒有。

但是一定有！一定在裡頭！她之前把刀子推到最裡側的。一定是掉進裡頭了。一定是……

她把所有抽屜拉出來，亂糟糟堆放在床上，形成一堆木頭和棉布形成的疊疊樂。然後她笨拙地跪下，扶著床當支撐，檢查木櫃裡的黑暗內側。

是空的。

那把刀子不見了。

那個小屁孩又闖進來拿走了。什麼時候？為什麼？為了拿他所謂的證據？或只是為了搞亂她的腦袋？為了向她證明他可以隨自己高興、來去自如？只為了要嚇她？

這招以前成功過，現在又成功了。

她不安全。

她的寶寶不安全。

他們母子全都不安全！

難以名狀的懼怕爬上了凱瑟琳頸背的皮膚。

「你在找這個嗎？」

她尖叫起來。

凱瑟琳一手摀著胸口，覺得心臟快要跳出來了。

「啊老天，亞當！你在這裡做什麼？」

「你在找這個嗎？」他又問了一次。

她低頭看著他手裡那把刀。殘忍的刀身。貝殼的握柄。

凱瑟琳一時想不出任何謊言。

「是的。」

「這刀子放在你的內衣抽屜裡做什麼？」

「你翻我的內衣抽屜做什麼？」

「操他媽的不要跟我鬼扯！」

凱瑟琳很驚訝。亞當跟她講話從來沒這麼不禮貌過。他很少說粗話。

她艱難地從跪姿起身，抓著抽屜櫃邊緣拉起自己，然後坐在床緣，把落在眼前的頭髮往後撥。

他專注地看著她。

她深吸一口氣。「之前有人把它放在床邊。」

「誰？」

「我一直沒告訴你，只是因為我不希望你擔心。」

「誰？」

「有人闖進來偷東西，亞當。就是你去切斯特菲爾德的時候。」

「小偷？」

「是的。」

「有個小偷闖進來，把這刀放在你床邊？」

「是的。」

「可是你沒打電話給我？」

「我不想害你擔心。」

「那你有沒有打電話報警？」

她猶豫著，於是亞當發出一個短促的、不可置信的笑聲。

因為這事情聽起來很蠢。凱瑟琳知道，覺得自己的臉因為羞愧而發熱。

「警察又能做什麼？我用薇樂莉送給我們的那個醜花瓶嚇跑他了。我根本都沒看到他。他沒拿走任何東西！」

「所以有個小偷闖進來，只在你床邊留下這把刀？」

他的口氣充滿諷刺。

「還有一張字條。」她反抗地說。

「寫了什麼？」

「亞當——」

「**字條上他媽的說了什麼？**」

「我本來可以殺了你。」

由她口中說出來，這些話聽起來好震撼。

接下來有一段驚愕的沉默，凱瑟琳忍著不要哭出來。這一切都太想不到、太可怕了。亞當對她這麼兇。她抬頭看著他，希望他伸手摸她，抱住她，跟她說他愛她，說她做得很對，一切都會沒事的……

但是他沒有。他只是站在那裡，氣得滿臉通紅。

「在哪裡？」他冷冷地要求。「讓我看看。」

一時之間，凱瑟琳好困惑，根本不曉得他指的是什麼。

「什麼？」

「那張字條。」

「我……我燒掉了。」

「你燒掉了？」

「我燒掉了，在廚房的水槽裡。」

「我不相信。」

她眨著眼睛看他。「什麼？」

「你在撒謊。」

「我沒有！」

「就是有！」他吼道。「根本說不通！一個小偷闖進來，你沒有打電話給我？也沒打給警察？他沒偷走任何東西，卻留下這把刀？放在你的床邊？你說他還留了張字條，但是你燒掉了？我他媽的不是白痴，凱瑟琳！」

「亞當——」她去握他的手，但他甩掉了。

「你有外遇嗎？」

「什麼？」凱瑟琳完全猝不及防。

「之前有人來過我們的臥室，你在撒謊。你是有外遇嗎？」

「外遇？」她一時沒搞懂這個新轉折。

「這就是為什麼你都不跟我上床？因為你在別的地方得到滿足了？」

「我懷孕都快八個月了，亞當！」

「告訴我實話，凱瑟琳。」

「我說的就是實話！」

「是誰？」

「根本沒有這個人。」

「告訴我是誰就好。我不會生氣。我只是必須知道。」

「根本沒有這個人。亞當。你太可笑了。」

「別跟我說我可笑！」他吼道。「我是想保護你！還有寶寶！結果這段期間你一直在跟我撒謊。我就知道！那通電話。什麼打錯號碼。你當著我的面撒謊！所以別跟我說我很可笑，凱瑟琳，操他媽的告訴我實話就好。」

他的嘴唇顫抖，凱瑟琳忽然靈光一閃，明白亞當不光是生氣而已……

他還很害怕。

她之前的確是跟他撒謊，而且因為這樣，他就下了錯誤的結論，但那個結論並不是不合理，也並不可笑。

凱瑟琳為了這個自己深愛的男人心痛。

「我剛剛說的就是實話，亞當。請你相信我。我沒告訴任何人有關小偷闖入的事情，是因為我不認為他們能做什麼，而且我就是無法面對那些誇張的大驚小怪。但是可笑的人是我，不是你。我現在明白了。相信我，我真希望我當初打電話跟你說。我真希望我打電話報了警。但是我沒有。結果拖得愈久，要告訴任何人就更困難！」

她握住他的手，這回他沒拒絕。

「跟你撒謊讓我感覺好糟糕。但我只是想忘記這一切，保持冷靜。為了寶寶……」她抓著他的手輕放在自己的腹部，又把自己的手覆在上頭。「我們的寶寶……」

他靜靜站在那裡一會兒，垂著頭。「他是誰？」

「老天，亞當！他只是個男孩！」

亞當的手抽回去。

「你說你根本沒看到他！」他的聲音裡又有了控訴意味。

「那天晚上，」她說，「他闖入的那一夜，我根本沒看到他。」

「但之後你又看過他了？」

凱瑟琳深深嘆了口氣，點了頭。「今天，」她說，「就是剛剛，在超級市場。他只是個男孩。亞當。一個瘦巴巴、很邋遢的小鬼。」

「你為什麼跟他在超級市場碰面？」

「我沒跟他碰面！他就在停車場走到我面前。」

凱瑟琳暫停。

心裡頭整理著。

眼前亞當顯然覺得自己被背叛，她不想說自己請那男孩吃蛋糕、喝茶的事。

「他承認他闖入我們家。」

「還有呢？」

「只不過是……」她猶豫著。

「他還說了什麼？」

「他跟我說了個瘋狂的故事，說他母親被人用那把刀謀殺……」

她低頭看著那刀，現在輕握在亞當手裡，殘酷的刀尖指向地板。

「這把刀？」他一臉困惑。然後舉起來給她看，好像還會有另一把刀似的。

她把眼淚硬吞回去。「對。這就是為什麼我立刻回來找這把刀。」

「你打算找到了要做什麼？」

「不曉得。拿去交給警察。讓他們把事情搞清楚。只是想……把它弄出這棟房子。」

亞當什麼都沒說，只是低頭凝視著手裡的那把刀。

「他說他是在這裡發現那把刀的。」她怯怯地說。

他點頭，仍然盯著那把刀。「當然了，」他說，「因為這把刀是我的。但是我好久沒看到了，老實說，我還以為我遺失了。」

他嘆了口氣，在她旁邊坐下，握住她的手。「很抱歉剛剛跟你吼，凱瑟琳。你把我嚇了一大跳。」

解脫感浸浴她全身，像是擦了清涼軟膏。

「我也很抱歉，亞當。而且我很抱歉那天夜裡沒有馬上打電話給你。」

「現在我明白是怎麼回事了。」他說，「當時你一個人在家，很害怕，又擔心要保護肚裡的寶寶……沒辦法一口氣處理那麼多事情。」

她猛點頭。那的確就是她當時的感覺。沒辦法一口氣處理那麼多事情。

「你做了一個壞選擇，如此而已。」

「是啊。」她點頭。

一個壞選擇。造成了這麼多後果。

「那天夜裡打電話來的人是他……」凱瑟琳說。

「我想也是。」亞當臉色凝重地說。

「而且我猜想，他刺破了羅德的輪胎。珍奈在我們車上發現了一張字條。上頭寫打電話報警。」

「他聽起來精神有問題。」亞當嚴肅地說。

「或許吧，」她疲倦地說，「也或許他只是想報復，因為之前我把他趕出屋子。無論原因是什麼，要是他想嚇我，那麼他的確做得很成功。」

她覺得自己的下巴顫抖，然後亞當把她擁進懷裡。現在凱瑟琳終於讓他安慰自己，感覺那麼美好、那麼溫暖、那麼安全，她真恨不得自己幾個星期前就能享受到。

「你為什麼跑回家了？」她埋在他胸膛吸著鼻子。

「嗯？」

「你不是要去康瓦爾嗎？」

「啊。海爾的那個地方取消訂貨了。我就想回來給你個驚喜。」

「嗯，你的確讓我受到了驚嚇。」

他們兩人都露出小小的、顫抖的微笑，亞當撫摸著她的頭髮。

「我們應該報警嗎？」她低聲問。

接下來是好一段沉默。

「如果你不想，那就不用。但是我覺得我應該跟他談一談。」

她驚訝地坐直身子。「跟那個男孩談？」

他堅定地點頭。「我們得知道他是真的很危險，或只是個討厭的小惡霸，一個身材相同的人就可以嚇退他。」

「你的身材是他的兩倍！」凱瑟琳說，「你可以壓扁他！」

亞當揚起一邊眉毛，好像真的在考慮要壓扁他。

「我說真的，亞當。我不希望你做任何……」她本來要說傻事，但最後改口：「……逞英雄的事。」

「逞英雄？」他笑了。「我？」

「別讓我擔心他會報警來抓你。」

他豎起兩根手指頭放在太陽穴。「我以童子軍的榮譽發誓。」

「你什麼時候當過童子軍了？」

「在我腦袋裡，我有各種勳章。」

凱瑟琳微笑，亞當吻了她。

「別擔心，」他說，「我只想跟他談談。只是想確保他不會再來。」

「你想他還會再來嗎？」萊斯問。

雷諾茲隔著早餐桌打量萊斯。她正在吃她那些可怕的糖霜玉米片泡牛奶。他還得自己出去買優格、莓果和粗燕麥片。

「不會。」

「那我們為什麼還待在這裡？」

雷諾茲聳聳肩。

「我其實不在乎我們要在這裡待多久，」萊斯說。然後看了廚房一圈。「這裡比我家大，我喜歡。」

雷諾茲在他的燕麥粥裡加了些鹽。「你不想念艾瑞克嗎？」

「不會。」萊斯說。

雷諾茲等著她會多說些什麼，但她似乎不認為需要再進一步解釋。但其實顯然她應該要再解釋的，於是他問她為什麼。

「不曉得。」她說，像個煩躁的少女。

他才不會求她說呢。不過他覺得這件事很有趣。

「你今天晚上要去什麼地方嗎？」他問，小心不要帶著任何態度。他們兩個現在幾乎每天晚上都出門，抱著金髮賊會再來的微小希望。

「看電影。」萊斯說。

「有什麼好看的嗎？」

「誰在乎啊？」她說，露出頑皮的微笑。

雷諾茲站起來，不客氣地把他剩下的燕麥粥刮進垃圾桶裡。他今天晚上要跟他母親一起吃晚飯。

又一次。

今天是她生日，他會帶她出門吃飯，去一家有裹麵包屑炸鱈魚的餐廳。不過總還是比待在她家、聽她偏執狂地說起隔壁那個魔鬼小孩或抱怨割草機要好。

他的手機響了。是帕思摩先生，說保險公司對他的理賠申請有疑問。

「可是我已經把案件編號給你了。」雷諾茲說。

「我轉交給保險公司的那個小夥子，」帕思摩先生說，「我還跟他說，你認為那是金髮賊幹的，但是現在他們想打我回票。」

「根據是什麼？」

「根據他們不想付錢，聽起來是這樣。」

「唔，」雷諾茲說，「恐怕這是你和保險公司之間的事情，帕思摩先生。跟我沒有關係。」

「但是現在他們說那不是竊案。而你說過那是竊案的。所以怎麼可能跟你沒有關係呢？」

「我們一旦給了案件編號，剩下的就是屋主和保險公司的事情。我們不會介入保險公司的理賠，除非屋主方面有什麼不法行為。」

「你的意思是，我想騙保險公司的錢？」帕思摩先生傲慢地說。

「我完全沒有這個意思。」

「那就好，調查進行得怎麼樣了？」

雷諾茲暫停一下。他不能告訴帕思摩先生有關竊案的真相。所以他講得很小心。「我不能透露程序細節，先生，但是對金髮賊的調查還在進行中。」

「那你們的調查會包括我的案子嗎？」

「如果我們發現你的案子跟金髮賊有關，那當然就會包括在內。」

「你之前明明說過有關的！」

「當時還不能確定，先生。」

「那你們要怎麼確定？」帕思摩先生說。

「這個嘛，」雷諾茲說，「等我們抓到他，我們會問他。」

電話另一頭沉默了好一會兒。

「你們會問他？」

「是的，先生。」

「然後他說的你們就相信？」

「唔，先生，」雷諾茲說，「通常任何犯罪者被逮捕後，面對一些他覺得在法庭上會成立的證據，就會要求把自己其他的犯罪也納入考慮，免得判刑上頭吃虧。到了這個時候，犯人再堅持說他沒有犯某件竊案，真的是沒有好處，因為這表示他日後可能會因為這件竊案再被審判一次，也會另外判刑，接著可能要多服一段刑期。」

「唔，」帕思摩說，「我還是很驚訝，你們居然會相信一個罪犯講的話。」

「這叫做自白，」雷諾茲說，「我們都很支持的。」

帕思摩先生好像沒聽出這句話中的諷刺意味，或者是不予理會。「所以你們快抓到這個金髮賊了嗎？」

「就像我之前說過的，我不能——」

「好啦，好啦！」帕思摩不耐地說，「所以現在我們只能等著那個小偷被抓到，說出實話；而同時，我就得忍受保險公司說我撒謊，是吧？事實上，他們是說你撒謊，雷諾茲警佐。」

「我被罵過更難聽的。」雷諾茲說，這是實話。

「很好！」帕思摩先生說，然後掛斷電話。

雷諾茲清了清嗓子。然後他用夾子把糖霜玉米片的袋口封住，拿了自己的車鑰匙。

萊斯對他眨了下眼睛。「有火辣的約會嗎，葛連？」

「別忘了，那扇窗子要開著，蜜雪兒。」

傑克不記得自己有不生氣的時候。

憤怒總是在那裡，像是一種癢。有時比較輕微，可以不理會；有時好大、好強，因而他瘦小的身軀無法容納，然後就會像沸騰了一般炸開，噴湧出暴力和忿恨，留給他一片空虛。

但只有一小段時間。

怒氣總是又輕易補滿，滿到快溢出來。

他恨不得這個狀況能停止，恨不得自己能停止。每回他醒來，依然疲倦，在陌生家宅裡乾淨、舒服的床上，他就會很孩子氣地期盼能有個奇蹟，把時鐘往回撥，回到那個高速公路的路肩之前。

有時他覺得自己好像從來沒離開過那條路，從來沒離開過那一天。彷彿自從他母親失蹤後，他就困在那裡，而往後發生的每件事都只是一個夢、一個海市蜃樓的幻景、一段偽造的人生，他找不出逃離的方法。

有時他脫離這一切的欲望好強，強到他都收拾好一個背包，策劃好去某個地方的路線。任何地方都好，讓他可以忘記自己的過去，找份工作，回學校讀書，重新開始。

他不會懷念任何事。

不會懷念這棟房子或這個小鎮。

不會懷念喬依，讓她在舊報紙所構成的地牢裡爛掉算了。

他當然也不會懷念自己——如今他變成了這個骯髒、憤怒、鬼鬼祟祟的小賊，每天從夢魘中醒來，進入筋疲力盡和悲慟狀態，接著又突然陷入暴怒、忿恨和毀壞。

然後又回到筋疲力盡。

有時他好奇，要是他母親知道他現在成了小偷，不曉得會說什麼……

狗屎！他應該離開這個地方。早該離開了。

只有梅麗讓他一再回家。

只有擋路的、討書看的、嗷嗷待哺的梅麗。

要是沒了他，誰要帶書回來給梅麗？是好書，不是那些貓貓狗狗的愚蠢童書。還會有誰了解她需要生活裡有吸血鬼，手臂裡有陸龜唐諾，另外還要有一棟蚯蚓旅館和一塊草坪讓她割草？

沒有人。

至少寄養家庭裡面不會有。

他不能就這樣拋棄她，因為她已經被拋棄過，而且是兩次。

而這是讓他最憤怒的……

「我他媽的恨我母親。」

巴茲被帶去跟其他小朋友玩了，所以他講粗話沒關係。

路易斯搖頭。「不，你才不恨呢。」

「她不愛我們。」

「她愛你們，」路易斯堅定地說，「你明明知道的。」

「屁啦。如果她愛我們，為什麼要離開我們？」

「老弟，」路易斯小心翼翼地說，「她不是有意離開你們的。她被謀殺了。」

「他媽的活該。我根本不在乎了。我再也不在乎誰殺了她。」

在那挑釁的沉默裡，路易斯以大拇指緩慢地、搜尋地撫摸過自己的腿。

兩個布蘭德爾中學的男生穿著藍與紅褐兩色的高貴制服經過，揹著發亮的皮革書包。他們停下來，把他們的三明治拿來餵鴨子，然後繼續往前走。

「我有一陣子也恨我媽。」

傑克沒看他。

「我以前都好氣她。氣她老是被逮到去蹲大牢，留下我收爛攤子。我得讓一切保持正常運作。事業和圍籬場和所有的壓力跟麻煩，而且沒有人幫我。我的意思是，你也知道譚美和維克多是什麼德性，而尚恩……狗屎！我的意思是，我愛他們所有人，但他們真的是沒用的混蛋。」

傑克贊同地點頭。

「每個人都以為我輕鬆愉快，母親留下事業讓我經營，錢不斷進來什麼的，但根本就不是那麼回事。一整個煩死人。這不是我要求的，也不是我想要的，所以我很氣啊，心想操他媽的搞屁啊，婊子！」

他笑起來。然後又繼續說：「但現在有了巴茲，我明白——」

他停下來聳聳肩。

「明白什麼？」

路易斯接下來講得比較慢。「我明白你只希望自己的孩子安全和快樂，你懂吧？我明白你會盡全力，但是你不見得總是能做得對。能做得對的時間連一半都不到！所以，總而言之，現在我去探望我媽，或甚至只是收到她的信，就讓我想到養兒育女有多困難，想起她一直在努力嘗試，即使她老是搞砸了。而且我明白她在嘗試，因為她愛我。然後所有的怒氣就逐漸消失了……」

傑克盯著運河。「你講這些的重點是什麼？」

「天啊，我不曉得！」路易斯大笑。「我甚至不曉得有沒有重點。我只是說，當你有了小孩，然後忽然間，你就明白有多麼容易犯錯了，懂吧？然後你就比較能原諒你父母了，你知道？」

傑克什麼都沒說。

「但是你沒辦法去探訪你母親，或者收到她的信。所以永遠沒辦法有人提醒你她愛你們，因為……你知道，」路易斯聳聳肩，「她死了。」

傑克摳著木頭長椅的末端。

「而且那不是她的錯，」路易斯繼續說，「也不是你的錯。純粹就是殺害她那個混蛋的錯。」

傑克點頭。

「如果你要恨任何人，」路易斯說，「那就該恨他。」

「她又在割草了，」雷諾茲太太喊道，「你過來看看。」

雷諾茲嘆氣，朝廚房天花板看，然後站起來腳步沉重地爬上樓梯，來到面對屋後那個臥室的窗前加入他母親，因為他知道自己終究得去，所以倒不如趁早解決掉。

隔壁院子裡的確有個小孩，正推著一具汽油割草機在割草。把手跟她的頭一樣高，她把兩隻手肘扣在上頭，然後以一種駭人的角度靠上去，以便推動那機器前進。推到一半常常卡住，她就又推又拉，直到割草機又繼續前進。到了盡頭後，她就倒退著繼續走，免得必須在那個小得可憐的園子裡左轉或右轉。期間她偶爾停下來，讓機器繼續運轉，然後她去行進的軌道上搬走一塊褐色大石頭。搬過第二次之後，雷諾茲才明白那不是石頭，而是一隻陸龜。

「看到沒？」雷諾茲太太控訴地說。

「我不明白你在擔心什麼。」他說。

但他母親決心要找出新鄰居的錯處。如果她不能批評割草的事情，那反正還有別的毛病可挑。「她還是個糟糕的小騙子，而且老像隻黑猩猩似地掛在我的圍籬上。她總有一天會把我的圍籬壓壞，到時候誰要付錢修？不會是那個髒兮兮的哥哥，這點很確定！」

「你就等到圍籬真的壓壞了，再來操這個心吧。」他安慰地說。

結果這話一點都不能安慰他母親。她從鼻子裡哼了一聲，意思是這筆帳還沒算完，然後邁著重重的腳步下樓，去做完她要做的晚餐。

雷諾茲又在窗邊站了一會兒。

他看著那小女孩停下來，用T恤的末端擦掉臉上的汗，露出蒼白的肋骨。

她瘦得像根釘子！

然後她把自己一頭毫無裝飾品的亂髮塞到耳後，吐出一口氣，又再度靠在割草機上。

「我說啊，」他沉吟地自言自語，「她這草坪可真是割得不錯。」

有人敲門。

想必是亞當。

他五分鐘前才離開，要去拉德洛。當然了，他有鑰匙。即使如此，凱瑟琳還是去開門了，以為自己會看到的就是亞當。

結果是那個小偷。

她全身一震，猛吸的那口氣好大聲，連對街正在洗車的肯特先生都抬頭看過來。

「你想幹嘛？」

「我要那把刀子。」那男孩直截了當地說。

他看起來就跟之前在超市停車場上一樣。同樣那條沒洗的牛仔褲，同樣那件藍色帽T。同樣自家剪的頭髮和雜灰色的眼珠。

凱瑟琳搖頭。「我沒有那把刀。」

「那不然在哪裡？」

「我沒有那把刀。」

「狗屎！」那男孩轉移雙腳重心，四處張望，好像附近有個人或許會給他滿意的答案。

「那把刀是我丈夫的，」她說，「他對這整件事情很生氣，所以如果我是你，我不會待在這裡。」

「可是我需要那把刀。」

「唔，他找到了它，我不曉得現在放在哪裡。」她說，「所以你運氣不好吧。」

然後她作勢要關上門。

那男孩迅速伸出一隻手擋住，門又朝凱瑟琳彈回來，嚇了她一跳。

「我找得到，」他說，「可以讓我進去嗎？」

「不行，不可以！」她不敢置信地說，「如果你不趕緊離開，我就要打電話報警了。」

「那就去啊，」他說，從門邊退開。「打給他們。」

「我會的。」

「那就去打啊。」

凱瑟琳猶豫了，沒想到這段談話會如此發展。她不確定自己原先的預期是什麼，或許是威脅？或是道歉？兩者似乎都不太可能，但也總比眼前這個狀況的可能性要高：一個小偷要求她打電話給警察！

「這太蠢了，」她說，「你快點離開就是了。」

「你還好吧，凱瑟琳？」肯特先生朝她喊。他停止洗車，現在站在那裡，雙手把那塊黃色大海綿舉在胸前，活像那是一把演習步槍。

「我還好，」她也喊回去，希望自己的聲音能表達出恰到好處的重量，讓他警覺，但又不是邀請他過來介入。「謝謝，肯特先生。」

結果奏效了。他繼續洗車，但是不時懷疑地朝這裡看一眼，令她覺得安心多了。

凱瑟琳的目光回到那男孩身上，他又開口了，好像他們完全沒有受到打擾過。

「這不蠢，」他說，「我母親被謀殺了，而殺害她的那把刀就在你家。」

那男孩的眼神和堅定的語氣實在太真誠了，搞得凱瑟琳完全沒辦法再生氣，於是，忽然間，她唯一的感覺就是憐憫。無論這男孩的母親發生了什麼事——無論她是被謀殺或死於癌症或只是離家去追求新生活——他顯然都飽受精神創傷。

「你的母親叫什麼名字？」她柔聲問。

那男孩的表情變得提防，但還是說了。「艾玲．布萊特。」

「那你呢？」

他猶豫了，又四下看看，想找出別的問題來問，或是撒謊。

但是他想不出來。

「傑克。」他終於說。

「傑克，」凱瑟琳說，變得比較和善了。「那把刀是我丈夫的。他之前其實遺失了，很高興能找回來！但像這樣的刀一定有幾百萬把。」

「不，」傑克拚命搖頭。「就是那把。」

「你怎麼知道？」

「我不曉得我怎麼會知道，」他皺眉。忽然間，他信心動搖了。他咬住下唇，往旁邊看著花園，眼中泛出淚光。「我就是知道。」

凱瑟琳覺得好難過。他是小偷，但他畢竟還只是個孩子。

「但是這樣不合邏輯，不是嗎？」她輕聲告訴他。

「你才不合邏輯！」他兇巴巴回嘴。「如果你合邏輯的話，早就打電話給警察了。」

「或許沒錯，」凱瑟琳微笑。「但是你應該注意到，我懷孕了。有時候邏輯也只能退到一邊。」

那男孩忽然專注看著她——好像她剛剛說了什麼非常重要的話。

「這話是什麼意思？」

她聳聳肩。「懷孕的女人會做瘋狂的屁事。」

然後她微微一笑。但是他沒笑。他只是站在那裡，皺著眉頭，好像正在想別的事情，或是別的人。

「傑克，」她堅定地說，「你得搞清楚，你闖入我家這件事讓我非常不安。你很幸運，我和我先生都不想報警，免得這種不安更延續下去，因為我很快就要生寶寶了。真的，我們只是想忘掉這件事，所以我們準備好要放過你。但現在你害我們非常為難！」

但那男孩的表情似乎根本沒在聽她說話。

「你說你丈夫找到了那把刀？」

「是的。」

「那麼他之前肯定一直在找。」

她茫然地望著他。

「這樣才合邏輯，」他慢吞吞地說，好像他自己也才剛剛想明白。「如果他找到了，那他之前肯定是一直在尋找。」

「我不懂——」

「這樣就表示，他一定知道刀子不在原來的地方。所以他不可能遺失。」

凱瑟琳張開嘴想反駁。然後又閉上。

她明白了……

「他跟你撒謊。」那男孩說，凱瑟琳聽了這句實話，臉紅了起來。

你翻我的內衣抽屜做什麼？

亞當始終沒有回答她的問題——只是要求她回答他的問題。

這會兒她心慌不已，覺得腹部、胸膛，甚至喉嚨都發緊了。

才幾秒鐘之前，她還牢牢掌控住場面。現在她覺得……迷失了。

而且忽然間，輪到那個小偷憐憫地看著她！

「我可以進去嗎？」他又問了一次。

她猶豫了。

我本來可以殺了你。

他可以殺了她。

「拜託？」他說。

於是凱瑟琳．懷爾扶著門，讓他進去了。

上回走前門進入陌生人的家是什麼時候，傑克不記得了。

在白天，一切看起來都不一樣了。整個屋子充滿空氣、光線、空間和平靜。好乾淨。

他曾拿走手機的客廳裝潢成深紫紅色，有一張紫紅色的愛心形地毯。在書房裡，他曾拿去廚房餐桌上放著的那台筆記型電腦，現在又回到了書桌上。有兩個放著待處理文件的金屬網盒裝得爆滿，還有一捲聖誕包裝紙沒打開，豎放在角落裡。

在明亮的廚房裡，水槽上有個傻氣的標語：待洗任務。一隻毛茸茸的白貓刷過他腳邊，然後匆忙奔向貓食碗，哀怨地喵喵叫。

凱瑟琳．懷爾站在房間中央，看起來蒼白而困惑。她還比較像是這間房子的陌生人。

「你要坐下嗎？」傑克謹慎地問。

她坐下了。

除非必要，傑克不想在屋裡待太久。他之前耐心地觀察並等待，知道亞當已經開車離去，那是一輛白色廂型車，車尾還貼了個紅色玫瑰形獎章。但是傑克已經習慣進入一棟房子、趕緊離開，光是站在這棟房子裡不動，就已經搞得他神經緊張了。

他回頭看向前門，然後是樓梯。

「我去找那把刀子。」

「不行！」

「但是我進屋裡，就是要來找刀子的啊。」

「慢著，」她說，「讓我想一下。」

傑克很失望。如果她不打算讓他去找那把刀，那為什麼要讓他進來？他根本應該再偷闖進來，拿他想要的。一時之間，他幾乎就要這麼做了——跑上樓開始尋找兇器。

她能怎麼樣？

打電話報警？

但如果他拿著刀子去找警察是最好的解決方式，他上回在這裡的時候就會這麼做了。現在還有機會說服她這麼做。

不必威脅要殺她。

他真希望路易斯在這裡，有那種天生的口才。路易斯可以說服任何人去做任何事。

他必須拿到那把刀。他必須讓她相信他！

「他對刀子的事情撒謊。而且他也刺破了那個男人的輪胎。」

「誰，亞當？」她皺眉。「別說傻話了。」

「我看到他做的。他走出來，拿著一把刀朝輪胎刺了兩下，然後又進屋去了。」

凱瑟琳．懷爾一臉蒼白，她雙手緊抱著自己的肚子，像是在一條湍急的河流裡緊緊抱住一塊岩石。

「你必須打電話報警。」他急切地說。

「我……」她開口。

然後那隻貓忽然警覺地畏縮一下，接著亞當．懷爾走進屋裡。

傑克睜大眼睛僵住了，然後衝向後門。

鎖住了！

狗屎！

他轉動鑰匙，猛地拉開門——

有個什麼狠狠擊中他後腦，力道大得把他直接轟出屋子。

「亞當！不要！」

傑克踉蹌著，痛苦地在後露台單膝落地，起身時，差點被那前衝的動能搞得往旁翻倒。

繼續往前，不要停下。

有人抓住了他帽兜的後方不放。傑克想掙脫。那男人又打他，狠狠擊中一邊耳朵。

「亞當，不要！」現在傑克聽到的聲音都是悶住的。「亞當，住手！」

亞當沒停下。他繼續打，一邊咆哮著：「你這小混帳！你這小操蛋！」

傑克往後旋轉面對他，接著身子一低又往後拉，就擺脫了那件帽T和T恤，留下衣服在那男人的手裡晃蕩。緊接著傑克赤膊跑過草坪，穿過花壇，爬上圍籬，往下跳進外頭那片冷杉的柔軟綠色枝葉中。

一個大拳頭在半空中抓住他一腳，打斷了他下降的弧線。他身體傾斜，摀住臉笨拙地下墜，一路刮過樹又撞上圍籬。

他落到泥土地上，頭昏眼花地往上看著無雲的藍天。

亞當．懷爾越過圍籬，像隻憤怒的大熊。傑克翻身爬起來，又趕緊往前跑。經過隔壁的院子，沿著那棟房子側邊，穿過一小片前院草坪，裡頭有個女人正在修剪一叢玫瑰——

「啊！」

——然後來到街上，雙腳飛奔，肺臟猛吸氣，雙臂揮動得好用力，他覺得自己都要升空，一路飛回家了。

或是死掉。

「你這小混帳！我他媽的會殺了你！」

傑克冒險回頭看一眼。懷爾仍在追他。塊頭更大且年紀較老，但怒氣給了他一拚的力量。

傑克繼續跑。

繼續吸氣。

不時回頭看一眼。

直到最後，終於，後頭沒人了。

此時他才放慢速度，停下來檢查雙臂、胸部和背部的擦傷、刮傷，還有很快就會形成瘀血的地方，以及他耳朵流出來的血。

他走了很遠的路回家，沿著運河，途中洗掉臉上和胸部的血。耳朵疼得他皺起臉，一邊膝蓋在露台摔傷了。他覺得有點想吐，後腦不斷抽痛著。

但亞當．懷爾殺了他母親。

現在傑克確信是這樣沒錯。他從那男人的雙眼裡看得到，從他的拳頭中感覺得到。同樣那雙殘酷的手，之前謀殺了他的母親和他未出世的妹妹，剛剛又揍他、抓他、扯掉他的T恤。

我會殺了他，他心想，同時心頭湧上一股強烈的愉悅，讓他很震驚。

傑克已經習慣憤怒了，但他之前從來不曾想殺人。

他現在想了。

他的血液奔騰，手指期待得抽動。他想像亞當．懷爾跪著求饒，他會把他揍到死。用他的鐵鎚，鎚爪朝下，撬開他的頭蓋骨，讓他腦漿四濺，打斷他的牙齒，戳穿他的眼睛，還要用手扯掉他的卵蛋，扯得血肉模糊。把他丟在路上，讓烏鴉去啄食，就像亞當．懷爾把他母親棄屍九天那樣。

夏日裡炎熱、漫長的九天……

丟在一個路側停車帶的灌木叢裡。像廢棄物。像垃圾。

他全力奔向小鎮另一頭，血水依然沿著他的胸部和肋骨往下流；而且隨著每一步，耳朵都在抽痛。

那個遊民在他經過時抬頭看。

「你在流血！」他說，而且就要起身，但傑克沒理他，一路跑回家。

太陽已經西沉，但他聽得到後院傳來的割草機聲音，很慶幸梅麗不會在屋裡問他問題。

他跑上樓，從門後掛鉤——他的衣服都放在那裡，這樣老鼠就沒法在上頭撒尿——拿了他的另一件帽T。

他抓了他的背包和鐵鎚。他會從浴室窗子裡進去。他們想不到他今夜就會跑去的。他會殺了亞當·懷爾，讓他那個蠢老婆在旁邊尖叫又尖叫，恨不得自己之前打電話報警！

他會忘記所有疲倦、所有恐懼。

只剩下憤怒。

他把背包揹上雙肩，轉身要走。

「我餓了。」

狗屎！

剛剛突然安靜下來，原來是割草機關掉了。

「沒有玉米片了。」梅麗說。她把陸龜唐諾像盾牌似地抱在胸前，牠生著鱗片的腳搭在她的鎖骨上，牠的臉信任地往上看著她。

「那就去吃別的。」

「沒有別的了。我好餓。我們全都好餓。」

「搞屁啊，梅麗，」他兇巴巴說，「你他媽的老是吵個不停！」

她往後瑟縮。他不在乎。她害怕的大眼睛往上看著他，害他覺得內疚。

「這又不是我的錯，」他又厲聲說，「操他媽的，別再碎碎唸了。」

「我只是——」

「我會帶東西回來給你當早餐的，好嗎？」

她下唇顫抖。「可是我現在就好餓。」

「明天早上會有吃的，梅麗！耶穌啊！」

「好吧。」梅麗淒慘地點點頭。她把唐諾抱得高一點，別過頭用自己瘦瘦的肩膀擦了擦鼻子。

她可以等到吃早餐。

「還有一本書？」她期望地說。

「不要太過分了。」他說，然後衝下樓。

凱瑟琳·懷爾等著亞當回家，她從來沒有這麼害怕過。

不是害怕考試不及格，或撞爛車子，或買東西回家的路上被搶劫，而是害怕她的整個未來，還有她孩子的未來。

她等待著，耳朵意識到每個聲音，雙眼搜尋著花園，接著馬路，接著花園，接著馬路，尋找亞當或是那男孩的任何跡象。她撥電話到亞當的手機，這才發現手機放在亞當匆忙停在車道上的廂型車內。

一連串事件不斷在她腦袋裡重新播放，像是一部她無法不看的恐怖片。她從沒見過亞當那麼生氣。從來沒見過任何人那麼生氣。要是亞當抓到了那個男孩怎麼辦？要是他把他打得稀巴爛怎麼辦？或是追他追到鐵軌上、害他被輾成碎片，或是把他打得掉進運河裡、害他被淹死？要是有旁觀者路見不平而進行公民逮捕怎麼辦？要是正當她坐在這裡擔心不知如何是好的時候，一副手銬就扣上了亞當的手腕呢？

甚至更糟糕，要是傑克殺了亞當呢？突然用一把刀或一根木棍或一個水泥塊攻擊他？要是亞當遲遲不回家、只因為他死了呢？

淚水溢出凱瑟琳的眼眶，她焦慮地想著一個又一個糟糕透頂的結局。

要是亞當死了，她會變成什麼樣？

或是亞當因為謀殺而被捕，她會變成什麼樣？

無論是哪個。她會變成什麼樣？

她差點笑出聲——這些聽起來太多愁善感了。不過她能想到的就是這些，分分秒秒緩慢過去，變成幾分之一小時，然後滿一小時，接著是兩小時，亞當還是沒有回來。

她差點要打電話報警了。

真的差一點。

但如果最壞的情況發生了，那麼她並不急著想聽到。如果沒有發生，她也不想驚動警察，讓他們知道她那位一八八公分的強壯丈夫攻擊了別人，現在還正在追殺一個瘦巴巴的男孩。

一輛警車的警笛聲響起，她僵住了，但只是經過而已。

不是來找她。

拜託，也不要是來找亞當。

她的亞當，曾發誓愛她、尊重她，當她肚子裡的寶寶還只是超音波影像裡的一個小點時，他就買了香蕉布丁和一列會吹泡泡的玩具火車。她的亞當，那麼努力工作養家，放棄了他的跑車而換了一輛有側撞防護系統的車，還從德貝、渥里克和法爾茅斯寄明信片給她，上面有挖苦的句子和好笑的塗鴉，惹得她咯咯直笑，而且覺得安全又被深愛。

她的亞當——不理會她又叫又懇求他停手，把一個男孩揍得流血，硬扯下他的上衣，接著又追著他翻過圍籬，沿著馬路往下……

像個瘋子。

天黑了，凱瑟琳祈禱著。她覺得這樣好愚蠢，但還是祈禱了，是她打從童年之後的第一次。她哀求一個傲慢的神幫她這個忙：讓亞當平安回家，不要做出任何會害他們後悔一輩子的事。

傑克離家時很氣梅麗。但等到他闖入布魯克西亞巷的那棟房子時，他只氣自己。她肚子餓是他的錯。他最近分心了。自從發現那把刀，他就分心了。沒有那麼認真工作，沒有帶食物回家，沒有帶書回家。他不再關注生活中的重要問題了。

他咬牙。家裡由他作主，這件事是不能休假的。

難怪他父親會放棄。

威廉斯一家去巴黎的迪士尼樂園了，他們家廚房沒什麼可以偷的，碗櫥裡面塞滿了垃圾食品。最後傑克把一網袋的柳橙和一品脫裝的牛奶扔進他的背包，然後把冰箱裡的其他垃圾拿出來，放進洗碗機，自認是幫了這家人一個忙。

樓梯頂端有個書架，傑克仔細檢查過，每次拿幾本起來，不要的書就生氣地堆在地板上，然後亂踩過去繼續找別的，不在乎封面被撕破，紙頁被扯爛。

書架上只有兩本吸血鬼的書，梅麗都看過了，但他發現了史蒂芬．金的《牠》。這是本好書，而且很厚，梅麗也可以開始研究小丑了……

他自己從沒閱讀過這本書，但他大約八歲時跟父親一起看過這本書改編的電視電影，兩個人都看得嚇死了。恐怖潛伏在每個正常的角落……事後他母親吼他父親，說他太小了不該看這部片子，但反正已經太遲了，傑克很高興。那部電影變成他和父親之間共同的記憶。

他想著這應該有點意義吧，但反正他父親還是離開了。

忽然間，這個事實像是一記拳頭般擊中傑克。他在滑溜溜的書封面上往旁邊踉蹌，抓住欄杆穩住自己，迷失得彎腰喘不過氣來。

他想念他父親。

他想念他的和藹、他的搞笑，還有他堅強的那部分，但後來他變得軟弱、害怕，老是在哭，因而傑克幾乎都忘了他也曾堅強過。他想念他們還小的時候，他和喬依會爬到父親身上，像猴子爬樹似的；想念他父親非常溫柔地用衛生紙把死去的沙鼠露比包起來，放進鞋盒裡，然後撒上一小把葵花籽再下葬；想念那回傑克用放大鏡把客廳的地毯燒出一個洞，他父親挪動沙發去遮住，免得被他母親看到……還有傑克在公園裡學會騎腳踏車那天——他父親一下扶著、一下放手，但始終離得很近，以防萬一必須上前接住他……

傑克恐慌起來。

前一分鐘他還站在陌生人家裡的樓梯頂端，暈眩得像個小男孩騎著失控的腳踏車，下一分鐘他就在那些書上打滑，半摔半跑地衝下樓梯，匆忙離開這棟房子。

此時已經過了午夜十二點，整個提弗頓唯一的聲音就是他的橡膠球鞋所發出的腳步回音。他穿過農產市場，經過半月酒館的招牌，沿著黃金街往下，此時一隻倉鴞飛掠過他上方，近得他都可以伸手摸到牠的羽毛，接著那倉鴞轉了個彎，向愛德華七世的雕像致敬，然後飛過運河消失了。

傑克繼續跑，依然不知道為什麼，只不過梅麗現在肚子餓了，不是嗎？她現在肚子餓了！而照顧她是他的責任。他的責任就是接住她，免得她搖晃摔倒……

他穿過超市的停車場，裡頭只有一台購物推車，孤零零在保全燈光下成了主角。他經過一家昂貴汽車的經銷商，然後終於來到他家的街道上，氣喘吁吁。

來到剛漆過的前門，傑克停下。他扔下書和背包。雙腳疲倦得失去了知覺。

門上的小玻璃窗破了。

隔著那個破洞，他看到屋內起火了。

將近凌晨一點時，亞當終於走進前門，凱瑟琳立刻攻擊他。

「你不准再這樣！」她大吼，揮著雙手拚命打他。「你絕對不准再這樣！我都快發瘋了。要是你都沒回來，會發生什麼事？他用刀刺中你了嗎？或者你殺了他？那我和寶寶該怎麼辦？我們該怎—麼—辦？」她每講一個字就打他一下，打他肩膀和手臂，憤怒又解脫，直到最後她用光力氣，倒在他懷裡，哭了又哭。

「你快把我嚇死了！」她啜泣道，「你這個大蠢貨！」

「真對不起，凱瑟琳，」他說，輕撫著她的頭髮、她的背部、她的肚子。「我只是氣得理智斷了線。我的確是個大蠢貨。真的很抱歉把你嚇壞了。」

他安撫她，喃喃跟她說著話，直到最後她終於不哭了。然後他幫兩人都泡了茶，坐在廚房的餐桌旁喝著。他們尷尬地坐在木餐椅上，而不是在客廳裡放鬆，因為那樣好像就太容易放他一馬了。

「你到底去了哪裡？」

「我抓不到那個小混蛋——」

「感謝老天！」

「所以我就去酒館了。」

她很驚訝。亞當不太喝酒，而且從他氣息中聞不出酒味。不過她整個晚上一直在哭，都哭得鼻塞了。

「哪家酒館？」

「半月。」

那麼，他是一路跑到鎮中心去了。他一定很努力想抓住那個男孩，一定非常生氣……

想到本來可能發生什麼事，凱瑟琳打了個寒顫。

「為什麼你在這裡？」她說，這才想到。「你不是去拉德洛了嗎？」

亞當嘆氣，雙手疲倦地搓著臉。「我知道有事情不對勁，凱瑟琳。我當時其實在觀察這棟房子。」

她睜大眼睛。「你在監視我？」

「當然不是，」他驚訝地說，「你是我太太！我想確定你沒事。我擔心你——而且顯然有好理由。這個小鬼威脅過要殺你，凱瑟琳。而且他在我們的房子裡。要是我不在，會發生什麼事？」

凱瑟琳咬住下唇。「我不知道。」

「唔，我可不會什麼都不做，等著事情發生。」

「但是你的工作呢？」她問。

「工作的事情由我操心就好，」他說，「我已經加了那麼多班，他們還欠我一個月休假呢。」

凱瑟琳猶豫了。亞當只是個業務員。不是不可或缺的……

然後她決定算了，只是木然地點點頭。她會讓他去操心工作的事情。非這樣不可；她沒有多餘的心力去為其他事情操心了。

亞當一手覆在她的手上頭，她沒有抽回來。

他像是吐盡所有煩憂般嘆了一口大氣。「總之，他腦袋被狠狠打了一記，而且嚇得半死。我想他不會再來了。要是他膽敢再跑來，我們就打電話報警，讓他們逮捕那個小混蛋。好嗎？」

他露出令人放心的微笑，凱瑟琳凝視他的雙眼。那眼神好和善，跟他攻擊傑克時完全沒法聯想到一起……

「好的。」她低聲說。

「很好。」他說，然後他們一起上樓。

亞當去淋浴時，凱瑟琳就準備睡覺。她拿出自己那件大得像床單的睡袍，放在床上，站在那裡往下看著，卻視而不見。

然後她拿起電話打給珍奈。她先道歉這麼晚打。還好，珍奈還沒睡。

「那就好。」凱瑟琳說，停頓下來，不曉得接下來要說什麼。

「一切都還好嗎，凱瑟琳？」

「是的，」她說，「我只是……羅德怎麼樣了？」

「好極了！」珍奈熱情地說，「我真的覺得他可能就是我的真命天子，你知道。」

「我太為你高興了，」凱瑟琳無意識地說，「這真是個大好消息。」

「謝謝！」珍奈說，然後絮絮叨叨又說了些羅德對她多好，還有他賺的錢有多少，管他是做什麼的——因為她到現在還是不確定他的工作，哈哈哈……

「他車子的輪胎是怎麼回事？」

珍奈困惑地暫停下來，她本來正起勁談著她和羅德的光明未來，現在卻得調整，回答凱瑟琳所問起的輪胎漏氣問題。

「啊，」她說，口氣有點不高興。「其實根本不是輪胎有毛病，而是被刺破了。」

凱瑟琳緩緩轉身，凝視著床邊牆上的鏡子。「真的？」

「真的！你能相信嗎？在那條安靜的小路上，就在你家外頭！修車廠說是有人用非常鋒利的東西，完全刺破輪胎壁，還兩個地方！所以當然，修車廠不肯退錢給我們了。」

「當然了。」凱瑟琳說。

接下來又是一段沉默。

她不確定珍奈是怎麼結束談話的，但她知道她掛斷了電話。

緩緩地，她脫掉衣服。

浴室裡的蓮蓬頭關掉了，她聽得到亞當一邊擦乾身體、一邊哼著歌曲片段——披頭四的某首歌——然後開始刷牙。

藉著走廊照進來的昏暗光芒，凱瑟琳赤裸站在床邊，往下看著自己的大肚子發亮又膨脹，裝著他們開心期盼著的那個小孩。這個視覺角度是她過去幾個月享受過很多次的：對自己緊繃的腫脹肚皮和消失的腳感到不可思議。

她總覺得歡喜又驚奇。

但今夜，歡喜沒有出現。驚奇也沒有。

取而代之的，是傑克．布萊特的話，在她腦海裡面迴旋又扭動。讓她當初邀他進入屋子的那些話，就像吸血鬼……

如果他找到了，那麼他之前肯定一直在找。

亞當之前說那把刀遺失了。但是他知道刀子不在了，就一直努力找，才在她的內衣抽屜裡找到。

然後他又對刀子的事情撒謊。

所以今天晚上，凱瑟琳低頭看著自己緊繃的肚皮時沒有歡喜，而是有一種奇異的反胃感。因為頭一次，她肚子裡除了有這個珍貴的孩子，還有一顆懷疑的小種子在滋生。她好恨傑克・布萊特播下了這顆種子。

傑克把掛在脖子的鑰匙往上拉起——繩子鉤到他那隻受傷的耳朵時，他痛得吸氣，然後又被煙嗆得把那口氣咳出。

他推開門，火焰像一群快樂的幼犬朝他撲跳過來，在門撞到硬物彈回來之前，一縷精靈般的灰煙就將他吞沒。

喬依和她該死的報紙！

「喬依！」他大喊，「梅麗！」

他彎起手肘遮住臉，穿過那片火，趕緊跪趴在地上，才終於能吸到氣，且看得到四周的狀況。只有門後起火——火焰一路幾乎燒到天花板，同時沿著地毯往前爬——但是煙霧很濃很嗆，朝著樓梯飄過去……

傑克咳得彎腰。他摸索著通往客廳的門把，把那扇門關起來，免得火勢蔓延。要是燒進了客廳，這棟房子就沒救了。

他手腳並用迅速上樓，身子壓低，一路咳著。

「梅麗！」他在樓梯頂啞著嗓子喊。「屋裡起火了！」

梅麗的房間已經因為煙霧而模糊不清了。她在裡頭，幾乎埋在那些報紙鋪蓋中。

他猛搖她，擔心自己太遲了，擔心她再也醒不過來了。

「怎麼回事？」她氣呼呼地問。

「屋裡起火了！」

傑克把她拉出小窩，抓著她一邊手腕拖進浴室，然後用力甩上門。

「好臭。」她打了個呵欠，然後咳嗽。

「那是煙。」傑克說，抓了一條毛巾，在洗手台裡沖濕。然後使勁推開窗子，把梅麗抱到窗台上。

「你爬出窗子，從廚房屋頂滑下去，跳進花園，然後離房子遠一點待著。懂嗎？」

「為什麼我不能待在這裡就好？」梅麗說，「如果火只是在下面燒的話。」

「因為火會跑來，燒到你。」

「火不會移動！」她說，一臉懷疑。

「會的，」他說，「而且跑得比你快。」

梅麗害怕得睜大眼睛。「但是唐諾怎麼辦？」

「牠不會有事的。」

她開始哭。「可是牠跑不快，火會跑來，燒到牠！」

傑克猶豫了。然後他大吼，「狗屎！」深吸一口氣，又出了浴室，回到樓梯頂的平台。這裡的煙現在更濃了。他走兩步，被絆倒了，結果絆倒他的就是唐諾，正在緩慢跑動。

傑克把唐諾塞到梅麗的胸前時，她臉上露出喜悅。

然後他站在浴缸邊緣，抓住她腋下舉起來，連人帶龜送到窗外那個坡度和緩的單坡屋頂上。

「坐下，」他說，「要小心。」

梅麗回頭往上看著他，一手扶著窗台，另一隻手抱著唐諾。「你要去哪裡？」她問。

「去救喬依。」

「可是有火！」

「快走就是了！」傑克說，「不要回來！」

他用力關起窗子，好讓她沒法爬回來，然後猶豫了片刻，評估一下，做出選擇。

那包錢藏在他臥室衣櫃的上方。還有時間回去拿，然後丟出窗外嗎？

沒有時間了。

狗屎。

傑克用那條滴著水的毛巾摀住頭，跑下樓。

火焰已經沿著前門周圍燒起來了，但是在門廊裡蔓延得並不快。不過他走進客廳時，煙在他身後集結——擠進去，沿著報紙走廊爬，像一支密集的灰衣搜救隊迅速跨過報紙牆。傑克用力甩上門，但湧進來的煙已經足以把他嗆得咳嗽，而且他看到更多煙正從門的下方和鉸鏈之間偷偷鑽進來。

「喬依！」他對著牆大吼，但咳得太厲害而口齒不清，她可能聽不到。

他希望這就是她沒回應的原因。

傑克猛推那一牆報紙，完全沒用，連一吋都無法移動。

「喬依！」

他趕緊跪伏在地上。

他開始穿過隧道，這才明白有多窄。他得肚皮貼地趴著，像戰火中的士兵般，用手肘拖著自己前進。不過隧道兩側的距離太近了，就連這樣的移動也很困難。從頭到尾，報紙都緊緊貼著他的肩膀、他的臀部、他的腦袋。他以前一直以為這個隧道很不結實，容易垮下來，但現在他在裡頭，感覺上卻結實得不得了。要通過這個隧道到客廳前側只有幾呎的距離而已，但他覺得自己隨時都可能卡在中間，進退不得。覺得自己會在這裡窒息、燒死，然後消防人員得抓著他的腳踝，把他燒成焦炭的屍體拖出來。

他向上帝祈求梅麗能平安地在花園落地。

濕毛巾有助於他的呼吸，但無助於他的視線。他擦擦眼睛，但空氣中充滿煙和灰燼，他的眼睛又冒出新的淚水。

「喬依！」他又試了一次。

沒有回應。他繼續匍匐前進。

通過那道紙牆不可能花超過二十秒鐘，但感覺上好像過了一輩子。

最後他的肩膀終於出了隧道，他拖出兩腿站起身，拿開毛巾看看四周。外頭的街燈從喬依一向獨佔的客廳窗子透進來，照亮了半個房間。

她不在那兒。有張床，是用一疊疊報紙整齊堆起來的，上頭放著喬依的羽絨被。還有小鹿斑比和小兔子桑普造型的絨毛玩具。他兩三年沒看過那羽絨被了，但立刻就認出來。床邊放著以前妹妹剛出生時買來的嬰兒床，不過現在裡面只有喬依的舊玩偶瑪莎。

煙像暴雨雲緩緩湧過報紙牆，傑克彎腰咳嗽。

「喬依！」他大喊——現在是憤怒了，但忽然間也覺得害怕。

他不能後退穿過隧道，只能從窗子出去，然後繞到屋後去拿水管。他得跑到這一片連棟排屋的尾端，然後再翻過後院的牆。這樣會損失重要的幾分鐘，但現在這是唯一的辦法。

那扇窗鎖住了。

他拚命扭著把手。

還是鎖住。鑰匙在哪裡！有鑰匙嗎？他被辛辣的煙搞得什麼都看不到，只能沿著窗台摸索。

什麼都沒有，只有落到地上的報紙。

他恐慌得犯傻，彎腰把報紙撿起來。他咳嗽，又吸入更多煙，於是更咳。他跪到地上，接著雙手也趴地，然後才明白他沒再撿報紙了，而是在窒息狀態——就在這扇窗下，當初第一次見到路易斯．卜瑞吉那一天，他跟喬依和梅麗就是蹲在這裡。

現在知道自己快死了，傑克決定站起來。

他腦子裡覺得自己站起來了，但其實身子伏得更低，現在是手肘和膝蓋著地，然後往旁垮下，貼著紙牆。他身體外部什麼都感覺不到，但在體內，他感覺到胸部中央深處有一大團隱約的痛，那是他的肺，再也吸不到空氣，只吸到煙和灰燼和地毯的化學物質……

太蠢了，他靠牆緩緩滑下，報紙擦過他的鼻子、他的嘴唇、他的臉頰、他的耳朵……讓我作主太蠢了。

冰冷、結實的水擊中傑克的臉，他噗噗吐氣，然後翻身咳了又咳。

「我就跟你說他沒死。」梅麗說。

那冰冷的水花噴到他耳朵，往下流到他脖子、背部和胸部，讓他全身濕透，喉嚨嗆住。

他雙臂遮住頭大叫，「關掉！把水關掉！」

「關掉！」梅麗尖聲說，於是水終於沒對著他噴，但他還是聽得到水在旁邊落下。

傑克猛吸氣，擦擦眼睛。喬依站在她被街燈照亮的紙房間中央，手裡拿著花園水管，銀色的水花噴到空中，然後下落，像是一把液體傘。她的臉是白色的，嘴唇泛藍，身上穿著上回傑克看到的那件粉紅色睡袍，但現在髒得變成灰色的，而且濕答答的在滴水，落到她踩著床單的赤腳上。

她灰色的眼珠專注盯著他——眼珠是她全身唯一看起來有生氣的部分。

傑克被身子底下累積的冷水凍得打了個寒噤，朝梅麗啞著嗓子說：「我叫你離屋子遠一點的。」

「喬依和我用水管把火滅掉了。」梅麗聳聳肩。「另外我的腳割傷了。」

她抬起那隻腳讓他看，足弓處的那道傷口還在流血。他身上滴著水，緩緩坐起身。「你是怎麼割到的？」

「門廳裡有玻璃。」梅麗舉起的手裡有一塊玻璃片，但那不是門上小窗的玻璃，而是深褐色的，很厚。是一個酒瓶底。大部分商標都燒掉了，但傑克仍然看得出上頭有健力士的字尾。

他還沒拿到鼻子前，就嗅到了汽油味。

亞當．懷爾。

這也未免太巧了。傑克本來以為自己跑得比他快，以為自己贏了。但是在某個時間點，懷爾一定是打消了抓到他的念頭，改為暗自跟蹤。

跟著他一路到家。設法想殺他。有可能把他們全都害死。

傑克忽然擔心起凱瑟琳．懷爾。她知道她丈夫做過什麼、又做得出什麼來嗎？

「我恨你。」喬依說。

「我也恨你。」傑克疲倦地說。他在濕漉漉的爛紙糊裡面前傾，笨拙地跪起身子。

「狗屎，」他說，「真是一塌糊——」

喬依打他。不是用手，也不是用胳臂，而是整個身體，把他撞倒在地，又抓又咬，扯他的頭髮，而且從頭到尾一手都還抓著水管，還在噴出水來。他就像是被一波海浪擊中，翻倒在岩石上：好濕，好冷，好茫然，搞得他感覺自己就要在客廳當場淹死了。

「呀——！」她尖叫。「**呀——**」

傑克仰天倒在地上，想把她推開，但她跨坐在他身上，骨稜稜的膝蓋抵著他，手裡拿著水管打他的頭，於是打到他的每一下都又熱又冷。傑克摀住臉想別開頭躲掉，同時喬依繼續恨恨地罵他。

「不該由你作主的！你說我們會找到她，結果沒有！你保證過一切都會沒事的，結果也沒有，我恨你！我恨你！**我恨你！**」

「別打了！」梅麗離得遠遠地說，「喬依！別打了！」

最後喬依終於停下來。

傑克噗噗吐出水來，喬依仍朝下看著他，水從她的臉落到他舉起防衛的雙手上。

「我根本不想作主，」他說，「但是總得有個人作主吧。」

「原先是爹地作主的。」

「但是他根本做得很爛，他只是個愛哭鬼。」

「因為他很難過！」喬依吼道。

「我也很難過啊！」傑克吼回去。「但是我沒有每天晚上發脾氣，沒有丟掉我的工作！我沒有跑去買牛奶就再也不回來！我留在這裡，而且我盡力了。」

「可是……」喬依開口，嘴巴努力著要吐出字來。她要哭了，傑克還記得她以前最愛哭，於是想要什麼都可以得逞。現在他們都不哭了。反正哭也沒有用。

她坐在他的肚子上，用濕手臂擦著濕臉，然後四下看著堆滿報紙的房間，隨著水管的水一直流一直流，那些報紙也緩緩自行溶化。

「可是，」她又開口了。「你盡力的結果我不喜歡。」

「我也不喜歡，」梅麗輕蔑地說，「還有唐諾也不喜歡。」

傑克不知道要說什麼，也不知道要做什麼。他只知道自己失敗了，而且感覺很爛。

喬依緩緩起身離開他。然後拿著水管沿隧道緩緩離開。

「我們現在得搬家了嗎？」梅麗說，悲慘地四下張望。「我才剛割過草。」

「不用，」傑克說，「一切都會沒事的。」傑克覺得這些話聽起來好空洞——這個承諾他早已經沒能守住了。

他嘆了口氣，在一灘噗吱響的髒水中坐起身子。煙散了，在街燈透進來的光線中，現在他看到喬依這個小房間的報紙牆上掛著幾百張新聞剪報。說不定有幾千張，像魚鱗似的從一疊疊報紙上懸垂下來。

之前他所看到那些報紙上的洞，最後一定就都來到這裡了。傑克想像喬依夜裡彎腰看報紙，喃喃自語地剪著，就像格林童話裡夜間出現的皺皮怪那樣……

瘋了。

但他一仔細看，發現那些剪報的內容並不瘋狂。

全都是跟他們的母親有關的。

標題和文章和小方塊。

準媽媽，準媽媽，準媽媽……

還有照片。他們的父親在哭。被拋棄的喬依。他母親那張小小的模糊照片，在牆面上一再重複出現。

還有些他從沒看過的照片。勾起許多回憶，他敢發誓他本來再也記不得的。「叫我勞夫吧」的照片，以及他的大鬍鬚。他們的父親抱著梅麗，站在藍色油漆剝落的前門外頭。還有他母親棺材的照片，上面放著雛菊。傑克還記得他們當初去靠近圓環的那片綠地採來那些雛菊。他本來不想去，不想假裝這個世界並不殘酷和醜惡。

他的雙眼緩緩掃過牆面，急著想找那張全家福，他們的頭髮被吹得遮到眼睛那張。但是沒找到。

所以喬依就是這樣過日子的——記住之前那最後幾天的生活。

生平第一次，傑克覺得很同情她。

生平第一次，他明白她沒有發瘋——只是心碎。

而且生平第一次，他納悶他們兄妹是不是根本沒兩樣……

有人敲門。

傑克和梅麗望著彼此，睜大眼睛。他朝隧道移動，但他還沒走進去，就聽到喬依打開門。

「狗屎。」他用氣音說。他和梅麗盤腿坐著，面對彼此，認真傾聽。

「哈囉，親愛的。你們一切都還好吧？」

「雷諾茲太太！」梅麗用誇張的氣音說。

「噓——！」傑克說，一根手指豎在她嘴唇前。她拍掉他的手，大聲說：「我都用氣音說話啊！」

「是的，」喬依說，「一切都還好。」

接下來暫停好一會兒，傑克只能想像那個女人上下打量喬依，想知道這個模樣是否真的算「還好」。

「你們家是不是起火了？」

「是的，」喬依說，「但是爹地撲滅了，謝謝你。」

梅麗咯咯笑，傑克沒生她的氣，自己也咯咯笑了起來。

「那就好，」雷諾茲太太懷疑地說，「只要一切都沒事……」

「是的，」喬依說，「不過謝謝你的關心。」

接著他們聽到雷諾茲太太經過窗外，然後聽到她家的門打開，在她進去後關上。

「你說過你會幫她修割草機的。」梅麗提醒他。

「是你說我會幫她修割草機的！」傑克說，把他T恤的下襬扭出水來。

「那是媽咪，」梅麗說，摸著他腦袋旁邊一張剪報上模糊的小照片。「我記得她。」然後，搶在傑克反駁之前，她就狠狠瞪著他堅持道：「是真的。」

但他只是點點頭。他沒有心情跟梅麗爭執。他心想，讓她想像她記得媽媽，又有什麼壞處呢？她要想像什麼，就隨她去吧。

「她跟我揮手再見，我不希望她離開。」梅麗說。

「什麼時候？」傑克問。

「就是我們走路那天啊，天氣好熱，你一路抱著我，記得嗎？」

傑克含糊地點點頭。梅麗講的這些，只不過是三年多來她聽到別人講的、閱讀到的，外加想像的。他忽然很好奇，每個人是否就是如此建構出自己的過去——用他人的經驗，以及照片、標題，加上真實的片段，全都搗碎了混合在一起，宣稱是自己的記憶。生平第一次，他想著那張風吹著頭髮的快樂全家福照片，或許從來不曾存在過。或許那照片只存在於他的腦袋中，他只是想像照片曾在冰箱上，而他從家居市集偷來的那個相框將會永遠空著……

他打了個寒噤，該起身換上乾衣服了。

但是梅麗還在繼續唸叨，一根手指放在那張小照片上：「……那隻狐狸的腸子流出來，喬依追著那些鳥，媽咪在那輛車上——」

「什麼車？」

「你記得的啊，」梅麗提醒他，「就是減速的那輛車。往另外一個方向的。」

他像是被打了一巴掌。

他都忘了那輛減速的汽車了。他早已忘了，從來沒有提起過！從當時到現在，他甚至從來沒有想到過那輛車，但片刻間，他又回到那裡——在他回想過一千次的路肩上，再次感覺到熱氣穿透他的鞋底，太陽照在他臉上，還有他妹妹在他肩膀上重得要命，啼哭扭動著……

「當時她在做什麼？」他低聲問。

「揮手再見啊，」梅麗說，抬起她自己的小小手掌，憂傷地回憶著。「然後我說：『媽媽！媽媽！』」

傑克的心臟跳得好厲害，簡直發痛。

現在他想起來了。他全都記得。那輛汽車減速……駕駛人望著他，他別開目光，害怕得發抖。但是梅麗沒有別開目光。她趴在他一邊肩膀上，望著後方的馬路，看到那輛車再度加速，梅麗哭著朝某個東西伸出手。

或是朝某個人伸出手……

媽媽！媽媽！

傑克覺得暈眩。他跪著往前晃，努力想吸氣。然後他前額貼著地上濕漉漉的報紙，彷彿在祈禱。

「你怎麼了？」梅麗問。

「我想吐，」他哽咽著說，「我想吐。」

梅麗輕拍他的背部。「好了，好了。」她說，就像他母親常對他做的那樣。對他們所有小孩做的。

母親過世時，梅麗只有兩歲。

但她的確記得。

他們全都記得。

巴茲騎著一輛生鏽的小三輪腳踏車，緩緩繞著一堆搖晃不穩的原木繞圈子。他比路易斯先看到傑克，於是揮手。

「傑！」他說，「傑！」

傑克從沒來過卜瑞吉圍籬場。路易斯不喜歡他的夥計跑來，把正當和不正當的事業攪在一起。他站在圍籬場中間，正在跟一個高胖、一個矮瘦男子講話，此時傑克滑行著停在他們旁邊。

「我知道誰殺了我媽。」

一片沉重的靜默籠罩下來。

然後，「你去忙吧，」那個高胖男子說，「我們不急。」

「謝了，大哥。」路易斯說，然後抓著傑克的手肘，半引導、半強迫地帶著他走到他用來當辦公室的小木屋。

他憤怒地轉身，但傑克根本沒讓他開口。「我發現了殺我媽的那把刀。」

「你說什麼？」路易斯說，「在哪裡？」

「在北邊住宅區的一棟房子裡。」

「誰的房子？」

「一個叫亞當．懷爾的男人。」

「拿出來讓我看看。」

「不在我手上，」傑克說，「我沒帶走。」

「為什麼？」

「我當時不知道該怎麼辦。他不在那裡，所以我就留在他太太的床邊，還有一張字條。我以為她會報警，結果她沒有。」

「為什麼？」

「我不知道！」傑克叫了起來。「而且現在亞當‧懷爾想殺我。」

「是嗎？」

「昨天夜裡。他跑去我家放火。」

「放火？一切都還好吧？」

「搞得亂七八糟，不過還好。喬依和梅麗都沒事。」

路易斯點點頭。然後他說：「你怎麼知道是同一把刀？」

「我就是知道，」傑克說，「我不曉得怎麼會知道。但我就是知道，行嗎？」

路易斯皺眉。「慢著，」他說，「你是說，你闖進屋裡的時候，有人在那棟房子裡？」

「對，他老婆。」

「該死的尚恩！」路易斯憤怒罵道，「我會殺了他。那是加重的入室竊盜罪！真是超級狗——！」他講到一半忍住，兩個人都往門口看，巴茲正騎在他的三輪車上，充滿興趣地抬頭看著他們。

「狗急跳牆。」路易斯說，然後朝巴茲揮手。巴茲也咯咯笑著揮手。

「傑，我在騎腳踏車！」

「那真是……太棒了。」傑克說。

巴茲笑了。「看我！」

「我正在看啊。」

他們兩個看著巴茲慢吞吞騎得愈來愈遠，直到確定到了他聽不見的距離。

「重要的不是尚恩，」傑克說，「而是我現在該怎麼做？」

「唔，你不能去找警察。」路易斯厲聲說。

傑克沒吭聲。

「你還沒告訴警察吧？」

傑克咬著下唇。「還沒，但是他這個人很危險，路易斯。我從他眼睛裡看得出來。他打我，又一路追著我跑過鎮上，然後像個瘋子似的跟蹤我回家，去我家放火，當時喬依和梅麗都還在裡頭。她們有可能被燒死的！」

路易斯皺眉，望著圍籬場另一頭的巴茲。

然後他說：「聽我說，老弟。我們可以收拾這個混蛋。不要去找警察就是了。你以為可以進警察局去講這個案子，但是他們也會從你身上挖出金髮賊的事情，然後你就完蛋了。要是你完蛋，我也會完蛋，而且所有夥計都會跟著完蛋！」

「那他太太呢？」

「他太太可以照顧自己。」

「不，她沒辦法。」

「為什麼？」

「她懷孕了……」

「狗屎！」路易斯說，「她不是你媽，傑克。」

「這個我知道！」傑克生氣地說，「不過……」

「聽我說，」路易斯威脅地壓低聲音。「你想做什麼都沒關係。但如果你把我扯進去，那我們就完了。懂了嗎？」

「但是我得查出是誰殺了她，路易斯。我不曉得怎麼查。我只知道這是唯一停止的方式。所有的偷竊、撒謊和躲藏。我只希望這一切都結束！你知道你講過有關巴茲的事情？你說得沒錯。我只希望喬依和梅麗快樂安全。我希望她們有床睡，有澡洗，可以去上學——即使這表示我得去坐牢！而且我只希望睡覺的時候不要操他的每天晚上都夢到她！」

「啊——狗屎！」路易斯捶牆壁，力道大得傑克往後瑟縮，巴茲騎到一半忽然停下不動，回頭朝小屋看，在陽光下瞇著眼睛。

這會兒路易斯更湊近傑克。近得可以打到他。

「這裡是我的生活，」他說，「不准你再跑來了。」

然後他大步離開，穿過圍籬場。他走到一半，抓起三輪腳踏車上的巴茲，抱著那扭動的學步小鬼，走向正在另一棟小木屋裡等他的那兩個耐心顧客。

傑克看著他唯一的朋友走進黑暗中消失。

雷諾茲刑事警佐度過一個平靜的夜晚。

他開了一瓶勃艮第白葡萄酒，幫自己做了炸雞柳和炒菠菜，外加檸檬塔當甜點。

他擺好餐具，在餐桌上吃晚飯——像個人，他母親老是這樣說——然後看電視上的益智競賽節目《大學挑戰賽》。這星期是牛津的聖希爾達學院對抗赫爾大學。兩所大學的名望差很多，競賽本身也是一面倒。雷諾茲自己一個人答對的題目，都比赫爾大學全隊要多，到了節目末尾，這所大學就像懷孕的女僕般打包回家了。

雷諾茲補滿自己的酒杯，打開他的書。這本談邱吉爾的奇書，是他所閱讀過最棒的一本。

他很好奇伊麗莎白·萊斯在做什麼。

他猜想，大概是跟艾瑞克做些沒什麼文化水準的事情。玩漆彈。或是上酒館。

他很好奇是哪家酒館。

他闔上書，提早去睡覺。

雷諾茲警佐四點醒來，想著帕思摩先生和他的保險理賠。可憐的傢伙。先是遭小偷的痛苦經歷，然後又是該死的保險公司想否決他的理賠！雷諾茲那種鮮明的正義感被喚醒了。

稍後，到捕捉屋的路上，他打電話給馬佛總督察，尋求他的建議。

「聽起來那個保險公司很難搞，長官。我只是在想，我們能不能做些什麼幫助他。」

「我們這個詞可別隨便用！」馬佛暴躁地說，「保險公司會否決，都是有好理由的。別牽扯進去。」

別牽扯進去。雷諾茲心想，對於一個執法的警察來說，真是個美妙的說詞。

「但是如果這個案子是金髮賊——」

「不是。」馬佛說。

雷諾茲皺眉。如果這不是金髮賊犯的案子，那麼他就犯了個可怕的錯誤。事實上，是兩個可怕的錯誤。首先是把這當成金髮賊的案子來辦，其次——也更糟糕得多的——就是告訴帕思摩先生這是金髮賊的案子。兩個可怕的錯誤，而他以往向來是不會犯任何錯誤的。所以現在他還是認為，他連一個錯誤都不太可能犯。

「我不想反覆跟你解釋，長官——」

「聽我說，」馬佛打斷他，「你說過本地報紙一年來都在大幅報導金髮賊的竊案，對不對？」

「對。」雷諾茲說。

「所以報紙上刊登了很多細節，對不對？」

「對。」雷諾茲又說了一次，不過他真希望馬佛不要在每個句子後面加個對不對，害他就得回答對，活像個討厭的倫敦東區佬。

「所以任何人都可以模仿金髮賊，對不對？」

雷諾茲實在不想又講一次對，但最後他還是說了，因為馬佛的確是對的。

「對。」

「任何人也包括帕思摩，」馬佛繼續說，「你看，他知道食物被偷了，但是不知道金髮賊只偷健康食物。他不知道金髮賊向來鎖定獨棟房子，而他是住在相連的連棟排屋裡。他知道金髮賊會在行竊的屋裡睡覺，但是不知道他只睡在兒童的床上——這樣你知道我會推出什麼結論了吧？」

雷諾茲知道。

「不過關鍵是那個小孩所講的話，就是嘴唇上有東西的那個。」

沙發上那個小女孩，嘴唇有晒傷水泡的。

「她說了什麼？」雷諾茲問。

「她說：『但是那台電視機已經壞掉了。』好像那台電視本來就已經壞了。」

雷諾茲不太記得了。但那是一個小孩搞混了，警方不應該根據這個來做決定！

「我本來也不會注意到的，」馬佛說，「但是她父親急著打斷她，像是要設法阻止她說溜嘴。」

雷諾茲緩緩點頭，這個他倒是記得。當時帕思摩硬是插嘴，氣呼呼講了一堆有關竊賊的憤怒言詞。在那個小女孩含糊的評論之前，帕思摩先生都沒說這類話的——有可能帕思摩急著插話，是要讓女兒的話符合他對整個竊案的說法。

「但是那台電視機的確是壞了。」雷諾茲說。

「我的意思不是電視機沒壞，」馬佛說，「我只是說，那不是被小偷弄壞的。我猜想是，那台新電視機之前壞掉了，然後帕思摩做了剩下的破壞工作，好讓一切看起來像是金髮賊竊案，希望能得到一筆意外之財，但是保險公司的理賠員發現不對勁。於是帕思摩現在非常害怕，因為他搗爛了自己的房子，但是一毛錢都拿不到！」

馬佛開懷大笑，然後掛斷電話。

雷諾茲駛入捕捉屋的車道，停在萊斯那輛破舊的小豐田車後面。他坐在車上一會兒，憂心忡忡。他本來預料馬佛會說一堆有關直覺和預感的狗屎，但結果這位總督察的邏輯實在是合理得令人討厭，而且他的記憶清晰無誤。更糟糕的是，馬佛一開始會疑心，是因為一個語意學的問題——雷諾茲一向認為這是自己的專擅領域。

他覺得好丟人。

雷諾茲實在不願意贊同這個可能性，但或許他的確犯了一個錯誤。他喜歡把每件事都做得對。想到自己做錯某件事讓他很難堪。想到其他任何人知道他做錯事，則更是受不了。

他一隻手憂慮地撫過頭髮，然後皺起眉頭。頭髮感覺上比平常稀疏。他應該會知道才對，因為他常常檢查。

萊斯曾聲稱他的頭髮掉在淋浴室裡。

忽然間，雷諾茲覺得非看看鏡子不可。

馬上。

他猛地打開車門。

「哈囉，葛連。」住隔壁的那個女人說。

「什麼？」雷諾茲說。

「哈囉。」她說，臉上的微笑有點猶豫了。

「哈囉。」他兇巴巴地說，然後甩上車門，衝進屋裡跑上樓。浴室鏡就放在他原來放的窗台上。他拿起來，這才想到鏡子背後裝了一部攝影機，他不該碰的。

糟糕。難怪他們一直沒看到金髮賊，直到客廳裡的攝影機拍到他。

現在煩惱這些太遲了！雷諾茲試圖找個好角度，好看到自己的後腦，但需要兩面鏡子才夠。

「嗨，」萊斯在樓下喊，「是你嗎？」

蠢問題。他根本懶得回答。

萊斯房間裡有一面鏡子。

雷諾茲進了萊斯的房間，走到衣櫥的鏡子前。他轉身調整著兩面鏡子間的角度，然後皺起眉頭。

他的頭髮看起來的確有點——

雷諾茲僵住了——瞪著鏡子裡。

在他身後的床上，有個人稍微動了一下。然後又不動了。

艾瑞克！

啊老天，萊斯帶艾瑞克來這房子！他們本來該出門、讓小偷跑進來的！她知道屋裡應該沒人，於是帶著她那位健壯的男朋友來，在這張小小的單人床上跟他滾床單。至少，雷諾茲希望這是他們滾床單的地方！而現在，艾瑞克在他們為兩人想像中的兒子所設的房間裡睡著了。

雷諾茲很生氣。

這樣很蠢，但他就是很生氣。

他是葛連，而她是蜜雪兒，現在他帶了另一個男人到他們偽裝的家裡，感覺上就像是她背叛了他們偽裝的婚姻。他知道自己沒有權利覺得被侮辱，但他總之就是有這種感覺。

他站在那裡一會兒，手裡還是拿著鏡子，不曉得該怎麼做。

不理他？

下樓去質問萊斯？

或者現在就把艾瑞克搖醒，要求他離開？

但要是艾瑞克揍他怎麼辦？雷諾茲覺得顯然有這個可能性——尤其如果他看過葛連和蜜雪兒

被溫暖的綠色天鵝絨包在一起的照片……

或許他應該偷偷溜出房間，假裝這一切都沒發生過？

然後他挺直了背脊。

這件事他知道自己是對的：伊麗莎白・萊斯違背專業規範，一次就已經太多了。這裡是工作的地方，雷諾茲知道他在專業上和道德上，都有權利叫醒這個沒脖子的健身狂，把他踢出捕捉屋。

事實上，這麼做可以帶給他莫大的滿足。

他大步走到床前，一隻堅定的手放在那男人的肩上用力搖。

「該起床了。」他說。

碰觸到他的那一刻，雷諾茲就知道那不是艾瑞克。甚至不是個成人。那肩膀太小，身體太容易搖晃了。

而且枕頭上的那顆腦袋太……

……太金了。

提弗頓警察局的訪談室很小，但同時扮演多種功能。裡頭有一張小小的富美家塑料面板桌子靠牆放著。對面靠牆是一整排金屬架子，上頭放著影印紙、筆記本和衛生紙，幾乎堆到天花板下方那一條窄窗。一個骯髒的小水槽旁放著一台老舊的咖啡機，三個馬克杯放在瀝水板上。掃帚、畚箕和水桶立在門背後，同時靠後牆的那台影印機發出輕柔的嗡響。

這個房間就像瑞士刀，各種用途都有。

「我先把這個挪開。」派洛特警員說，把幾盒原子筆從小桌上拿走。然後他殷勤地打開三張木製折疊椅。

「只有這三張椅子？」馬佛問。

「有這三張已經很幸運了！」派洛特防衛地說，「我們值班時通常只有一張或兩張，而且根本沒有用來坐的機會。」

馬佛沒回應，只是坐下來。那張椅子比凳子好不了多少。又小又硬，椅面凹凸不平，而且他一動就會往前或往後傾斜，害他覺得自己像是走在鋼索上的大象。雷諾茲坐在他旁邊、那男孩的對面。他們之間的桌上放了一台錄音機，但馬佛沒去碰。

馬佛一根拇指朝咖啡機比了一下。

「去發動那個機器吧，萊斯。」

「是的，長官。」

派洛特站在門邊的一個位置，但交疊的雙手幾乎碰到那男孩的後腦勺，而且拖把靠在他肩膀上，像個留著辮子頭的女朋友。

「去外頭等，派洛特。這裡空間不夠。」

派洛特一臉失望，但是說：「是的，長官。」然後出去了。

馬佛倔促地往前傾斜，手肘放在桌上。「沒有父母或監護人在場，我們沒有辦法正式跟你進行訪談。」

「沒關係，」那男孩說，「我想要講話。」

「在你父母或法律代表出現之前，我不想聽你講。」

那男孩聳聳肩。「但反正我還是要說。」

「可是除非你有適當的代表和保護人，而且訪談有錄音，否則都不會被法庭採納為證據的。」

「我無所謂。」那男孩聳聳肩，然後露出隱約的微笑。

馬佛狠狠瞪著他。

這整個金髮賊的事情太令人不滿意了。首先，發現把他們所有人耍得團團轉的是一個小孩，一點也不好玩。十四歲但看起來比較像十二歲，瘦得要命，一頭雜亂金色頭髮，像桃子般生著絨毛的臉。而且他們能抓到他純粹是走運！他又闖入捕捉屋——還在那裡頭睡著了！他有可能把那邊都搬光了，他們還搞不懂是怎麼回事。

這小鬼被雷諾茲發現時，根本沒試圖逃跑。雷諾茲一直想講得好像自己做了多少事情，但馬佛看得出來，他唯一做的就是把那小鬼搖醒，像是要叫他起床去上學！

於是金髮賊的神話就變成了一個令人難堪的空包彈。他不是小說裡神偷萊佛士那一類的飛賊；只不過是個懶惰的小偷，最後因為在錯誤的床睡過頭才被逮而已。

馬佛很遺憾自己居然介入了。

「我們可以問他有關帕思摩家的事情嗎，長官？」雷諾茲說。

「愛問什麼都隨便你，」馬佛嗤之以鼻。「但是上了法庭都不能當證據。」

雷諾茲皺起嘴唇。

「你叫什麼名字？」馬佛問。

他沒期待回答，但是得到了。

「傑克．布萊特。」

「這是你的真實名字？」

「是的。」

「所以今天早上是哪裡出了錯，傑克？」馬佛問，「鬧鐘沒響？」

「沒有哪裡出錯。」那男孩說。

「啊——」雷諾茲諷刺地說，「所以你希望我們抓到你！」

「是的。」

「鬼扯！」雷諾茲說，「沒有人希望被抓的。」

那男孩聳聳肩。「唔，我就希望。」

「如果你希望被抓，」馬佛說，「為什麼不乾脆來自首？」

「因為我想跟你們談個條件。如果你們認為我是金髮賊，那麼我有一些……」那男孩猶豫著，想不出適當的用詞。

「籌碼？」馬佛說。

「沒錯，」他點頭。「籌碼。」

「但是你是金髮賊，」雷諾茲緊張地說，「這點沒錯吧？」

那男孩聳聳肩。

「那麼你告訴我，你是不是去偷過聖彼得街的一棟房子？偷走一台照相機，砸爛了一架新的大螢幕索尼電視機？還從冷凍櫃裡拿走披薩？」

那男孩搖搖頭。「我不吃披薩的。」

馬佛朝雷諾茲大笑。「他是金髮賊，沒錯！」

然後他轉向傑克。

「你想談什麼條件？是什麼事情這麼重要，讓你決定不惜因為這些竊案被逮捕？」

那男孩忽然安靜下來，臉上掠過一抹陰影，馬佛很驚訝看到他的下唇顫抖，好像快哭出來。那只是一瞬間，但看起來很真實。

終於，那男孩顫抖著吸了口氣說：「謀殺。」

馬佛頸背的寒毛都警覺地豎起來。

謀殺。

「鬼扯！」雷諾茲說，「我當場逮到你。你現在別想用什麼愚蠢的謊話轉移我們的注意力，妄想因此脫罪。」

但馬佛只是在椅子上往後靠，重新打量這個男孩。

「拜託，」他說，一手刻意轉了一下。「請轉移我們的注意力吧。」

於是傑克．布萊特說出有關他母親的謀殺案。

讓他驚訝的是，他們還記得那個案子。就連當時顯然還在倫敦的馬佛也不例外。傑克太習慣被視而不見，因而看到那些嚴肅的點頭和承認的咕噥，給了他很大的鼓舞。

這使得事情變得比較簡單。他比較有信心了。

他把自己認為他們必須知道的事情說出來。他告訴他們有關在家自學、他父親離開、他兩個妹妹。還有他們全家人如何從眾人的視野裡緩緩消失。

他沒提「光滑」路易斯．卜瑞吉，沒提家裡的報紙，也沒提自己行竊時搞破壞的事情。很奇怪，撕破照片、摔壞玩具、扯下牆上的海報，給他的感覺比偷走價值幾千元的珠寶和手機還要糟糕。他不想聽自己說出那些回憶。

但他告訴他們有關行竊的事情。

他說的時候，一面觀察著他們的臉。馬佛很專注，雷諾茲很懷疑，萊斯很同情。

當他描述自己在亞當．懷爾的健行靴裡發現了謀殺兇器，馬佛在自己的座位上挪動，好像等不及要跳起來了。

他打斷傑克。「那把刀現在在哪裡？」

傑克猶豫了一下。「我留在那裡了。」

「在那棟房子裡？為什麼？」

「因為……要是我把刀子拿走了，我要怎麼證明刀子之前在那裡？就算你們相信我，我也還是會有入室行竊的麻煩。」

「這倒是真的，」馬佛說，「但是你現在也有麻煩了。」

「沒辦法，」傑克淒慘地聳聳肩。「我把那把刀放在懷爾太太的床邊。還留了一張字條威脅要殺了她。其實我沒打算要殺她的，你知道？我只是以為，這麼一來她就會報警，結果她始終沒有。」

三名警察交換驚訝的目光。

「所以我就想，或許他們兩個都參與了謀殺！然後我開始想，或許他們會擺脫那把刀，讓我永遠找不到，那麼他就可以逍遙法外了！」

他停下一會兒，心臟跳得好急，就像他迫切的心情。

他冷靜下來。

然後繼續說。

「於是我回去想拿那把刀，但是他之前已經發現了，把刀子拿走。他太太也不知道放在哪裡。接著，他那天本來應該出門工作的，卻突然出現了。然後他打我，追著我跑……」他不自覺地去摸自己的耳朵。「之後他還想燒掉我家的房子，所以——」

「他想燒掉你家的房子？」馬佛問。

「兩天前的夜裡。他從前門丟了一顆汽油彈進來。」

「有人受傷嗎？」

「沒有，」傑克說，「我們把火撲滅了。」

「你有任何證據可以證明是亞當．懷爾幹的嗎？」

「沒有，」傑克說，「我什麼都沒辦法證明。這就是為什麼你們必須介入。」

他熱切地盯著馬佛，但馬佛只是聳聳肩，雙臂交抱在胸前。

「或許我不想介入。或許我沒時間去介入一宗多年前的謀殺案，因為我眼前有一百件入室盜竊案要解決。」

他朝傑克意有所指地揚起一邊眉毛，而傑克只是抿緊嘴唇。馬佛的立場可能比他有利太多了，但他不打算輕易放棄自己的籌碼。

馬佛短促笑了一聲。

「那麼，好吧。」他說，「但是至少告訴我，為什麼你第一次闖進捕捉屋的時候，那麼快就離開。」

「捕捉屋，」傑克說，嘴裡品味著這個詞。「原來那是捕捉屋？」然後他謹慎地點頭贊同。「做得還不壞。」

馬佛聳聳肩。「那為什麼你沒被捕捉到？」

雷諾茲插嘴，「長官，問到有關金髮賊的相關問題時，我們不是應該謹慎一點嗎？尤其是一個未成年——」

「滾他媽的去吧。」馬佛說，傑克露出微笑。

「壁爐台上的那張照片不是真的，」他說，「那只是連同相框出售的。那兩個小孩跟一顆海灘球，你知道？」

馬佛瞥了雷諾茲一眼，看到他氣得臉紅。

「原來，」馬佛說，「現在我知道了……」他身子往前湊。「那麼，是什麼讓你認為，你在亞當．懷爾的健行靴裡所發現的那把刀子，就是謀殺你母親的兇器？」

傑克戒備地昂起下巴。「我就是知道。」

「你說這種話沒有幫助，不是嗎？」

「我一看到就曉得了。那就好像是我能感覺到！那把刀有白色的刀柄，我想是某種貝殼做的，一整個是藍色和白色，像雲朵，刀身一邊是彎的，另一邊是凹凸不平的。」

「鋸齒狀？」

「對，鋸齒狀。」

馬佛聳聳肩。「聽起來像很多刀子啊。」

「才不像很多刀子呢，」傑克憤怒地說，「那就是殺了我母親的那把刀！」

接下來是一段沉默。

「姑且假設是這樣吧，」馬佛說，捏著鼻子。「如果這把刀可以證明亞當．懷爾跟一樁謀殺案有關，他為什麼要留著這把刀？兇器是兇手頭一個會擺脫的。留著不丟，實在沒有道理。」

傑克早知道沒有道理。他努力忍住自己的懊惱。「我知道，」他說，「但是他把刀子藏起來了。好像它很重要。好像它是個秘密。而且關於刀子的事情他還跟他太太撒謊。說他之前遺失了，但他明明知道刀子只是不在他原先放的健行靴裡，而且還到處去找！我感覺好像——」

「感覺並不是事實。」雷諾茲打斷他。

「但有時候感覺就像事實。」傑克頂回去。

馬佛冷哼一聲，差點笑出來，傑克汗濕的雙掌抹著牛仔褲。

「我想跟你們談個條件。」

馬佛嚴厲地看著他。「什麼樣的條件？」

「要是我對刀子的判斷錯誤，那麼我會對金髮賊的事情認罪。」

「那如果你的判斷正確呢？」馬佛問。

「那你們逮捕亞當·懷爾，」傑克說，「代替我。」

馬佛很感興趣，傑克看得出來。

「代替？」雷諾茲說，轉向馬佛。「但是這麼一來，金髮賊的案子呢？」

馬佛謹慎地開了口。「我想我必須跟主辦艾玲·布萊特命案的那位資深警官談一下。」

「長官？」雷諾茲提防地說，但是馬佛只是站起來。

「你在這裡等著，好嗎？」他告訴傑克。然後對萊斯說：「弄點早餐來給他。」

「那我開的條件呢？」傑克問。

「等我回來再談吧。」

「長官？」雷諾茲又說了一次，但馬佛再度沒理會他。

「你保證？」傑克說。

馬佛又冷哼一聲。「這裡又不是托兒所。」

「你保證？」

「我保證，」馬佛說，「這樣你高興了吧？」

約翰·馬佛總督察一臉不滿地離開那個小房間，但腳步輕快，滿肚子懷著希望。對他來說，傑克·布萊特開什麼條件都無所謂，他都會答應的。

那男孩說出謀殺的那一刻，就征服他了。

「叫我勞夫吧。」史陶畢吉刑事總督察說，一臉開心地跟馬佛握手。

馬佛臭著臉。他不喜歡裝熟，尤其不喜歡直呼別人的名。那會搞得他很不舒服，所以他從來不這麼做。他也不喜歡鬍子，而史陶畢吉唇上留著濃密的可笑鬍髭，簡直像搞笑玩具似的。所以他們踏出了錯誤的第一步，但馬佛不曉得別的步法。

「我是馬佛，」他直截了當地說，「我正在查艾玲．布萊特的案子。」

史陶畢吉坦然的大臉立刻蒙上陰影，他的鬍髭也垂下。「啊，」他嘆氣。「非常不幸的案子。」

「每個沒破的案子都非常不幸。」馬佛說，那道鬍髭看起來很驚訝——繼而是有點忿忿不平。

「嚴格來說，」史陶畢吉板著臉說，「這個案子只有一半屬於我們。當初失蹤案是德文與康瓦爾地區警隊負責的，後來找到屍體的是我們。謀殺案到底在哪裡發生，從來就沒確定過。」

現在史陶畢吉看起來沒那麼開心，馬佛也覺得好過一點了。

「你聽過亞當．懷爾這個名字嗎？」

「亞當．懷爾？」史陶畢吉一臉驚訝。「聽過。但是好久沒聽到了。他是屍體被發現大概一個星期後，在靠近陳屍現場的地方被逮捕的。」

現在換馬佛一臉驚訝了。

「有多靠近？」

「在同一個路側停車帶。說他停下來想小便，但我們把他帶來警局問話。我們沒有任何理由拘留他或指控他，所以後來就放他走了。他只被羈押了幾個小時。」

馬佛咕噥了一聲。那是個巧合，但他向來不會藐視巧合的。他所經手的案子，巧合在每一件裡面都扮演了角色，不是在犯罪之時，就是在設法破案之時。

「你們對外公布過懷爾的姓名嗎？」

「老天，沒有，」史陶畢吉說，「一般大眾對這個案子的情緒已經夠強烈了，沒有理由助長獵巫行動！我們把他帶進來，排除他的嫌疑，然後就放他走了。」

「你們跟艾玲．布萊特的家人提到過他嗎？」

史陶畢吉搖頭。「那是很久以前了，但是我不認為我們提到過。因為實在是沒有理由提。」

史陶畢吉在自己的座位上挪動一下，皺著眉頭。「你有興趣的是什麼，約翰？」

馬佛聽到史陶畢吉喊自己的名，警告地看了對方一眼，但史陶畢吉誤會了意思，同情地放軟了口氣。

「你好像很煩惱——」

「我才不煩惱呢，」馬佛說，「我只是在盡自己的職責。」

接下來有一段尷尬的沉默，然後史陶畢吉說：「布萊特的檔案就在我這裡，如果你想看的話。」

沒等馬佛說想不想看，史陶畢吉就打開他辦公桌右邊最下方的抽屜，拿出一個厚厚的灰色檔案夾。「檔案我一直放在這裡，」他說，「所以……你知道……」

他沒把句子講完，但馬佛的確知道。他自己在劉易舍姆警察局的那張辦公桌，右邊最下層抽屜所放的檔案夾，就屬於少數沒破也沒結掉的案子。每個星期——有時更頻繁——他會拿出一個檔案夾，著魔似的仔細鑽研，有時是在午餐時間，有時是其他人都下班了。那就像是在摳開自己已結痂的失敗傷口。

他家前門旁牆上貼著的照片——那個騎在極限腳踏車上的小女孩——是從一個檔案夾裡拿出來的，就像勞夫．史陶畢吉正遞給他的這個一樣。她名叫伊蒂．艾文斯，至今馬佛還是每天都會想到她。

「謝了。」他說，從史陶畢吉手裡接過那個檔案夾。

他沒問是不是可以帶走——他不會允許任何人把他的檔案帶走的。

「要不要我去幫你拿杯茶？」史陶畢吉說，指著門。

「謝謝，」馬佛說，「兩顆糖，什麼茶都行。」

他在史陶畢吉的椅子上坐下，開始閱讀那份檔案。檔案整理得井井有條，他立刻就曉得史陶畢吉調查得非常徹底。裡頭甚至有亞瑟．布萊特和他每個小孩的照片。亞瑟．布萊特看起來很開心，完全不曉得即將發生的大災難。馬佛幾乎認不出那個微笑的學童就是傑克。照片中他的頭髮剪得很像樣，眉頭沒有皺起。

他輕易就找到了短暫羈押亞當．懷爾的紀錄。裡頭有一張他的照片，看起來很疲倦，還有點生氣。頭髮朝前額一側豎起，像是他之前懊惱地抓著那些頭髮。他鬍子刮得很乾淨，戴金屬框眼鏡，穿著襯衫，打了領帶。他看起來像是沒趕上火車的生意人。

底下有一段打字的簡短記述。

亞當．懷爾，三十五歲男性，住在提弗頓黎本路，於一九九八年九月六日十一點二十分自願到案說明，當時他在一九九八年八月二十九日艾玲．布萊特屍體被發現的路側停車帶逗留。懷爾先生的身上或汽車上（見附錄C）沒有發現相關物品。懷爾先生在九月六日接受問話（見附錄D），並於同一天十九點二十五分釋放，沒有正式逮捕、控罪或保釋。無進一步行動。

無進一步行動。

一直沒有。

馬佛還沒來得及看附錄，史陶畢吉就回來了，把一杯茶放在他旁邊。

「謝謝，」馬佛說，「被害人有被性侵嗎？」

「沒有。」

「她死於一處刀傷？」

「在腹部，」史陶畢吉說，「她是出血過多致死。」

接下來兩人又沉默了，但這回一點都不尷尬。這回馬佛知道他們只是兩個警察，想著同一件事：用刀刺入一個懷孕女人的腹部，太可怕了。

至少，他自己是在想這個。

「這個懷爾，他之前或之後有惹上過什麼麻煩嗎？」

「完全沒有。甚至小時候都沒有。有好房子，好工作，已婚。我們完全找不到他的把柄。而且相信我，如果有什麼，我們一定查得出來的。」

馬佛皺了一下臉。聽起來懷爾只是在錯誤的時間、出現在錯誤的地點。但未免太巧了。傑克．布萊特和亞當．懷爾。相隔多年連起來。

不知怎地……

於是約翰．馬佛做了一件他很少做的事情。

他分享情報。

「艾玲．布萊特的兒子說，他闖進亞當．懷爾的房子裡，在那兒發現了謀殺兇器。」

史陶畢吉的鬍鬚豎了起來。

「她兒子？他不可能超過……」

「十四歲。」馬佛說。

「十四歲？時間過得好快。」

「他說他在懷爾衣櫥的一隻鞋子裡發現了那把刀。」

「不可能。」史陶畢吉說。

「為什麼？」

「因為那把刀在樓下的證物室裡。」

馬佛覺得冷不防挨了一拳。他差點相信那個男孩了。差點接受了他的故事。現在他覺得愚蠢又受騙。

「狗屎。」他說。然後狠狠瞪著史陶畢吉，好像一切都是他的錯。

「我們找到屍體後，接下來沒幾個小時就找到兇器了。」史陶畢吉語帶歉意地說，「檔案上有紀錄。」他伸出一手。「可以給我嗎？」

馬佛把檔案夾遞過去，史陶畢吉很快就找到相關資訊。「八月二十九日十七點四十五分。離屍體只有二十碼。」

「懷爾是在九月六日被你們帶來警局問話。」

「沒錯。」

「你們怎麼會知道他在那裡出現？」

「搜索期間，我們在那個路側停車帶裝了攝影機，後來停車帶解除封鎖後，又繼續監視了一個月。」

「在那之前都沒有任何監視影像？」

「要是之前就裝了攝影機，現在我們就不會有這段談話了，」史陶畢吉淡淡地說，「之後，幾輛車停下來過，兩個人下車丟垃圾或遛狗。幾個卡車司機在那邊睡了一夜。其中有人還小便了。懷爾是唯一跨過護欄、逗留過一陣子的人。」

「那一帶的地形是什麼樣？」

「長草，灌木叢，從公路外頭往下傾斜。那些高速公路的路側停車帶比你想的更長。總而言之，那個區域大概有一個足球場那麼大。」

「你們能找到那把刀真是幸運！」

「老實說，那是我們唯一的突破。兇手大可以把刀扔在全國任何地方。」

馬佛皺起嘴唇，然後問：「屍體是誰發現的？」

「一個叫洛伊斯騰·艾許的卡車司機。他當時停下來小便。」

「你們排除他的嫌疑了？」

史陶畢吉點點頭。「他說他只是下去察看一下，因為這幾年來他在路側停車帶撿到過很多東西。我還記得，他甚至坦白說出他在劍橋附近撿到過幾袋大麻。承認他當時裝在一個購物袋裡，拿去賣給他的朋友。總之，他只走了幾碼，就聞到了氣味。發現屍體讓他受到精神創傷，而且很想幫忙。我覺得他似乎相當誠實。」

馬佛點頭。他自己信任準確的直覺，對於其他人的直覺也很能接受。

「她在那裡多久了？」

「有一陣子了。」

「所以她被擄走之後，大概沒多久就遭到殺害？」

「我們認為是這樣。沒有跡象顯示她曾被拘禁在其他地方。」

「所以是衝動殺人了。」馬佛說。

史陶畢吉點頭。「可憐的女人，只不過是在錯誤的時間，出現在錯誤的地方。」

「那把刀，你們給懷爾看過嗎？」

「是的，沒有反應。我不認為他以前看過。但是你也知道那是怎麼回事——我們其實不抱希望，只是姑且一試而已。」

史陶畢吉嘆氣，馬佛感受到他的痛苦。他看得出艾玲·布萊特謀殺案是個棘手的案子。兩個地區警隊，兩個犯罪現場相隔超過一星期，沒有目擊證人。難怪他們會把懷爾帶進來，狠狠拷問他一番。

撈到河水。

「你們是什麼時候重新開放那個路側停車帶的？」

史陶畢吉查了一下檔案。「五日晚上。」

馬佛覺得頸背刺麻。不嚴重，只是一點點，但依然是刺麻。「所以懷爾被你們帶回警局那天，就是他可以合法進入那個路側停車帶的第一天？」

「沒錯。」

「到當時為止，你們有向媒體發布那把刀的外形描述嗎？」

「沒有。這個資訊我們沒對外透露。」

「所以兇手不會知道你們找到兇器了。」

「沒錯。事實上，我們從來沒有公布這把刀的事。這是我們唯一能把兇手和這個案子連在一起的憑據。」

「那麼傑克・布萊特怎麼會曉得這把刀的樣子？」

史陶畢吉搖搖頭。「我完全不曉得。」

馬佛皺眉。「可以讓我看看那把刀嗎？」

湯頓的證物室明亮而通風，完全不像老舊的劉易舍姆警局那個地下室裡昏暗的洞穴。

史陶畢吉刑事總督察一面閒聊，帶著馬佛穿過一個個整齊標示的架子。

「你剛剛說那男孩闖入了懷爾的房子？」

「是啊，」馬佛說，「好像一年多以來，他就是靠偷東西支撐整個家。」

「天啊，」史陶畢吉皺起眉頭。「我記得他。可憐的孩子。那個父親怎麼了？」

「他離家了。」

史陶畢吉咬牙吸氣。「太狗屎了。」

馬佛對父親拋棄小孩不予置評，但現在他比較喜歡史陶畢吉了，因為他說了狗屎。

史陶畢吉完全知道要往哪兒走，馬佛看得出他常常來這裡。他們停在一架箱子前，史陶畢吉毫不猶豫打開其中一個，拿出裡頭的一個證物袋遞給馬佛。

今天第二度，他頸背的寒毛又豎起來了。

即使隔著透明塑膠袋，那刀子仍散發出威脅感。那是已經打開的折刀，所以寶石般的握柄無法隱藏其真正的目的：迅速而無情地處死。刀身一側呈弧形，另一側呈鋸齒狀，就跟那男孩說的一樣。但不止如此——馬佛注意到，拇指柱上鑲嵌著一顆很小、但很亮的鑽石。

而且在刀身和刀柄之間，有一道結成硬殼的黑色舊血……

「當初發現的時候，刀子就是打開的嗎？」

「是的。」

「擦過的？」

「是的，」史陶畢吉說，「但還是扔掉了。」

馬佛明白對方的意思。把刀子上的指紋擦乾淨，意味著控制；把刀子丟在屍體附近，意味著恐慌。

「怪了。」他說。

「不會比在一個懷孕女人的肚子上捅一刀更怪。」

「你說得沒錯。」馬佛說。

他覺得很不安，這樁犯罪這麼……針對個人。

「你確定兇手不是那個丈夫？」

「盡可能確定了，」史陶畢吉嘆氣。「不過直到陪審團主席說有罪之前，我從來不敢確定任何事。」

馬佛哼了一聲，表示領略那種法律的精確性。

「亞瑟．布萊特從第一天開始就六神無主。老婆失蹤，三個小孩又受到心理創傷。我認為他根本沒意識到自己是嫌疑犯，你知道？我想他真心認為一切都是誤會，認為他太太隨時可能會回家。等到我們發現了她的屍體，他就崩潰了。剛剛你又說，他丟下小孩離家，我想他大概一直沒有恢復——」

史陶畢吉講到一半停下來，嘴巴還張著，瞪著證物袋裡的刀子。

然後他第二度說了狗屎。

「怎麼了？」馬佛問。

「我剛剛才想起一件事。」史陶畢吉不安地轉移了一下雙腳的重心，撫平鬍髭的末端。「那天我去找亞瑟．布萊特，要跟他說我們找到他太太的屍體，當時我就帶著這把刀子。我想看看他的反應。震懾戰術，你知道？其實我沒抱什麼希望，只是不想放過任何可能的機會。」

他難為情地瞥了馬佛一眼，但馬佛只是聳聳肩。有時你得擊破某個人，只為了看看他們的內心，確認是否有罪。要是他們有罪，你就完成了你的職責。要是他們無罪——唔，你也同樣是完成了你的職責。

無論是哪個，那個人非得崩潰不可。

那是附帶的損害。

史陶畢吉繼續說：「當時我帶著這個證物袋去他們家。我應該要放在一個盒子或什麼裡頭的，但反正我沒有。而那個小鬼就在那裡……」

「你認為他當時看到了刀子？」馬佛問。

「我想是。跟我一起去的那位女警後來說，傑克變得很激動。她還得硬抓著他，免得他跟著我。」

「原來他就是這樣知道這把刀的樣子。」

史陶畢吉撫摸著下顎，好像牙痛似的。「不是我狀態最好的時候。」

馬佛又聳肩。他有過很多狀況並非絕佳的時候。他是個謀殺案警探。死者的利益擺在第一位。他一反常態地轉移了話題。「動機是什麼？」

史陶畢吉感激地看了他一眼。「我們想得出來的唯一動機，就是搶劫。艾玲離家時身上帶著皮包。她那天本來是要帶小孩去艾克斯特買上學穿的鞋，中途曾在M5公路的交叉口停下來加油。我們在每個現場周圍都仔細搜索過——綁架地點、汽車、棄屍處。那把刀子就是這樣找到的，但我們始終沒找到她的皮包。」

「搶劫似乎是個合理的推測。」

「是啊，」史陶畢吉說，「但是她失蹤後，信用卡從來沒被使用過，所以……」

他聳聳肩，馬佛點頭。有時事情就是兜不攏。或者其實兜得攏，但你從來沒搞清到底要怎麼兜攏起來。這就是謀殺的本質。

「我可以跟你要一份檔案副本嗎？」

「沒問題，」史陶畢吉說，「我會送去給你。」

「太好了。另外，這個可以借我嗎？」馬佛說，舉起裝在袋子裡的那把刀。

史陶畢吉猶豫了。馬佛看得出他不想出借這把謀殺兇器。

這把刀留在原來的地方，對任何人都沒有好處，但他還是可以理解。當一個案子沒破案，每個線索——無論有多麼微小——到頭來都可能是至關重要的。你會有一種極端的衝動，想要保住每一件物品。

尤其這個物品是謀殺兇器。

所以他很同情，但他不打算顯露出來讓史陶畢吉知道，否則他就拿不到自己想要的了。

最後，史陶畢吉嘆了口氣說：「老天在上，可別弄丟了。」

史陶畢吉陪馬佛走到他的車旁，兩人握手道別。

「謝了。」馬佛說。

「你如果想交換意見，隨時打電話給我。」史陶畢吉說，「反正我老是在想這個案子——能有個不同的人討論也不錯。」

「我會的。」馬佛說，然後上了車。他看了一下手錶。他估計要花半小時才能回到提弗頓——比他之前所保證的幾個小時快了不少，然而他得到的消息不會是那個男孩期望的。

「啊，另外別忘了幫我提醒傑克，」史陶畢吉說，「我很遺憾他走上歪路，不過總是有時間回頭走對路的。」

「我會的。」馬佛又說了一次，不過以他的經驗，一個小孩一旦走上歪路，就很難找到回頭的路了。

傑克找到他母親了。

他在路肩，她坐在旁邊一輛汽車的乘客座上，跟他並行。她望出車窗外，微笑，一隻無袖的胳臂垂下晃蕩，她的手偶爾拍一下金屬車門，好像要鼓勵他跟上去。

一切都好清楚！就連她手臂上的細小金毛，都以慢動作在微風裡顫動。

她的婚戒在門板上敲出最細小的叮聲。

他看不到開車的是誰，但知道不是他父親。

慢一點，他說。

快一點，她告訴他。

彷彿要回應似的，駕駛人踩下油門，那汽車稍微加快速度。

傑克開始慢跑。

等等我！他說。

你太慢了，她說，然後車子再度加速，於是傑克沿著路肩奔跑，而且在下雨，但只有他膝蓋以下，所以他的球鞋一路啪噠踩得水花四濺，但他全身其他地方仍沐浴在八月的豔陽下。

那車子離得愈來愈遠，他母親回頭拍拍車門。

叮。叮。叮。

傑克在那輛車後頭狂奔，熱空氣在他肺臟裡燒灼出一個個洞。

媽！等等我！打電話報警！

他母親聳聳肩，露出哀傷的微笑。

太遲了，她說，汽車愈來愈小，引擎聲在遠方消失。

傑克猛地驚醒，臉貼著富美家桌子的冰涼表面，旁邊是一個沒動過的大麥克漢堡，還有一杯百事可樂，周圍結了一灘水。

他茫然地直起身子，呼吸沉重。那夢魘把他嚇醒了，而他老是得花好一會兒，才能離開夢境、回到現實。

「你還好吧？」萊斯警員問。

但是傑克還沒有回過神來，房門就被打開，馬佛走進來。

他坐下，把裝著漢堡的紙盒和濕淋淋的百事可樂挪開，然後在兩人中間的桌面上放了一個透明塑膠袋。

「你找到了！」

馬佛清了清嗓子。「這是謀殺兇器——」

「我知道！我——」

但是馬佛舉起一手繼續道：「過去三年來，這刀子一直放在湯頓警局的證物室。」

傑克皺眉搖頭。不可能！這不可能是對的，否則其他一切就……錯了。

「但是……」他結巴說，「這是亞當．懷爾的刀子。」

「不，不是，」馬佛說，「史陶畢吉總督察——你還記得他吧？」

傑克停頓一下，然後不太確定地說：「叫我勞夫吧？」

馬佛點頭。「他告訴我，他們發現這把刀的那一天，他帶著刀子去你家給你父親看。他認為你可能當時看到了。你還記得嗎？」

傑克盯著那把刀看。「我……我不知道，」他說，「我不記得了。」

「亞當・懷爾的刀子可能看起來一樣。這樣的刀子大概有幾千把，」馬佛說，「不過他的刀子沒用來殺死你母親。」

傑克覺得又熱又冷。要是亞當・懷爾屋裡的那把刀子是幾千把的其中之一，那麼他所做的每件事，他所冒的每個險，都只換得一場空。

「但是——但是那是同樣的刀子！」他結巴著說，「即使兩把不一樣，也是一樣的！兩把一定有關聯。因為……因為他為什麼要把刀藏在靴子裡？如果不是那把刀，他為什麼要藏起來？而且他還為了這把刀跟他太太撒謊！要是這把刀沒有任何意義，為什麼他要為了這把刀撒謊？為什麼？」

「我不知道為什麼，」馬佛說，「我只知道，並不是因為那把刀是謀殺兇器。」

傑克感覺到萊斯同情的手放在他肩膀上。搞得他好想哭或大叫，但他連甩掉的力氣都沒有了。

「那我們講好的條件呢？」他輕聲說。

馬佛嘆氣搖搖頭，傑克覺得自己好像正在太空中下墜，任何可以抓住的東西都在幾光年之外。他搞砸了。他沒有籌碼，現在他手上沒有東西可以交換了。他賭上一家人的未來，想跟警方談條件……結果他輸了。路易斯是對的，他們總會找個名義讓你坐牢的。喬依說得也沒錯，他作主的表現爛透了。比他們的父親還爛。

現在他將失去他破碎家庭的殘餘碎片，大概其他家人也是如此，永遠失去。

他忽然覺得好痛苦，皺起臉來，抓著自己的胸口——就在正中央，那兩排尖銳的肋骨之間。

這就是當初媽媽的感覺。

傑克忽然明白這一點。就像明白呼吸一般。

一切本來是由她作主的，彷彿是上輩子，在那個陽光普照的八月午後。她也冒險賭上全家人的未來，根本不了解、而且做夢也想不到自己會輸掉。從來想不到一個開車的陌生人會停下來幫她，然後載她離開，用一把刀——**這把刀**！刺入她身體，以及她尚未出生的孩子。

因為誰想得到這樣的事情會發生？

沒有人想得到。

她犯了一個錯。誰能怪她？

沒有人。沒有人！

傑克也知道，當他母親終於明白自己發生了什麼事——他們全家發生了什麼事——她也感受到同樣的這種驚駭。同樣的恐懼。同樣灼人的內疚。同樣無法負荷的哀傷。

「媽！」

那個字從傑克．布萊特內心好深好暗的地方衝出來，因而扯破他的喉嚨，沙啞的嘶吼在小房間裡四處迴盪，伴隨著影印機的嗡響聲。

然後他把頭埋進手臂裡，哭了起來。

他們把他關起來。

這個警察局太小了，因而拘留室比訪談室沒大多少，不過門上有一個窺視孔和一扇小掀板，而且裡頭沒有影印機。

不過這小警局有人以這個拘留室為榮，也佈置得比一般房間舒適。長椅兼床鋪上頭有個單人床墊。有一盒舊蠟筆可供囚犯在牆上寫字或繪畫——顯然他們以各自不等的藝術才華和罵髒話的本事充分發揮。裡頭高處有一扇長型窗子，窗台上的塑膠花盆裡有一把假花，囚犯碰不到，不過他們可以欣賞——如果他們的視力夠好的話。

「唔，這裡沒那麼糟糕，不是嗎？」萊斯鼓勵地說，「裡頭有蠟筆。」

傑克走進去，站在房間中央，沉默而茫然。

雷諾茲在門口說：「那張床應該很適合你，金髮賊。」

「有點太毒了吧？」萊斯兇巴巴地說。

「有點太毒了吧，長官。」他也厲聲糾正。

「傑克？」馬佛說。然後又喊一聲，「傑克？」

傑克轉身看著他，他才繼續。「等到值班的事務律師來了，我們就可以錄下正式的陳述，好嗎？在那之前，先睡一會兒吧。你氣色好差。」

「但是我得回家，」傑克說，「她們只剩下柳橙而已。」

萊斯輕碰一下他的手臂。「我會打電話給社工人員，好嗎？他們會安排好的。」

他憤怒地甩開她的手。「她們會被社福單位送去安置！」他吼道，「我得回家！我是作主的人！」

「抱歉，傑克。」萊斯說。

派洛特關了門鎖上。

他們站在拘留室外頭時，馬佛轉向雷諾茲。「你和派洛特回到捕捉屋，開始撤除佈置。」

「是，長官。」

「派洛特，局裡有保險箱嗎？」

「有的，長官。就在服務櫃檯後頭。」

馬佛把刀子遞給他。「離開前務必把這個放進去。」

「是，長官。」

派洛特沿著昏暗的走廊走遠消失了。

「萊斯，找個人去接那兩個小孩。」

萊斯拉長了臉。「但是長官——」

馬佛的手機響了，他接起來。

「喂，約翰，」勞夫．史陶畢吉激動地說，「你之前提到過亞當．懷爾的太太，沒錯吧？」

「是的，」馬佛說，「怎麼了？」

「唔，我眼前正在跟一個同事談這個案子，結果這個同事認識懷爾太太的表妹。她跟我說，我們把懷爾帶來局裡那天，他太太就離開他了。」

接下來是一段夾著靜電雜音的沉默。

「同一天？」馬佛不敢置信地問。

「同一天，」史陶畢吉說，「而且我得告訴你，約翰……這個我覺得很不安。」

「是啊，」馬佛說，「我也覺得很不安。」

亞當．懷爾的太太打開門，她看起來像一頭鯨。

她懷孕的肚子很大了。

「懷爾太太嗎？」馬佛問。

「是的？」

「我是馬佛刑事總督察。方便進去嗎？」

懷爾太太一臉憂慮。「為什麼？」她說，「出了什麼錯？」

「沒事，」馬佛說，「完全沒出錯。」

她不情願地打開門。

馬佛總是很驚訝，只要說出完全沒出錯，就可以安撫一個人到順從的地步。即使明明出了一大堆錯。馬佛也還願意撒一點無傷的小謊，甚至必要時，撒個有傷的大謊都無所謂。重點就是要進屋裡，跟對方坐下來談。讓他們幫你泡杯茶，然後距離他們坦白供認就成功一半了。

馬佛向來對自己的訪談技巧很自豪。在開車來的路上，他就已經決定好，只談艾玲．布萊特謀殺案剛發生後的那段期間。除非談話中剛好提起，否則他打算完全不談他們家遭竊的事情。因為現在已經很清楚，傑克．布萊特發現的那把刀其實並不重要，雖然因而讓整個行動開始，但畢竟還是不重要。

懷爾太太是個漂亮的年輕女人，但她有種焦慮的神態，使得馬佛犯疑心。他喜歡這樣。疑心是他的預設模式，而且他很希望自己真有個合理的理由，去相信人們最糟糕的一面。

他跟著她來到廚房，希望她把水壺放到爐上，準備泡茶。

凱瑟琳沒把水壺放到爐上，而是滿心不安。

這位警察說沒事。但警察上門哪裡會帶來好消息？所以儘管他說完全沒出錯，但顯然就是有什麼出錯了。

亞當和那個男孩。一定是。

他們其中之一做了什麼？

但如果真的發生了什麼事，這位刑警法律上就必須用別的字句，即使是模稜兩可的吧？或許是沒什麼嚴重的或有一個事件……諸如此類的？

所以她帶著他進入廚房，實在只是因為她不曉得還能去哪裡，而且因為這樣給了她一點時間，可以消化自己焦慮腦袋裡的種種思緒。

「你介意我坐下嗎？」她問，拍拍肚子，露出意在言外的微笑。但他沒有微笑回報，只是匆忙歪一下頭，表示他不反對。

好沒禮貌！

凱瑟琳已經太習慣人們體諒她懷孕，因而看到這名男子缺乏興趣，不禁有點忿恨起來。

她沒請他坐。

他好像不在意。只是站在那裡，拿出他的筆記本翻閱著。

「我想請教一些關於你丈夫的問題。」

凱瑟琳的心臟焦慮地多跳了一拍。「為什麼？」她問，「怎麼了？他還好嗎？你剛剛說沒事的！但是有事情發生了，不是嗎？所以到底發生了什麼？」

那刑警舉起一手，好像她是一頭柯利牧羊犬，而他是牧羊人。這搞得她頸背的寒毛都豎了起來。

「別緊張。」他堅定地說。

「我沒緊張。」她兇巴巴回嘴。其實她有一點點緊張。

「據我所知，懷爾先生很好。我只是為了一樁舊案子，想填補一些空白。」

「什麼舊案子？」

「只是很簡單的一件事，」他說，「我知道幾年前懷爾先生被警方找去，詢問有關M5公路那個事件，那天你離家了。」

「事件？」

「是的，」馬佛說，「史陶畢吉總督察告訴我，你丈夫被警方找去問話那天，你離家了。不曉得你能不能告訴我為什麼？」

凱瑟琳皺眉。「對不起，」她說，「但是我一點也不明白你在說什麼。而你用不同的順序再說一遍，也不會有幫助。」

她朝他笑了一下，但馬佛嘆了口氣，好像她真的太笨了，可是明明搞錯狀況的是他！

她不喜歡他。

一點都不喜歡。

「好吧，我不曉得這是怎麼回事，」她幹練地說，「但是萬一你沒注意到的話，我已經懷孕八個月了，而且我不需要壓力，馬柏先生——」

「馬佛。」他說。

「隨便啦！」凱瑟琳說，「我根本不曉得你在說什麼！」

「聽我說，懷爾太太，沒什麼大不了的。我只是想知道你那天為什麼要離開你丈夫，還有後來為什麼又回來。」

「我從來沒離開我丈夫！」凱瑟琳說，「任何一天都沒有！我從來沒離開，所以也從來沒有回來！另外史陶畢吉總督察是誰？我從來沒聽說過這個人！」

「史陶畢吉總督察是負責偵辦艾玲．布萊特謀殺案的刑警。」

凱瑟琳覺得肚子裡的寶寶忽然變得像鉛一樣重。

她耳朵裡血液奔騰的聲音好大，彷彿她的思緒是一波大浪，砸在她腦子形成的沙灘上。

艾玲．布萊特。那個男孩的母親。那個男孩懷孕的母親。他說他母親是被謀殺的，兇器就是之前放在她床邊的那把刀！

她藏起來、後來亞當找到的那把刀。

或者其實是反過來……？

傑克．布萊特對那把刀很執迷，現在這個又肥又醜的警察也是。這是個錯誤，是個誤解。她知道，但她不曉得這個警察說的話是全部都錯，還是只有一小部分而已。

凱瑟琳的腦袋嗡響著，像個壞掉的收音機。

「我不知道你在說什麼。」她暈眩地站起來，抓著餐桌邊緣好支撐自己。「我想你應該等亞當回家時再來。」

「我想談的對象不是亞當，懷爾太太。我們可以在這裡談，或者你也可以到警察局去，我們在那裡談。否則你就會被視為妨害司法。」

「我哪裡都不去！」凱瑟琳說，覺得胸中湧起一股恐慌的大浪。「我不曉得你在說什麼，而且我哪裡都不去！」

她想硬擠過他旁邊，但他抓住她的手臂。

「放開！」她大叫。「別煩我了！」她揮動手臂要掙脫，手背拍中他的臉，她的訂婚戒指刮過他眉毛。他一手牢牢抓住她手臂，扭著讓她坐回椅子裡。

她尖叫。

「你怎麼敢這樣？」她叫道，「放開我！我要去舉報你！我懷孕了！老天在上，你智障！你看不出我他媽的懷孕了嗎？」

「那又怎樣？」馬佛說，「恭喜你成為哺乳動物了。」

凱瑟琳羞辱又憤怒地哭了起來。她扭頭咬他的手臂，但是他提早料到了，於是她只是把他的襯衫袖子扯破一個洞。

然後，彷彿在一個平行時空裡，凱瑟琳感覺到他給她上了手銬。好像她是個犯人！或者像肥皂劇裡的人物！他按住她往下壓著大肚子，把她雙手拉到背後銬在一起……

「拜託不要，」她啜泣道，「你弄痛了我的寶寶！」

他鬆手，讓她坐直身子，站在那裡往下看著她，紅著臉氣喘吁吁。她的戒指刮到他一邊眼睛上方，流血了。他喘著氣斷續說著話。

「安琪拉．懷爾，」他說，「我要逮捕你，因為……妨害司法。還有……拒捕——」

「我不是安琪拉．懷爾。」凱瑟琳抽噎著說。

「什麼？」

「我是凱瑟琳．懷爾。」

她和馬佛看著彼此，因為都很困惑而短暫達成共識。

然後他說：「狗屎。」凱瑟琳覺得臉上的血液都完全褪去。她的聲音顫抖。

「安琪拉．懷爾到底是誰？」

馬佛花了半個小時才聯絡上勞夫．史陶畢吉。

「不是這個懷爾太太。」終於通上話時，他如此宣布。

「我不曉得還有別的懷爾太太。」

「唔，至少有兩個，」馬佛說，「而且這一個現在他媽的氣死了。」

傑克找到他母親了。

她在路肩的蘋果樹下，背靠護欄坐著，檢查著那些鮮豔的小果實，好像在察看有沒有蟲子。

他騎著腳踏車，停在蘋果樹落在柏油路面的陰影邊緣。

這是一道不能跨過的線。

嗨，他說。你好嗎？

有蟲子，她說，把一個個蘋果朝馬路上丟，那些果子像乳酪似的滾動碰撞。

別上車。他說。

什麼車？她問，然後梅麗——她突然出現在傑克旁邊——說，那輛汽車，此時一輛藍色汽車靠邊停下。

梅麗跑向那汽車。

別上車！傑克喊道，但他母親站起來，雙手在夏天的白色洋裝正面擦了擦，跟在梅麗後頭，兩人一起上了車。

不！

汽車駛離的聲音。

傑克騎著車在後頭追，但他忘了該怎麼騎腳踏車，老是搖搖晃晃，不時一腳著地，把踏板往上鉤到頂端，像個沒有父母幫忙扶著車的小孩。

最後他只能停在塵土飛揚的柏油路上，看著那輛藍色汽車轉了彎消失。

在那車子的後窗，梅麗悲傷地舉起一手道別。

媽媽！

他喊出這個詞，在警察局小小的拘居留室裡醒來，發現自己身體蜷曲且顫抖，身上冒出冷汗。他在那張窄床上緩緩坐起來，等著那場夢魘的殘餘碎片消失。但結果這回花了很久的時間，即使等到他曉得自己完全清醒了，那種悲慘的失敗之感還是繚繞不去。

傑克往上看著高高的窗台上那一小盆假花。

他得把握時間。

馬佛來到安琪拉·懷爾太太位於湯頓的家，敲了前門。

結果她長得跟新的懷爾太太很像，只不過是蒼老一點的版本。同樣的金髮，長度及肩，同樣的藍眼珠，同樣的圓臉。

但是腰圍不同。

「安琪拉·懷爾太太嗎？」馬佛謹慎地問。

等到對方點頭，他就說：「我是馬佛刑事總督察。可以進去談嗎？」

那棟房子被一個小男孩和一隻大狗搞得亂七八糟。

「這是羅比，」安琪拉·懷爾介紹說，其實馬佛一點也不在乎。「這是布魯特斯。」

她顯然很愛小男孩和狗，因而似乎沒注意到馬佛根本對兩者都沒興趣。她朝他露出燦笑，問他有什麼需要效勞的。

「我來是為了亞當·懷爾的事情，」他說。然後他補充：「你的丈夫？」只是為了謹慎起見。

「前夫。」安琪拉說。

馬佛覺得自己的世界稍微恢復一點平衡了。

「前夫，」他跟著重複一次。「我只是有幾個問題要請教，關於一個舊案子的。」

她的笑容隱去。「艾玲·布萊特？」

一陣興奮的震顫傳遍馬佛全身。當初只是他一句無意的評論，讓勞夫·史陶畢吉跟同事討論，忽然間，這宗謀殺案可能出現新的曙光。

就像是變魔術。

趁著安琪拉．懷爾還沒鎮定下來，他趕緊發動攻擊。「我相信，在你丈夫因為這個案子被警方找去問話的同一天，你離開了他。為什麼？」

她張開嘴，卻一時沒有說出話。

接著她坐下，把兒子拉過來擁抱，直到他哭了起來。那狗也過來，一副關切的模樣，安琪拉一手放在牠頭上。馬佛覺得她看起來就像一幅維多利亞時代的油畫——就是那種畫中充滿故事性、還有個適切畫名的。《等待壞消息》或《電報》。只不過眼前這個畫面中，地上散落著樂高積木，背景裡的電視機播放著卡通。

然後羅比掙脫母親的懷抱，又回去玩樂高，那隻狗也離開女主人身邊，改去嗅著馬佛穿著長褲的腿，好像想把那長褲據為己有。

「去——」馬佛對牠嚴厲說道，於是布魯特斯慢吞吞走出客廳。過了一分鐘，馬佛聽到那狗緩慢舔著水的聲音。

安琪拉．懷爾面無表情，彷彿慢動作似的抬頭望著他。

「你離開了亞當，」馬佛提醒，「為什麼？」

「他……」她說，然後停下。

「我……」她又開口，然後再度停下。

第三次就能成功了，馬佛不耐地想。

「我沒有任何證據，」最後她終於說出口。「我希望你先了解這一點。要是我有證據，我當時就會告訴警方了，但是我沒有。而且到現在，我也還是沒有證據。」

魔術失靈了，馬佛心想。

「你想說什麼，就告訴我吧，」他說，「我來這裡，只是想聽聽你的說法。」

當然，其實根本不是如此。只要馬佛認為有助於辦案，他會不惜逮捕她，連同那個小男孩，甚至外加那條狗。不過這些年來他發現，在這類狀況下，他很少有理由對人們說實話。他得先說出對方想聽的話，才有機會聽到他想要聽的話。

「艾玲．布萊特失蹤那天，」安琪拉說，「我們大吵一架。」

「為了什麼？」他問，而且逕自在一張椅子坐下，感覺上似乎很自然。安琪拉幾乎沒注意到他這個動作。她講話時，雙眼大半看著她兒子，羅比正在玩樂高，看不出想拼出什麼，他咬牙用笨拙的雙手硬要把不合的積木湊在一起，完全不像樂高包裝盒上微笑的小孩那麼輕鬆。馬佛很好奇那些樂高是否出了什麼錯，或者是這小孩出了什麼錯。

安琪拉．懷爾壓低聲音，意味深長地看著她兒子說：「當時我懷孕了。」

馬佛打了個寒噤，每回他碰到看似不相干的事情忽然契合，就會這樣。

安琪拉．懷爾當時懷孕了；艾玲．布萊特當時懷孕了；現在新的懷爾太太也懷孕了。這一點一定很重要。他必須知道原因……

「亞當胡思亂想，認定我背著他有外遇。我的意思是，這太荒謬了。小孩不可能不是他的。絕對不可能。他明明知道的！但是當時他發神經，我的意思是，徹底瘋了。」她笑了一聲，但那是緊張的苦笑。

「他打過你嗎？」

「只有一次。」她摸著自己的臉頰，多年後仍清楚記得打在哪裡。「他發起脾氣向來很可怕。雖然很少發作，但是碰到他理智斷了線時，你絕對會曉得的。」

「發生了什麼事？」馬佛問。

「我們跟幾個朋友在羽毛餐廳吃午餐，其中一個人開了個玩笑——只是個愚蠢的玩笑，有關新生兒長得很像牛奶送貨員。你知道那個笑話很流行的，只是胡鬧而已。但亞當就是念念不忘。我們回家後，他就一直反覆提起，愈來愈生氣，搞得我也生氣了，接著他給了我一巴掌，我也回了他一巴掌，還叫他滾出去，他就離開了……」

「他離開了多久？」

「不曉得，」她說，「幾個小時吧？等到他回來的時候，帶著鮮花和巧克力，還有個荒謬的禮物——某種會發亮的劍，仿照《星際大戰》還是《星艦迷航記》的。小孩根本還沒出生！」

「亞當回家時，他的舉止有什麼奇怪的地方嗎？」

「沒有，」她嘆氣，「只是滿口道歉，滿口說我愛你。」

她暫停一下，然後聳聳肩。

「我們和好了，然後繼續過日子。後來過了一陣子，我聽說艾玲．布萊特屍體被發現的消息，根本就沒有把兩件事連起來。我會注意到那個新聞，純粹是因為她也懷孕了，你知道？好可怕。」

她打了個寒顫，撫著自己的雙臂。

「那你為什麼離家？」

安琪拉皺起臉，彷彿拿不定主意。最後她說：「唔，他有一把刀子……」

馬佛的頸背刺麻起來。「什麼樣的刀子？」

「像是精緻的小折刀。不過更大。顯然值很多錢。」

「就像這把嗎？」馬佛把兇器的照片拿給她看。

「是的，就像這把。我沒辦法說是一模一樣，因為我根本對刀沒興趣，不過這個珍珠母刀柄非常類似。他老是在把玩那把刀，磨利它，清理它。你知道男人對他們的寶貝都是那樣——我沒有冒犯的意思。搞得我快發瘋！但總之，在我離開他之前，我注意到：忽然間，他忽然沒有那把刀了。」

「你的意思是，在艾玲．布萊特被謀殺之後？」

「大約就是那陣子。我沒辦法確定——所以我才說我沒有任何證據，你懂嗎？我不記得確切的時間，也從來沒太注意那把刀子，所以沒辦法肯定……我只是開始留意到他沒成天伺候那把刀，而且我問他是不是搞丟刀子了，他說沒有，說刀子放在樓上，但是，相信我，如果那把刀在屋子裡，那就一定是放在他的口袋。所以我當時覺得，他一定是搞丟了，只是不想跟我說，因為顯然那把刀是花很多錢買的。其實我才不在乎。亞當有份好工作，我們也從來不缺錢，何況那又不是我的錢，不是嗎？」

「是啊。」馬佛贊同道。

她繼續說：「所以總之，就這樣了，我一直沒多想，直到他幾天後打電話給我，跟我說他被警方帶去問話，我當時還想，搞什麼啊？我根本不曉得有什麼可能出錯。真的。他跟我說，他只是在高速公路暫停一下去小便，我心想，這算犯罪嗎？我的意思是，大家都曾在公路邊小便，不是嗎？但是接著他說，那裡就靠近艾玲．布萊特屍體被發現的地方……然後……對我來說，一切都好像……湊起來了。你知道——他打我那回、他的嫉妒、我們為寶寶吵架、那把搞丟的刀子、他在她陳屍地點被警察抓起來……」

她列舉這些清單時，聲音變得像誦經般沒有高低起伏。然後她嘆了口氣，平穩的目光凝視著馬佛。「我甚至沒等到他回來，就收了幾樣東西去我媽家。他一直打電話來，一直求我，但是我不肯見他。幾個星期之後，他來我媽家揮著那把該死的刀子，說他找到了——但是根本沒有差別！因為一切其實跟那把刀無關。我們結束了，因為在我心裡，我覺得——」

她又停下來。

「覺得他殺了她？」馬佛問。

「啊，不是！」安琪拉皺眉看著他，然後壓低嗓門到只剩氣音。「但是我覺得，他是有能力殺人的。」她撫摸兒子的頭髮，聳聳肩。「這樣就夠了。」

馬佛點頭。他闔上筆記本站起來。

但是安琪拉．懷爾沒朝上看，只是繼續摸著兒子的頭髮。透過手指每次短暫的碰觸，將愛傾注給他，只有父母能做到這樣。

而羅比沒理會她——也只有子女能做到這樣，他只是繼續把不契合的樂高積木想硬湊在一起。

「你看！」他說，舉起一個彩色的積木團塊。

「太了不起了，甜心。」她說，露出讚嘆的微笑。

馬佛真不懂，當媽媽的是怎麼做到的。

「亞當常來看他兒子嗎？」

安琪拉搖頭，壓低聲音。「沒有。我也不希望他來看。羅比出生時我打過電話給他。我的意思是，他有權利探視，不是嗎？但是他說他沒興趣——」她露出苦笑，從毛衣袖子抽出面紙擤了鼻子。「說他打算重新開始，下回會做得更好。」

「做什麼會做得更好？」馬佛問。

「誰曉得？」她嘆氣。「我只是很高興，他不是跟我們一起做。」

馬佛回到提弗頓時，太陽已經西沉到艾斯荒原的丘陵下方。見過安琪拉・懷爾之後，他就打電話給勞夫・史陶畢吉，簡報一下這一天的狀況。當然，他沒把一切都告訴他。首先，他就沒說有關他搞錯人——懷孕的女人，還制伏她、把她上手銬。

而且還喊她哺乳動物。當然，這不太算是歧視女性的侮辱。不像婊子或母牛。但是當然，馬佛還是不希望在懲戒委員會上聽到這些話被複述。要不是凱瑟琳・懷爾揮出一個幸運的反手拍，訂婚戒指刮到他的眉毛，很可能就會去投訴他、害他被懲戒了。

他之前向凱瑟琳・懷爾表明，他不打算追究她拒捕且攻擊警察，也確保她明白自己非常幸運。但她似乎沒興趣為了他們的小扭打而去投訴。顯然她發現自己的丈夫隱瞞曾結過婚的事情後，就方寸大亂，一心只希望馬佛趕緊離開她家，好讓她痛哭並規劃。

或者做些別的，總之是一個女人覺得自己被藐視時會做的事情。

無論如何，馬佛不得不承認自己是驚險逃過一劫。當然，不是最驚險的一次，因為像他這樣常在冒險、靠本能而活的人，事業生涯中一定有過幾次僥倖脫險的經驗，這回只是又多一次罷了。但這回的事蹟，絕對是可以在酒館裡跟他的好友們吹噓的——如果在這個充滿綿羊的爛地方，他有辦法找到一家像樣酒館的話。

或者能交到幾個好友的話。

管他去死。他才不在乎！每回僥倖脫險總是讓他覺得特別有活力，那種感覺通常是只有瀕死經驗才能達到的。再沒有什麼比側移一步躲過落崖、閃過一顆子彈，或是結束一段婚外情，更能讓他心跳得那麼強烈了。

他從菸盒裡搖出一根，塞在雙唇之間，好愛那濾嘴的邪門化學滋味。他沒有火柴，但暫時這樣就夠了。

他的車顛簸駛過警局外頭的人行道邊緣，停在人行道上。警局沒有停車場，他也實在沒有時間像其他人那樣，把車停在超市的停車場，再大老遠走回來。

他看看錶。幸好是夏天，天還沒黑，空氣依舊溫暖，天空依然一片亮藍。一隻綿羊的咩叫聲傳來，而且近得令人憂慮，害馬佛畏縮了一下。他關掉引擎，只是坐在那裡，腦子裡塞滿了上百萬個排列組合。

偵辦謀殺案就像在黑暗中拼圖。持續用指尖摸索、測試、轉個方向試試看。拿起一塊試，不行了就放下，再拿起一塊。

試著讓一切事物契合。

比起勞夫·史陶畢吉三年來的努力，馬佛覺得現在自己離拼圖完成的全貌更接近了。

但也離得更遠，因為這張拼圖是一個撒謊的小鬼畫給他的。一個連續竊盜犯，在行竊時以為自己發現了殺害他母親的兇器。

馬佛冷哼一聲。這可能是他偵辦兇殺案二十二年來，所碰到過最大、也最棒的巧合。但也可能只是一個精神有毛病的不良少年在發揮扭曲的想像力。

要不是他這麼想辦謀殺案，他可能就會覺得是後者。

但他的確希望手上有件謀殺案。

非常希望。

於是他打算要考慮前者，挖得更深，冒更多險。

馬佛有一個破案的特殊技巧。他喜歡把所有的煙視為火，看看會把他帶到哪裡。

所以……

亞當．懷爾攻擊了傑克．布萊特，還縱火想燒掉他家。一個愛過懷爾的女人相信他有殺人的能力，而且懷爾把這段過往瞞著現在愛他的女人。在懷孕的艾玲．布萊特被一把刀殺害的那天，懷爾妒火大發作，而且很氣他懷孕的妻子。他被警方抓起來，是因為在那個路側停車帶逗留，旁邊就是兇刀被發現的地方，也就是艾玲．布萊特被棄屍處的附近。他有一把非常類似的刀子……

而且他現在還有那把刀。

只不過並不是兇刀。

「狗屎！」馬佛朝著方向盤大喊。「混帳、狗屎！」

車窗開著，旁邊一個推著超市推車的女人說：「沒必要說那種粗話吧！」

「你怎麼知道？」馬佛兇巴巴回嘴。然後他頭探出車窗，朝著她的背影吼：「嘿！你要偷走那輛推車嗎？」

那女人匆匆逃離，不時狠狠回頭看一眼。

馬佛身子回到車內，又繼續瞪著方向盤。這事情不管他往哪個方向推演，那個男孩都是關鍵。

他是金髮賊，這點幾乎沒有疑問了。如果他肯合作，整個案子就很容易解決。事實上，一百多件案子都很容易解決！一大堆入室盜竊案都可以結案，立刻就能大幅提高這個地區警隊的破案率。這就表示，馬佛加入新警隊的第一個案子就是大勝。可以讓他朝自己所渴望的地位邁進一大步，不必辛苦工作好幾年。

只有一個問題……

馬佛無法以謀殺艾玲．布萊特的罪名逮捕亞當．懷爾。現在缺乏跟謀殺兇器的關聯，他跟史陶畢吉三年前一樣，沒有任何懷爾犯案的證據。

只是又多了一名前妻的直覺。

馬佛下了車，用力甩上車門。他走進小警局的玻璃大門，差點一頭撞上雷諾茲。

「有收穫嗎，長官？」

「有一些。」

「足以逮捕亞當·懷爾？」

「沒有，」馬佛兇巴巴說，「你們捕捉屋那邊收拾完了？」

「快了，長官。要運回艾克斯特的東西全都裝上廂型車運走了。只剩萊斯和我的一些私人物品，明天去拿就好。」

「很好，」馬佛說，「我跟你說過捕捉屋有用的。」

「沒錯，」雷諾茲說，「真的有用。」

「派洛特人呢？」

「值班時間結束後，他就離開了，長官。」

馬佛沒問雷諾茲的值班時間也結束了，為什麼還在這裡。

「負責的律師到了嗎？」

「車子問題，長官，」雷諾茲說，「我有點擔心，我們把那男孩扣留這麼久，都沒有法律代表……」

「我們已經打過電話了，」馬佛不耐煩地說，「如果律師拖延，也不是我們的錯。」

伊麗莎白．萊斯提著一袋蘋果和一個三明治走進門。「給傑克的，」她說，「他不吃麥當勞。」

「早跟你說過了。」雷諾茲說。

萊斯沒理會他，跟坐在櫃檯那個紅鼻子女警拿了拘留室的鑰匙，進入走廊消失了。

「他的生活真是辛苦，」雷諾茲沉吟道，「這個年紀的小孩，靠犯罪養活家人。好像狄更斯的小說，不是嗎？」

馬佛咕噥了一聲。

萊斯喊了些什麼。

馬佛和雷諾茲皺眉看著對方。「她說了什麼？」馬佛問。

「我沒聽清楚。」雷諾茲說。

兩人都進入走廊。「萊斯？」雷諾茲喊道，然後半跑著來到拘留室。「萊斯？」

萊斯站在拘留室裡，拿著她的蘋果和三明治。

「他離開了！」

「有多的零錢嗎？……有多的零錢嗎？」

一雙腳經過。有個人在冰淇淋盒裡丟了東西。

「謝謝。」那個遊民說。

又是一雙腳出現。

停下來。

「有多的零錢嗎？」

但是冰淇淋盒裡沒有相應的硬幣嘩啦聲。

那遊民朝上看，然後往後畏縮，同時一把抓起冰淇淋盒子抱在懷裡，又抬起一邊肩膀保護耳朵。

但是那男孩沒打他。

而是朝他丟了一樣東西。

一條蛇！

那有毒斑紋的蛇落在男人膝上時，他恐懼地大叫。

但那不是蛇。而是一條領帶。紅底白條紋的絲質領帶。

「家裡需要一個大人，」傑克說，「如果你還想回家的話。」

「到底是怎麼回事？」馬佛說。

床墊歪靠在窗下的牆上，但那窗子還鎖著。地板上有蠟筆和假花。

「到底是怎麼回事？」馬佛又說了一次，最後他們終於搞清楚了。

傑克·布萊特把床墊豎起來，靠在窗下的牆上。然後他站在床墊不穩固的邊緣，或者還跳起來，把窗台的假花抓下來。他把一朵假花的鐵絲花莖折彎，用來挑開了拘留室的門鎖，然後開門出去，設法偷偷經過接待櫃檯，出了前門。

「我們去逮那個小混蛋。」馬佛說。

他的車剛好停在外頭，所以大家就上了他的車，萊斯手裡還拿著三明治和蘋果。

馬佛發動引擎。「我們要去哪裡，雷諾茲？」

「長官？」

「地址是哪裡？」

「呃……我不知道，長官。」

馬佛狠狠瞪著他。「你不知道他家地址？」

「是的，長官。」

「但你是逮捕他的人。」

現在馬佛和萊斯都看著雷諾茲，他開始流汗了。

「你沒問他的地址？」

「是的，長官。」

接下來有一段明顯的沉默，然後馬佛說：「拜託告訴我，你當時唸了他的權利給他聽……」

「長官——」雷諾茲開口，馬佛的拳頭朝方向盤用力一捶，力道大得都發出爆裂聲了。

「你他媽的白痴，雷諾茲！」

「長官，當時實在是……是個詭異的狀況。那不是一般的逮捕，你知道，我相信你明白的。我的意思是，他就在床上，而且……所以一整個都非常奇怪，我承認我當時有點驚訝。」

「那你的筆記本上還鬼扯說你獨力抓住金髮賊，那是什麼意思！『我悄悄撲過去！』現在看起來，你非但沒有撲過去，還沒有把權利唸給那個小屁孩聽！這表示他沒有逃離拘留，因為法律上他從來沒有被我們扣留過！老天啊，我們他媽的又回到原點了。不！原點的後退一步，因為現在他知道我們會去找他了。」

「我道歉，長官。」雷諾茲生硬地說，口氣暗示馬佛罵到現在該結束了。

「哼，道歉個屁！」馬佛大吼。「都是屁！我不要打電話給史陶畢吉。你去打給他問地址，解釋金髮賊主嫌犯是怎麼走出我們警局的拘留室，而現在我們不曉得該去哪裡找他，因為你把逮捕搞砸了。」

「長官？」後座的萊斯開口了。

「幹嘛？」馬佛氣呼呼說。

「托比應該知道地址吧？」

「他媽的誰是托比啊？」

「是派洛特警員，長官，」萊斯說，「我的意思是，他住在這裡很久了，就算他當初沒參與那個案子，他也一定知道布萊特家在哪裡，不是嗎？」

接下來是一段短暫的沉默，然後馬佛說：「有道理，萊斯。派洛特人在哪裡？」

「我想他回家了，長官。」雷諾茲說。

「唔，那就打電話給他吧，」馬佛說：「然後告訴他，你需要他幫你擦屁股。」

「你是誰？」梅麗站在客廳門口疑心地說。然後，他還沒來得及告訴她，她的雙眼就發現那男人手裡的盒子。「你帶冰淇淋來了？」

「沒有，」他說，「對不起。」他看了傑克一眼。「我應該帶冰淇淋來的，」他說，「我該帶點東西來的。」

「無所謂，」傑克說，「我們沒期望你帶任何東西。」

「你是誰？」梅麗又問了一次。

「是爸爸。」傑克乾脆地說。

她朝那男人皺眉，然後拿出嘴裡裝的吸血鬼牙齒，上下打量他。

滿臉大鬍子。骯髒的衣服。脖子上套著紅色的絲質領帶。

「你長得好高了，梅麗！」他朝她走近，但是她在門框內後退，保持兩人之間的距離。

他停下來，摸著臉頰，看了傑克一眼。「都是這些鬍子。我會剃掉的。」

他試探性地微笑。但是他們沒笑。

他緩緩四下張望，看著燒焦的門廊，看著燒出顆粒的地毯，還有起泡的前門。然後目光又回到梅麗身上。

「你在看什麼書？」

她看了一下手上的書——手指夾著她看到的那一頁——然後唸出封面給他聽。「史蒂芬・金的《牠》。」

他皺眉。「你讀這本書有點太小了吧？」

「這本書是講下水道裡的小丑，」她聳聳肩。「根本不是真的。」

他不太確定地笑了一聲。「我好想你，」他說，「我真的好想你們三個。」他的聲音充滿感情，但是沒有人答理他。

「你都跑去哪裡了？」梅麗問。

「唔……我離開一小段時間。」

「是一長段時間。」她糾正他。

「你說得沒錯。實在太久了。對不起。」

「你很難過嗎？喬依說你那時很難過。」

「是啊，沒錯，」他點點頭。「非常非常難過。我覺得……好吧，我的感覺不重要。我根本不該離開的。但是我離開的每一天，都想到你們三個，我很想念你們，也很希望再看到你們。

「我本來想早點回家的，但是……」他聳聳肩，然後看著傑克。「但是我明白，我真的明白。」

然後他挺直身子，撫平領帶，好像準備要去接受工作面試。「但是現在我回家了。這回我會做得更好。我保證。」

他朝梅麗微笑，但梅麗只是一臉嚴肅，木然瞪著他。

傑克打開自己的背包。「我這裡有一套西裝，」他說，「所以你可以去找份工作了。」

他把西裝掛在通往客廳的門上。那套西裝很不錯。淺灰色的。

「謝謝。」

「你得自己弄雙鞋子來。」

「爹地？」

他們全都往上看。

喬依站在通往客廳的門口，骯髒又醒目。

她撲進父親的懷裡，他接住了她。

托比·派洛特有整整十五分鐘都沒接電話。

馬佛知道，因為他要滿頭大汗的雷諾茲持續試著打派洛特的電話號碼，同時他們三個坐在車上等。

他們等待的時候，馬佛也規劃了他的策略。

他不曉得布萊特家來應門的會是誰，但他知道自己沒有法院令狀。換作其他時候，他可以要求進入屋內，搜查一位從拘留中逃跑的囚犯。但這回，拜雷諾茲之賜，囚犯從來沒有被正式拘留，因此也不能說他逃離。事實上，如果傑克·布萊特想要的話，大概還可以告死他們這兩個地區警隊，因為他在沒有被逮捕、沒有被控罪、連法律代表都沒到場的狀況下，被關進拘留室裡。而且他還是未成年人……

所以，儘管謹慎不是馬佛的天性，但他知道自己現在必須特別小心處理。保持友善，尋求對方同意。

真的很煩，但事情就是這樣。

等到派洛特終於接了電話，雷諾茲低聲講了些簡短的句子，然後一分鐘之內就掛斷電話。

「在布蘭德爾路，」他說，「他不曉得幾號，但他說他認得是哪一棟房子。所以他約了在那邊的汽車展示處碰面。」

馬佛發動引擎，顛簸著駛下人行道，車子尖嘯著急轉彎。他瞥一眼雷諾茲正焦慮地抖動的膝蓋。

「很興奮吧，雷諾茲？」他說，「現在你可以逮捕金髮賊兩次了。」

在溫暖的夏日暮光中，他們從屋裡抱出報紙，搬到後院。

一開始過程很緩慢：從峽谷壁拿起厚厚一疊報紙，搬到外頭。同時在草坪中央，亞瑟．布萊特把那些報紙小心地堆成金字塔狀。但隨著峽谷壁愈來愈低，喬依就變得愈興奮，而且她的興奮是有感染力的，所以才幾分鐘，他們三個小孩都咯咯笑著奔跑進出後門，在門口不時撞到其他人，被奔逃的蜘蛛惹得尖叫，踩著掉在地上的《泰晤士報》、《每日電訊報》和《提弗頓週報》而滑行或跌倒。

緩慢但紮實地，廚房裡的一道峽谷壁完全消失了，原處留下一塊寬寬的灰白地板。

喬依和梅麗抱著報紙經過旁邊時，傑克就站在那裡瞪著地板——很驚奇這片地板一直在那裡，原來這麼容易就可以看到。然後他又從料理台抱起一大疊報紙，朝外頭走。

亞瑟終於舉起一隻手。「現在這樣就夠了。」他微笑。

傑克、喬依、梅麗眼睛發亮又氣喘吁吁，看著父親伸手到口袋裡，掏出一盒火柴。

「不要靠近喔。」他說。

天快黑的時候，他們看到托比．派洛特站在汽車展示處所照出來的燈光裡，揮手要他們停車。那汽車展示處裡面停滿了豪華汽車，但馬佛從沒在提弗頓街道上看過任何豪華汽車。他特別記住，等下回有時間的時候，他要多留意這家汽車經銷商。

派洛特身穿一套非常舊的運動服——都起毛球了，太短的褲管露出腳踝——小跑過來。他上了後座跟萊斯坐在一起，馬佛開著車子，緩緩行駛在布蘭德爾路上。

「我想就是那棟。」托比．派洛特指著說。

「你確定嗎？」雷諾茲問。

「盡可能確定了。」

「如果不是那棟，我們可以去敲鄰居的門，」萊斯說，「鄰居會認識他們的。」

「現在去敲門問路有點太晚了，不是嗎？」雷諾茲說。

馬佛皺眉朝後視鏡裡瞪著他。「老弟，你是怎麼回事？我們是警察啊！」他停車停得很糟糕，大家都下了車。

馬佛看著那棟整潔而小巧的連棟排屋，跟他預期的不一樣。不過話說回來，金髮賊的一切，沒有一樣是他預料中的。

窗戶很乾淨，門前那片四呎的草坪割得整整齊齊，再外頭是一道低矮的擋土牆。整潔清爽，他心想。

然後他嗅聞空氣。「那是煙味嗎？」

前門上的小窗子破了，隔著那破洞，他們聽到一個小孩彷佛心碎的哭聲。

馬佛走到門前，猶豫了一秒鐘，然後往前湊在那破洞上頭看。屋裡非常黑，但他勉強可以看到一個小女孩坐在門廳的地上，胸前抱著足球，哭得死去活來。

馬佛敲了門。那哭聲沒有停止。

他又敲，這回更大聲了。

他皺著鼻子朝萊斯、雷諾茲、派洛特看。

萊斯回頭過了馬路，好把整棟房子看得更清楚。「房子後頭有東西著火了，長官！」

馬佛用力敲門。「喂！」他對那小孩說，「你在裡頭還好嗎？」

那小孩轉頭看他，緩緩搖頭。「不好！」她大聲喊，然後又繼續哭。

「狗屎，」馬佛暴躁地說，「讓開！」他後退幾步，然後往前衝。他狠狠撞上門，彈回來，雙手揮動著踉蹌後退。

雷諾茲抓住他，免得他往後翻過那道矮牆，此時一個憔悴、滿臉鬍子的男人開了門，他穿著卡其T恤，打了一條紅色絲質領帶。

「哈囉。」

馬佛手忙腳亂地找他的警察證。「布萊特先生嗎？」

「是的。」

「我們是來找傑克的。」

「稍等一下。」布萊特說，朝身後看，被那仍坐在地板上大哭的小女孩搞得分心。他轉身抱起她，回到門前，她坐在他肘彎上，還在哭，頭靠在他肩膀上。現在離得比較近，馬佛看得出她抱在胸前的不是足球，而是一隻大大的陸龜，牠臉上有種耐心的表情，彷彿這一切牠都見識過了。

「她在難過草坪的事情。」布萊特含意不明地說。

「我才剛割過草！」滿面淚痕的小女孩說，「結果現在著火了！」

「草會再長出來的，梅麗。我保證。」布萊特拍拍她的背，向馬佛解釋：「我們正在清理家裡。」

他微笑，馬佛也設法擠出笑，雖然他很受不了這種拖拉。保持友善，他提醒自己。不然他們就會告……

布萊特把懷裡的女兒往後抱遠一點，好看清她的臉。「你害唐諾的眼睛都要結鹽巴了。」

那女孩停止哭泣，往下嗅了嗅那陸龜。他把她放下來，她轉身跑進屋裡。

馬佛張開嘴想再度問起傑克，但他還沒開口，雷諾茲就說：「那是我的領帶！」

「雷諾茲……」馬佛厲聲說。

但雷諾茲湊近了看著布萊特先生周圍，然後說：「那是我的西裝！」馬佛還沒來得及阻止，雷諾茲就斜著身子，從驚訝的布萊特先生旁邊擠過去，拿起客廳門上掛著的一套淺灰色西裝。

「嘿，你們不能就這樣闖進來！」亞瑟．布萊特說，「你們不是應該要有法院令狀之類的嗎？」

狗屎。令狀！馬佛氣呼呼地看著雷諾茲，但雷諾茲反抗地翻開西裝外套，秀出縫在襯裡的一塊名牌。

雷諾茲。

「看到沒？」他說。

然後，緩緩地，馬佛總督察露出微笑。

「布萊特先生，」他說，「我們要進入你家搜索，這是根據一九六八年的盜竊罪法，由於失竊物品在房屋內明顯可見之處，且合理推測可在該處查獲更多被竊物品，或是／以及竊盜案的犯案者在犯罪時可能偷走的財物。你懂嗎？」

「不懂，」布萊特說，一臉困惑。「有任何人聽得懂嗎？」

傑克坐在草地上，看喬依繞著火堆手舞足蹈。偶爾她會把一疊報紙又丟進火堆裡，或是用一根舊草耙去戳一戳火堆，大笑看著火星爆開來，飛入傍晚的灰白天空。灰燼有如柔軟的灰色花瓣，飄落在他們四周，像是一場柔和的雪。

梅麗跑出屋子，放下唐諾，讓牠跑向火堆的反方向。

「為什麼警察要找你？」

「什麼？」傑克問，「哪裡？」

梅麗指著。「他們在前門。」

傑克趕忙起身。隔著火焰，看得到屋裡有昏暗的影子移動，他恐懼得喉頭搏動。

那些混帳總會找個罪名讓你坐牢的。

在那心臟發痛的片刻裡，他站在那兒，恐慌得腦袋一片空白。

然後他抱緊了梅麗。「什麼都別說。」他說。

接著他翻過圍籬，進入雷諾茲太太的後院。

傑克跑到門前，用力敲著。

雷諾茲太太沒回應。

他又敲門，著急地看著圍籬，接著往上看他臥室的窗子，那個空著的小相框還放在窗台上。要是有人現在站在那扇窗裡往外看，就會看到他縮在這扇門邊，而他完全無處可躲。

他又敲門。快點！他腦袋裡大叫著。快點！

然後雷諾茲太太出現了，他隔著門上的小玻璃看得到她。她見到傑克的表情並不高興，而且有那麼可怕的一刻，傑克覺得她打算不理他，拒絕開門。

他設法不要露出憂慮的表情，不要讓自己看起來像是在躲避警察的追捕。他讓呼吸平緩下來。站直身子。努力擠出微笑。

那位老太太皺著眉解開鎖，把門打開。

「你想幹嘛？」她問。

「嗨，」傑克說，「我是來幫你修割草機的。」

傑克．布萊特不在屋裡。

這棟房子並不容易搜，他們花了比預期更久的時間。每個房間都是報紙牆和隧道和死巷組成的迷宮。正當他們以為搜完一個房間，就發現有一堆報紙其實是一張床，他們還得設法搜查床底下，或者發現有一道報紙牆後頭藏著衣櫥，他們沒法打開。

派洛特看到了一隻老鼠，而且整棟房子的霉味好重，還有一種馬佛不想猜的臭味。難怪傑克．布萊特總是保持草坪修剪整齊，窗子也都洗刷得很乾淨，好躲過相關單位的注意——這屋子裡頭連狗都不適合住，更何況是兒童了。

在靠後方的臥室裡，馬佛發現了一個空相框，以及地板上一團揉皺的照片，裡頭是兩個小孩和一個海灘球。

他暫時不管眼前的一切，短促地苦笑一聲。

現在他站在暮色中，灰燼在他四周飄落，他生氣地瞪著那劈啪作響的火堆。

那個小混帳甩掉他們了。他毫不懷疑傑克不久前在這裡。很可能亞瑟．布萊特在門口的拖延，就讓整個狀況改觀了。

傑克的兩個妹妹站在那裡，沉默地望著他。

「你哥哥人呢？」他問道。

「不曉得。」比較大的那個女孩說。

「我也不曉得。」抱著陸龜的那個小女孩說。

馬佛皺起嘴唇。

「想要十鎊嗎？」他問，「一人十鎊？」

「不想。」比較大的女孩說，同時那個小的說：「想，請給我！」於是馬佛轉頭看著那個小的。他彎腰，雙手撐著膝蓋，好湊近她的高度。

「你告訴我你哥哥在哪裡，我就給你十鎊。」

「嗯……」那小女孩皺著臉，一副思考的表情。

「我告訴你有關吸血鬼的事情，只要五鎊就好，」她說，舉著五根小指頭，好像怕馬佛聽不懂。「或者蚯蚓的事情，只要三鎊。」

馬佛直起身子，拍掉肩膀上的灰燼，朝屋內走去，同時大喊著：「屋裡再搜一次！」

就像生活裡的很多東西，雷諾茲太太那台割草機的毛病，只要好好清理一下，外加一點除鏽潤滑劑就行。

傑克坐在一個舊油漆桶上頭，利用他在工具箱裡找到的一把鑿刀，刮掉擋板內側那些累積多年、又硬又乾的草。

他之前關上了工具小屋的門，跟雷諾茲太太說免得灰燼飄進來。剛開始他只是站在那裡，耳朵貼著木牆，想聽出外頭的動靜。

但是門關著，他實在聽不到什麼，於是他打開燈，把割草機朝一邊側放，免得機油弄髒了空氣濾清器，然後開始工作。

他把擋板下側清乾淨之後，就看到更多長長的草纏在刀片的中軸，使得刀片運轉變慢且不順。他割開那些草，小心翼翼把每一片都剝下來。

他這才發現自己很樂在其中。不止如此，他覺得好幾年來第一次喜歡自己。像一個幫助鄰居的男孩，感覺真好……

雷諾茲太太開門時，他驚跳起來。她什麼都沒說，只是站在那裡看著他用除鏽潤滑劑噴一下中軸，好讓那刀片旋轉得更順暢。

「你的妹妹還好吧？」

「哪一個？」傑克說。

「吸血鬼獵人。」

傑克微笑。「她現在迷上了可怕的小丑。她都這樣的。迷上新的東西，就想要知道相關的一切。她什麼都讀。我得一直帶書回來給她，因為她讀得好快。」

他清理完火星塞，加滿機油。

「我叫我兒子幫我修，叫了好幾個星期了。」她說，「都叫不動。」

傑克站起來，準備好割草機，然後拉了啟動繩。割草機立刻隆隆啟動，但只是片刻，因為他關掉引擎，免得小屋裡頭充滿廢氣。

「這台割草機很好，」傑克說，「應該可以用很多年。不過你得保持底下乾淨，不然乾掉的草會塞住裡頭。」

「哈囉！」

傑克整個人僵住，朝門看著。馬佛！

雷諾茲太太走出去，讓工具小屋的門只是半開著，傑克瞥見馬佛攀在圍籬上方看過來。他趕緊彎下身子以避開他的視線。但外頭現在幾乎完全天黑了，而工具小屋裡開了燈。要是馬佛更靠近些，或是門再開一點，他就沒地方躲了……

隔著門上的縫隙，他可以看到馬佛，一手沉重地攀在圍籬上，另一手舉著他的警察證。他一定是站在迷你溫室上。傑克皺起嘴唇。他最好不要踩壞了！

「我們在找你的鄰居，」馬佛說，「傑克·布萊特。你認識他嗎？」

傑克憋住氣。

「啊，是的。」雷諾茲太太說，盯著警察證。然後她說：「我兒子也是警察，你知道嗎？」

馬佛沒理會。「你今天晚上看到過傑克嗎？」

「怎麼了？」她疑心地說，「他做了什麼？」

「他因為入室盜竊而被通緝。」

「入室盜竊！」她說，口氣很震驚，同時望著工具小屋。

傑克往後縮，希望她別開目光，甚至心裡默默哀求她。但結果那老太太筆直朝他走來。隔著門上的縫隙，傑克看著她愈來愈近，他緊咬牙齒，用力得下頷都發疼了，他的希望迅速流失，就像拔掉塞子的洗澡水一樣。

雷諾茲太太朝工具小屋的門伸手。

然後把門關上。

傑克驚訝地眨著眼睛。他聽到鎖吱嘎拴上，然後是一個花盆搬動的小刮擦聲。

「我想你們一定是搞錯了，」傑克聽到她說，「這附近沒有人偷東西的。」

傑克等著雷諾茲太太回來。

他把那油漆桶放在工具小屋的牆邊，坐在那邊靠牆閉上眼睛。汽油廢氣已經消散了，他聞得到木頭的氣味。閉目養神時，他想到了路易斯的木料場。

不准你再跑來了。

想到這裡，傑克皺起臉，然後又放鬆。他的頭垂向胸口。他好累，可以大睡一場。

他快睡著時——幾乎就在醒著與夢境這兩個殘酷世界之間那個絕妙的交接點——忽然聽到一個金屬刮擦聲，雷諾茲太太打開了門。

傑克趕緊起身，他們瞪著彼此。

「跟我來。」最後她說。

她跟著她穿過露台，來到後門。

「麻煩脫掉你的鞋子。」

他照做了，他們經過亮晶晶的廚房，來到客廳，裡頭好明亮、好多花，簡直就像雜誌裡的夏天室內場景。

雷諾茲太太指著那張乳白色的天鵝絨小沙發，傑克小心坐下來，他髒兮兮的球鞋放在膝蓋上。雷諾茲太太自己穿著白色的皮革平底便鞋，鞋底非常乾淨。

「我喜歡保持地毯乾淨。」她解釋，然後傑克想到過去一年他在無數地毯上灑的咖啡、倒的紅酒，還有踩踏的食物。他現在想像著，那些地毯是屬於像雷諾茲太太這樣的人，而雷諾茲太太沒把他出賣給馬佛，即使她兒子是警察。

他慚愧得臉頰發熱。他做過的那些事，全都無法挽回他所失去的。

「你是小偷嗎？」雷諾茲太太問。傑克很驚訝她的直率。

他吸了一口氣想撒謊。然後他說：「曾經是。」

「但以後再也不是了。」雷諾茲太太說，接著俐落地拍拍兩手的灰塵，彷彿做出了她的決定，於是他的決定只是個形式。然後她站起來，走到壁爐台前，上頭收藏了各式各樣的小瓷偶。有高貴淑女、吹笛的牧羊人、彩衣小丑、鬥牛士和……

傑克想到他的鐵鎚，曾經敲爛了多少東西。

雷諾茲太太拿起其中一個小瓷偶，遞給他。「這是給你妹妹的。」她說。那是一個小丑。四吋高，一臉憂愁，戴著一朵大黃花，身穿鬆垮的格子長褲，粗粗的瓷線連著一把氣球。

傑克抬頭看，但雷諾茲太太已經走向前門。他跟著她來到門廳，把那小丑放進口袋裡，好騰出手來穿上鞋子。

「我想你應該走前門出去，免得萬一有人在你家等你，是吧？」

他都沒想到這點，但她說得沒錯。「是的。」他點點頭。

「你父親會燒掉多少報紙？」

傑克睜大眼睛看著雷諾茲太太。「很多。」

她皺起嘴唇說：「哼。」

然後她開了門，先看看外頭，以確定四下無人，這才讓傑克出去，來到街上。

他轉頭要說謝謝，但雷諾茲太太已經關上門了。

「為什麼你沒跟我說你以前結過婚？」

亞當帶了一個腳下有輪子的玩具馬回來。他敲了門，凱瑟琳開門，發現外頭只有那個玩具馬。然後他在轉角發出馬的嘶鳴聲，接著大笑走出來，在門口吻了她，好像他已經離開了一年，又吻了她腹部裡的寶寶。他推著馬進屋到廚房，彎著腰，像個巨大的駝背小孩，還一路跟馬說話說個不停。

「藍圈水泥公司的業務代表送我的。顯然是去年的促銷道具。是不是很棒？可以讓他騎好幾年。或者她。我們也該去學騎馬。不過當然，要等生了小孩之後。但是這樣開始太棒了，不是嗎？而且是免費的！我實在無法拒絕，不是嗎？」

凱瑟琳一路跟在他後頭。

冷漠。

沉默。

她已經練習過台詞，所以不會猶豫，而且她先深吸一口氣，所以可以一次講完，不會中斷。

「為什麼你沒跟我說你以前結過婚？」

「什麼？」他沒看她；他都在跟馬說話。

「為什麼你沒跟我說你以前結過婚？」

亞當緩緩直起身子，看著她的眼睛。

如果他說為了保護你，或是還想否認，她會殺了他。

但是他說：「我不知道。」

接著他看向窗外的花園，搖搖頭說：「我真的不知道。」

於是凱瑟琳猶豫了，但不是因為她想過的原因。她忽然覺得好難過，而不是憤怒，而且她必須壓抑著當下的那股衝動，免得張開手臂抱住他，說她愛他，說這件事沒關係。

但是她得繼續，因為這件事有關係，而且她必須知道。

「安琪拉。」她說，好恨這個名字。

「是的，」他說，「你是怎麼發現的？」

「有個警察來過。」

他驚訝地眨眨眼睛。「有關遭小偷的事？」

「不，」她說，「有關艾玲．布萊特。」

亞當瑟縮了。就在她的眼前，有關他的一切似乎變得更小也更虛弱，更蒼白。一切都……貶低了。

他彎腰，兩隻手肘放在廚房料理台上，兩手搓著臉，好像他非常、非常疲倦。

「我害怕得不敢告訴你。」最後他終於嘆氣說。

「害怕什麼？」凱瑟琳問。

「害怕你會離開我。」

「我會離開你？」

他直起身子。「她就是這樣。之後安琪拉就離開我了。」

「什麼之後？」

「我被帶去問話之後。」

「可是你又沒有做錯任何事！」

他聳聳肩。「她反正還是離開了我。」

然後他把事情告訴她。有關一個炎熱的夏天，他停在高速公路的一個路側停車帶。有關被帶上警車，尷尬又歉意。有關他這輩子最糟糕、最漫長的六個小時，他從困惑到覺得受辱到生氣到害怕，接著就是愈來愈害怕。

「我沒辦法告訴你那有多可怕，凱瑟琳。」亞當輕聲說，別開目光，艱難地吞嚥著。他拿起料理台上水果缽裡的一個柳橙，用力捏著，好像那是個伸縮玩具。

「我的意思是，我只是在路側停車帶停下來小便，忽然間我就成了一樁謀殺案的嫌疑犯！一開始像是開玩笑，像個愚蠢的錯誤，然後我才明白他們不是開玩笑的，他們真的以為我可能殺了人。一個女人。一個懷孕的女人。我的意思是，操他媽的拜託喔！」

他看著凱瑟琳，而她在他臉上看到了震驚和憤慨，想必當時他就是有同樣的感覺——儘管三年過去了，但這些情緒一直藏在表面之下，隨時準備再度爆發。而且現在他的眼眶裡漲滿淚水，就要溢出來了。

「亞當……」她喃喃道。

他用袖子擦過臉。

「我當時好想死。我跟你發誓，凱瑟琳。在那一刻，我寧可死掉，也不願意坐在那裡，聽那些人設法逼我說我做了那件事。那件病態、殘忍的事！」

凱瑟琳點頭，她對那起謀殺案還有模糊的記憶，即使現在想到，都還會打哆嗦。

「然後，等到整件事終於結束，我回到家，她離開我了。一聲不響走掉！收拾了她的東西走人。就這樣，我的婚姻完蛋了，我失去了曾經擁有的一切。要不是我爸幫我繳保釋金，我連房子都保不住。後來我還得跟他借錢，好付給安琪拉。這就是為什麼我們剛認識的時候，我有那些債務。為什麼我會這麼辛苦——」

凱瑟琳打斷他。「但是我不懂。你的意思是，在那之前，你的婚姻很美好？」

「絕對是這樣！」

「那她為什麼要為了那件事離開你？」

「去問她！」他憤怒地說，「我想她是笨到會相信。畢竟，警方找我去問話，所以我一定是有罪的，不是嗎？即使我這輩子從來沒犯過一樁罪。你了解我，凱瑟琳！你知道我絕對不會做出那樣的事情！」

凱瑟琳沒吭聲。她想要站在亞當那一邊。但他之前一直瞞著她。他結過婚。他曾因為一樁謀殺案被警方找去問話。他一直在跟她撒謊……

「凱瑟琳，」他急切地說，「就像你之前講過有關遭小偷的事情。你做了一個壞選擇，一開始沒告訴我。之後就愈來愈難把真相說出來了。」

她緩緩點頭。她也跟他撒過謊。

「要是我跟你說了我結過婚，你就會想知道更多。想知道發生了什麼事，而要是我告訴你真相，那麼或許你也會離開我！為什麼不會呢？那個婊子就離開我了！因為無風不起浪，不是嗎？說什麼在證明有罪之前是無辜的，都是操他媽的狗屁。因為，相信我，這種話沒有人相信，尤其是我以前公司裡人力資源處的那些混蛋。我以前賺的錢是現在的三倍。狗屎！我有地理學的學位，凱瑟琳！你以為我喜歡開著廂型車去賣馬飼料給農夫嗎？我以前是測量師。在威斯頓當一整個分處的經理。但忽然間，人力資源處認為雇用一個曾因為謀殺被警方問話的人不太好。沒有逮捕，沒有指控罪名，沒有審判，也他媽的沒有定罪！只有問話，然後就釋放我了。

「那是個錯誤！」他吼道，「不是我的錯誤，而是警方的錯誤。但是因此受苦的人不是他們，只有我。」

亞當因為回憶而憤怒地咬緊下頜。

「所以我失去了我的太太和我的工作，還欠了債，以為自己這輩子完了……」

他握住她的手，冷靜地說：「直到我遇見你，凱瑟琳。你救了我，真的。你給了我振作起來的力量，你給了我機會從頭開始。現在我們一起開創了全新的生活，我唯一想做的就是愛你、愛我們的寶寶，所以我工作得好努力，想要給你們應得的一切，因為我好幸運能有你們，能有另一個機會把這件事做好……」

亞當驚奇地搖著頭。接著他的聲音又變得不平起來。

「然後這個小屁孩闖入我們家。忽然間，我又開始害怕起來，擔心同樣的事情會再發生一次。他提出威脅和指控。他跟你撒謊。他說他是艾玲．布萊特的兒子，但這是真的嗎？我們沒有證據！或許他發現某個認得的東西，上頭有我的名字，就策劃出某種計畫想勒索我們。也或許他就是瘋子。誰曉得接下來是什麼？他會威脅要告訴你的朋友嗎？或是告訴我的老闆？去路燈柱上頭貼傳單？我已經受過那種罪，凱瑟琳，這種事，連我最討厭的敵人，我都不希望發生在他身上。那種別人看你的表情，那種竊竊私語，你一進房間大家就停止談話……老天！如果一切又要從頭再來一遍，而且連你也要遭殃，那你要是離開了，誰能怪你呢？

「所以這就是為什麼我都沒告訴你，因為我太害怕失去你和寶寶。要是這種情況再次發生，我真的會活不下去……」

他停下，講得氣喘吁吁、情緒激動，他緊握著她的一隻手，彷彿那是唯一能讓他保持理智的方法。

但是凱瑟琳不覺得理智，只覺得情緒一片紛亂。太多事情了，她沒有辦法一口氣消化。她深愛的男人向她袒露內心，說出自己人生中的一大創傷。一次嚴重的不公義。但她沒有對他生出莫大的愛意與支持，只感覺到一種低沉的、隆隆的恐慌聲響。她還記得看過新聞報導，地震倖存者說他們腳下的地面忽然變成液體，像巨大的海浪湧動。那就是她現在的感覺。彷彿她曾在結實的地面上蓋的某樣東西，忽然間變成了海洋。而現在她在這裡，撐靠在門邊，不曉得要留下來度過一切，還是離開唯一的保護，游過一片冰冷黑暗的水域，完全看不到陸地。

媽媽從來就不喜歡他。

這個忽然冒出來的想法，讓凱瑟琳差點笑出來。她之前總以為這種不喜歡是嫉妒，以為她母親只是發現自己不再是獨生女的人生中最重要的人，無法接受。

或者她母親的偏見是源自另一個地方？源自經驗？源自內心的直覺？

凱瑟琳實在不知道，無法判斷。她已經失去了所有的客觀性。

在那個胖警察出現之前，她以為自己懂得大部分事情。現在她什麼都不懂，且覺得自己大概永遠也不會懂了。

「凱瑟琳？」亞當哀求。「拜託說點話。拜託跟我談。」

但是凱瑟琳不曉得要說什麼。

她緩緩從他手裡抽回自己的手。在他們身體相連的狀況下，她無法清晰思考。

然後她想到自己肚裡的寶寶。

然後她想到，無論亞當是否碰觸她，他們都已經緊緊相連。這輩子都斷不掉了。

馬佛交代今天早上八點在訪談室開會。雷諾茲七點四十五分就到了。等待的時候，他緊張地重溫一次那個可怕的巧合。

隔壁那家人不對勁……那男孩看起來根本只有十二歲……她會把我的圍籬壓壞，到時候誰要賠？不會是那個髒兮兮的哥哥，這點很確定！

那個髒兮兮的哥哥就是金髮賊！

雷諾茲好懊惱自己怎麼會沒發現。說沒發現是「刻意忽略」的委婉說法。因為只要少許好奇，一絲疑心，一丁點努力，他就能揭發真相。然後他就會成為英雄。幸運的英雄沒錯，但畢竟是英雄。

現在當不成英雄了。他現在唯一能期望的，就是沒有人會發現。馬佛昨天跟他母親講過話，卻居然沒推斷出二加二等於四，讓雷諾茲奇蹟式地逃過一劫。他覺得運氣好到實在難以置信，於是擔心得坐立不安。

另外，他真希望自己沒在筆記本裡頭那麼得意地敘述自己獨力逮捕那個調皮的罪犯，金髮賊。

我悄悄撲向嫌犯……

寫的當時覺得這是實話，但現在一想到任何人會發現真相，他就覺得臉紅。事實上，自從他母親搬到新家之後，他就隨時可以翻過他母親後園的圍籬，去撲向嫌犯了。

雷諾茲嘆了口氣，一隻手撫過頭髮。

他現在老是用手去摸頭髮，像是某種不自主的肌肉抽搐似的。手指撫過頭髮的感覺似乎比較沒有阻力，好像頭髮真的就是稀疏了一些。夜裡他會夢到自己禿頭而驚醒，然後就一直摸自己的腦袋好確認。

萊斯和派洛特在快要八點時進入訪談室。萊斯一邊吃著她昨天買給傑克．布萊特的三明治，是乳酪洋蔥口味的，雷諾茲隔得老遠就聞得到。

馬佛八點後過了幾分鐘才進來，把金髮賊的檔案夾啪地一聲放在那張小桌子上。

「好。昨天從頭到尾就是一場災難。唯一的好處是傑克．布萊特逃離我們的扣留，省得我們要因為技術性原因釋放他而丟大臉……」他暫停一下，剛好足以讓雷諾茲準備好，然後又繼續，「這給了我們機會，下回可以把事情做正確。」

雷諾茲放在桌上的手機震動起來，他看了螢幕一眼。

帕思摩先生。

天啊。他真不需要被提醒他搞砸的另一件事！

「你想接就接吧，」馬佛聳聳肩。「我們等你。」

雷諾茲起身走出去，進入走廊，清楚意識到他們都沉默等著，在聽。他接了電話，沿著走廊繼續往前走，進入門口的接待區，坐在三張塑膠椅的其中之一。

帕思摩先生的保險公司拒絕了他的理賠，他氣壞了。他要求雷諾茲介入，要求他過去重新調查現場。他要求正義，該死！他要求要有一架新的電視機。

雷諾茲張嘴想說，他們已經逮到金髮賊了，破壞房子的不是他，但帕思摩氣得不可理喻，於是雷諾茲又臨陣退縮了。他只是講了些搪塞的話，然後掛斷電話，雙肘架在膝上坐了一會兒，瞪著自己亮晶晶的皮鞋。他幾乎沒注意到門打開，兩個人推著一輛嬰兒車進來。直到其中一個人還沒到櫃檯前就停下來，站在雷諾茲面前說：「嗨，」他才抬頭，看到傑克．布萊特。

「喝！」雷諾茲喊道，驚訝得口齒不清。他跳起來緊緊抓住傑克的一隻手臂，儘管那男孩根本沒試圖掙脫。

「傑克．布萊特！」他大聲說，看著四周想尋求後援——或觀眾——但櫃檯職員不見人影。「傑克．布萊特，我要以涉嫌入室盜竊逮捕你！你不必說任何話，但是如果你不回答問題，日後在法庭上可能會對你的辯護不利！」

他停下來喘口氣，心臟怦怦跳。布萊特很有禮貌地等著他講完。「你所說的任何話，都可能被當成證據。這些權利你明白嗎？」

「是的。」那男孩說。

然後另一個人開口了。推著嬰兒車的那個。雷諾茲這才第一次正眼看著他。那是個穿著工裝短褲的青年，沒有腿毛，也沒有眉毛。

他看著傑克說：「老弟，你確定你明白嗎？不管他們想告訴你什麼，你反正都一定會進去了。」

雷諾茲立刻被激怒了。「你是誰啊？」

「這位是我的朋友，」傑克說，「他懂所有關於刀子的事情。」

「真行啊，」雷諾茲說。然後他看到那個紅鼻子女警又回到櫃檯後方。「我們這裡有未成年嫌疑犯，請值班律師過來。說很緊急！」

然後他轉向傑克．布萊特說：「跟我來。」帶他沿著走廊走向訪談室，腳步帶著一種新的活力。

去他的馬佛！他心想。他逮捕了金髮賊兩次——而且一次比一次好了。

「光滑」路易斯・卜瑞吉拿起那個裝著謀殺兇器的證物袋。

「可以拿出來嗎？」

「不行。」馬佛說。

路易斯嘆氣，弓身湊得更近，把塑膠袋緊貼著那刀子，以便更仔細檢查。

他們全都不知不覺地往前湊。巴茲站在傑克的膝蓋上，胖胖的雙掌張開按著桌面，跟其他人一樣專注觀察著。

訪談室裡唯一的聲音，就是影印機從牆上吸出電力、好讓它小小的綠燈保持發亮的聲音。

最後路易斯放下袋子。

「這是一把ＶＣ刀。」

「那是什麼？」馬佛問。

路易斯又趕緊拿起證物袋，好像之前放下是個錯誤。他在手裡把那證物袋轉了又轉，一面說著話，幾乎沒抬頭看別人。

「ＶＣ是全世界最頂尖的三個或四個刀匠之一。我的意思是，有他和傑・費雪和吉爾・希朋。巴斯特・華倫斯基或許也算，不過他現在主要是做藝術刀。黃金和珠寶那一類的。」

然後他抬起眼睛看一眼，大家都茫然望著他。

「從沒聽說過這些人。」馬佛說。

路易斯盯著刀子，繼續熱心地說：「他們是製刀界的大明星。這些全是手工的訂製刀，沒有時間、材質、金錢的限制。而ＶＣ更是頂尖中的頂尖。這是〇〇七情報員詹姆士・龐德的等級。刀界的匿蹤轟炸機。」

大家佩服得沉默半晌。然後雷諾茲清了清嗓子。「你有什麼專業資格？」

「我的專業資格？」

「是啊。你憑什麼說自己是專家？」

「我知道專業資格的意思是什麼，」路易斯冷冷地說，「我的專業資格是我懂這些狗屎，而你們不懂。」

接下來是一段尷尬的沉默。巴茲睜大眼睛看著大家，然後低聲說：「爹地說狗屎。」

馬佛大笑，路易斯則說：「是啊。對不起，小朋友。爹地不乖。」

巴茲得到了道德優越的新地位，又說：「燕麥粥！」

「再等一下，小朋友。」

「那我們要去哪裡找VC？」馬佛問。

路易斯咧嘴嘲笑他的天真。「你們找不到，」他說，「根本沒人知道他是誰。他是完全沒人找得到的。從來不參加刀界集會；從來不接受採訪。只是待在家裡製刀。很認真的刀，給認真的人，賣很認真的價錢。」

「他的基地在哪裡？在這個國家嗎？」

「誰曉得？」路易斯聳聳肩。

「到底是什麼樣的價錢？」雷諾茲問。

「這個嘛……我認識一個傢伙曾擁有一把VC。他用來還清了四千鎊的債。」

「四千鎊？」馬佛說。

巴茲模仿他震驚的表情說：「四千鎊？」路易斯大笑起來。

「沒錯，巴茲。四千鎊。而且那不是新刀，也不是針對個人特別設計的。我從來沒親眼看過VC刀，只看過照片，所以這是個驚喜。」他對著證物袋裡的那把刀搖頭，好像不太敢相信自己親眼看到。

「讓我看。」巴茲說，但路易斯拿著讓他搆不到，在手裡轉來轉去，凝視著、瞇起眼睛，想看得更清楚。還隔著塑膠袋撫摸刀子，設法握著刀柄。

「刀身是鈦。這就是為什麼刀子這麼輕，懂嗎？而且不會腐蝕。另外刀柄最可能是鮑魚殼。」

「那是什麼？」馬佛問。

「是一種珍珠母，但是結實得不得了。珍珠母並不貴，你知道，所以VC使用鮑魚殼是為了它的結實度，而不是價值。這把刀刻意打造得很耐用。」

「你對刀懂得還真多。」馬佛疑心地說。

路易斯聳聳肩。「每個人總是會對某件事物懂很多，」他說，「而我的某件事物，就是刀。」

他把那刀虔敬地放在桌上，聲音裡出現了一絲傷感。「你知道，他們說實際握著一把VC就像是……」他搖搖頭。「不曉得。有魔力吧。」

他不好意思的笑了，然後一隻拇指撫摸過自己的下巴，好像在挑釁可有半點鬍碴敢冒出頭來。那些鬍碴都不敢。

巴茲嘆氣搖搖頭。「四千鎊。」他又說了一次——然後他偷偷想去抓那刀，路易斯則抓住他，大笑著把他抱離傑克的膝蓋，放在自己的大腿上摟著。

馬佛在他那張不結實的椅子上往後坐，仔細打量著路易斯。「這一切你都很確定？」

「我盡量，」路易斯說，「拇指柱上的那顆鑽石是ＶＣ的標記。當然別人有可能仿冒。隔著塑膠袋不是能完全看清楚，但是刀子的品質可以確認是ＶＣ的刀。使用的材質都是頂尖的，而且那個簡潔的外形……就是厲害。」

他暫停，然後又補充：「但是我得握握看，才能完全確定……」

馬佛微笑搖頭。「抱歉了。」

路易斯聳聳肩，也露出微笑，但雙眼一直回到那把刀。

「ＶＣ是什麼意思？」馬佛問。

「應該是姓名縮寫吧。」

「他會是在什麼商業場所裡工作嗎？比方一家工廠？」

路易斯搖頭。「不。這種訂製刀是小規模、高毛利的行業。我的意思是，巴斯特．華倫斯基曾經花了五年打造一把刀！需要的工具很大很笨重，但是都不會佔據太多空間。這傢伙有可能是在他家花園裡的工具小屋裡工作的。」

馬佛點頭，重新調整、重新想像……他拿起那個證物袋，顯然態度比之前鄭重許多。「所以這把刀不會是幾千把之一了？」

路易斯大笑，拚命搖頭。「只有一把，老兄。只有他媽的一把。」

「燕麥粥！」巴茲抱怨道。

「好啦，豬小弟。親爹地一下，我們就回家吃早餐，好嗎？」

巴茲只好親了，路易斯站起來把他放回嬰兒車要離開。

「謝謝你跑這一趟，大哥。」傑克低聲說。

路易斯轉頭朝傑克微笑，好像房間裡只有他們兩個人。好像他們坐在運河邊的長椅上，旁邊有翠鳥飛掠而過，巴茲在河邊餵鴨子。

「之前那事情我很抱歉，老弟。祝你好運了。」他伸出一手，傑克握了。「你轉告你老頭，他想要的話，隨時可以去我圍籬場工作。那裡完全合法、有交稅的，所以工作時間很長，薪水很爛，不過歡迎他來。」

傑克點頭，只能低聲說「謝了」，然後看著路易斯和巴茲離開。

接下來有好長一段沉默，最後馬佛開口了。

「很有趣的小夥子。你是怎麼認識他的？」

傑克只是聳聳肩。

馬佛把玩著那個證物袋。

「現在怎麼辦，長官？」站在掃把旁邊的派洛特說。

馬佛在那把不穩的椅子上往後靠坐。「我想，我們該去見見亞當·懷爾了。」

馬佛刑事總督察敲了懷爾家的前門，這是兩天來的第二次了。他和萊斯站在門口等人開門的時候，他準備好要用公務口吻對付懷爾太太。如果她提起昨天見面時他的行為，他就打算要趕緊訓斥她。他可不想讓她有大作文章的機會，或者開始談她的「權利」。要是她敢談，馬佛會用毫不含糊的辭句提醒她，她在一個警官執行公務時攻擊他，所以採取指控姿態對她會比對他不利很多。不管有沒有懷孕都一樣。法律是不會對歇斯底里特別寬容的。

不過，他看到門上礫紋玻璃後頭有個人影走近時，還是雙掌冒汗。

結果那不是凱瑟琳·懷爾。而是她丈夫，滿臉鬍碴，雙眼凹陷。

「懷爾先生嗎？」

「是的？」

馬佛舉起自己的警察證。「我是馬佛刑事總督察。這位是萊斯刑警。我們可以進去嗎？」

「是有關什麼事？」

「艾玲·布萊特。」

亞當·懷爾臉上掠過一抹走投無路的神情，一時之間，馬佛以為他會逃跑，或是掏出一把槍來。

「我的天啊！」他生氣地說，「你們想從我身上挖出什麼三年前沒查到的東西？只不過在路側停車帶撒個尿，我就成了他媽的開膛手傑克了！」

「冷靜點，懷爾先生。」馬佛說，但其實只因為講這話保證能惹得對方更氣。馬佛向來做好對戰的準備，而且喜歡故意刺激他認為可能是嫌疑犯的人。

或不是嫌疑犯也一樣。

但今天的這個場合，亞當・懷爾倒是冷靜一點了。他嘆了口氣把門拉開，自己轉身往裡走，而馬佛和萊斯則跟在後頭。等到三個人都進入深紫紅色調的客廳，懷爾轉身面對他們。「對不起，」他說，一手撫過頭髮。「我今天過得很不好。」

「我們很遺憾，懷爾先生，」萊斯同情地說，「發生了什麼事嗎？」

他含糊地揮了一下手，嘆氣道：「汽車出了毛病、工作出了毛病、老婆出了毛病，說得出來的都出了毛病。」

難怪，馬佛心想。他估計亞當・懷爾因為自己保密的過去被揭穿，被他太太狠狠責備了一頓。很好。

「人生就是這樣，嗯？」萊斯嘆氣說，「就像雲霄飛車。」

「一點也沒錯。」懷爾說，甚至還對她露出微笑，好像她那套老生常談真的能幫他想開一點。馬佛忽然很慶幸找了個女警跟他來。在這種互動中，就能看出女警的價值。

而且她之前還幫捕捉屋買了個開瓶器。

「你太太人呢，懷爾先生？」馬佛問。

「去看她母親了。」

「她娘家就在附近？」

「威希浦。」

馬佛頓了一下，然後說：「我不曉得那是哪裡。」

「在艾斯荒原。」萊斯說，於是馬佛點點頭，假裝知道那是哪裡。

「我們昨天過來的時候，沒碰到你。」馬佛說。他故意說「我們」，因為他昨天的行為可能會引發問題。要怪給另一個不存在的同事，感覺上比較容易說出口。

然後他切入正題。「我們來，是有關你的VC刀。」

他原先希望在對方沒有戒備的狀況下，能引出一點慌亂的反應，讓他加以利用。但結果一點效果也沒有。

「有關刀子的什麼？」懷爾說。

「可以讓我看一下嗎？」

「當然可以。」懷爾說，接著手放到口袋裡。

如果那把刀在屋子裡，那就一定是放在他的口袋。馬佛想起安琪拉．懷爾說過的話。

他伸出手。「可以嗎？」

懷爾猶豫了，彷彿是被要求把他的第一個小孩遞給一隻狐狸。

然後他交給他。

馬佛低頭看著那把刀。傑克．布萊特說得沒錯。的確是一樣。

但是這把刀沒有因為塑膠袋而模糊不清，而且是一把絕美的刀……

鮑魚殼的花紋是一片湧動的暴雨雲，被那光滑、溫暖的刀柄捕捉並馴服，有如魔術般貼合他的手掌。他大拇指碰觸鑽石拇指柱，刀子就彷彿自己打開來！彷彿知道他想要它打開，於是在他施加任何顯著的壓力之前，它就自己打開了。沒有猶豫，沒有遲疑，沒有抗拒。那刀身像是活物般跳出來，等待著他的指揮。一側是鋸齒，另一側呈弧狀彎至刀尖。

的確是一樣的刀。

而且的確……有魔力。

感覺上太有魔力了，簡直讓馬佛難為情。他覺得自己跟這把刀好契合！而且他想要使用它。想要看它能做什麼。想要割、刺、劃。想要把自己的名字刻在什麼上頭。隨便什麼上頭！

他的大拇指小心翼翼地碰觸刀刃。它吻出了一道細細的血痕，令他戰慄。

「長官！」萊斯說，於是打破了魔咒。

馬佛又能呼吸了。

「你割傷了，長官。」

馬佛點頭。他流血的大拇指離開刀柄，免得玷污那鮑魚殼。他後悔的食指下令那把刀必須收起，於是刀身聽從，一聲不吭，彎身進入它的珍珠色刀鞘中。

他清了清嗓子，把刀遞還給懷爾。「我明白這種刀為什麼那麼昂貴了。你是從哪裡得到這把刀的？」

「這是我爸給我的禮物。」

「聽說這種刀值幾千鎊。好昂貴的禮物。」

「是啊，」他點點頭。「不過是我二十一歲的生日。」

「他是從哪裡得到的？」

「什麼意思？」

「我的意思是，他是在哪家店裡買的嗎？」

懷爾皺眉看著那把刀，用襯衫沒扎進褲子裡的下緣，擦掉馬佛在刀子上留下的痕跡，才把刀收回口袋裡。「老實說，我不知道。」

「或者是直接跟刀匠買的？」

他聳聳肩。「我不會曉得。」

「但是他會記得，不是嗎？」

「很不幸，他死了。」

「啊，真遺憾，」馬佛說，但聽起來一點也不遺憾。「他是什麼時候死的？」

「去年，」懷爾說，「癌症。」

「惡性腫瘤。」馬佛說。

「是的。」

「還有更糟糕的死法呢。」他沉吟道。

「我猜想是吧。」懷爾說。

「這可不是猜想，」馬佛說，「在我這一行看過的一些事情……」

他沒講完。只是瞪著亞當．懷爾，直到連萊斯都露出緊張的表情。

然後他說：「好吧，謝謝你花時間跟我們談，懷爾先生。」

「他在撒謊。」馬佛說，此時他們開著車逐漸遠離那棟房子。

「關於什麼？」

「我不曉得。」

「那你怎麼知道他在撒謊，長官？」萊斯問。

「很強烈的直覺。」馬佛說，「我問你，」他繼續，「如果兩個偵辦兇殺的警察站在你家門口，要求看你的刀，你不會想知道為什麼嗎？」

「換了我就會。」她說。

「我也是，」馬佛說，「但是他卻沒問。即使警方從來沒公布找到謀殺兇器的事情，所以他應該不知道偵辦艾玲．布萊特謀殺案的人為什麼會對他的刀子有興趣。」

萊斯點頭。「除非他知道他的刀子跟謀殺兇器很像。」

「沒錯。」

萊斯嘆氣。「但是那把刀不是謀殺兇器啊。」她說。

馬佛點頭，困惑地緊咬著牙。「把亞當．懷爾和這件謀殺案連接在一起的東西，偏偏也就是能讓他脫罪的東西。」

接下來他們沉默無語，一路開回警察局。

他們查到一個網站。

ＶＣ刀：重點在於完美。

這個網站好醜，字很多，而且是一大堆紅色和藍色的粗體大寫字母，穿插著驚嘆號、劃底線，還有怪異、憤怒的標題，例如**十個不該買ＶＣ刀的理由！和別問我你的ＶＣ刀什麼時候可以做好，因為我！不！知！道！**

不該買ＶＣ刀的理由包括**炫耀！、犯罪！**，以及**拆信！**

如果你沒有好理由去擁有一把ＶＣ刀——那網頁憤怒地教訓潛在顧客——**就不要買！**而對那些居然想要詢問他們訂製刀進度的人，ＶＣ有個非常特殊的訊息：

每回我不得不回覆有關你那把刀進度的詢問，你就會害我停下工作，冒著拖延或甚至毀掉一把刀的風險——有可能就是你的刀！

馬佛不是個性友善、隨和的人。但就連他都覺得ＶＣ刀網頁的口氣有點太……尖刻了。這個網站的重點似乎是要逼得人們不想買ＶＣ刀。

他咬牙輕吹一聲口哨。「真是個瘋子。」

「沒錯，」雷諾茲說，「不准犯罪！不然他以為那些人花四千鎊買一把獵刀，會要用來做什麼？幫水果削皮？」

偶爾裡頭會穿插一張刀的照片。而儘管網頁製作人——馬佛覺得應該就是ＶＣ本人——對這個網站的設計很陽春，但是刀子照片的拍攝風格，卻有一種簡直像是情色藝術的執迷。光線恰到好處，角度仔細安排過，配件也陳列得賞心悅目。每把刀都有適當的背景——一把野外求生刀斜倚在一張迷彩偽裝網上，旁邊是一隻陷阱捕獲的兔子；一把格鬥匕首夾在一隻仔細濺上泥巴的傘兵靴上；一把黑色碳纖維短劍放在一張維多利亞書桌上的燭光下，旁邊有一個裝了葡萄酒的高腳杯，陰影處有一個人類頭骨。這些幻想的靜態畫面，讓人覺得VC刀主人可以神奇地得到各種權勢——只要他們可以克服購買的重重難關。

關於購買，網站上沒有價錢的線索。顯然VC的經營方針是如果你還得問，那就表示你買不起。

最後雷諾茲終於找到唯一的聯絡資訊。在最後一頁的下方——小小的字體，夾在「創立於一九八八」以及有關照片版權的嚴厲通知（**照片版權是我的！！！**）——列出一個手機號碼。

「那是英國的號碼，」雷諾茲說，「至少我們知道他在這個國家。」

馬佛撥了兩次那個號碼。兩次都直接轉到語音信箱，裡頭沒有主人留言——只有十五秒的沉默，然後是一聲嗶。

他沒留話。

他倒是打到湯頓警察局，請他們用那個手機號碼做反向搜尋。

然後他跟萊斯和派洛特坐在那裡，看著雷諾茲漫無目標地瀏覽那個網站，在那些照片、小字體、句法中拚命尋找線索，希望能透露VC的身分和下落。

「慢著，」馬佛忽然說，「VC創立於哪一年？」

「一九八八，長官。」雷諾茲說，又回頭檢查了一次。

馬佛翻著史陶畢吉影印給他的那份艾玲・布萊特的檔案。

「三年前，一九九八年，懷爾在謀殺現場被警方抓起來時，是三十五歲。」

他們全都盯著他。

他繼續，隨著他逐漸想通，講話的力道也緩緩增強。「一個小時前，亞當．懷爾告訴我們，他父親送了這把刀給他當二十一歲生日禮物。」

他轉向萊斯，她點頭附和。

「但是這樣算起來，他應該是在一九八四年滿二十一歲。根據這個網站，那是VC刀匠創立之前四年。」

「所以這表示什麼？」派洛特問。

「表示這把刀不是他父親給他的。」萊斯說。

「誰給了他那把刀，很重要嗎？」雷諾茲問。

「不重要，重要的是他撒了謊，」馬佛說，「如果他沒有什麼好隱瞞的，為什麼要撒謊？我就知道他撒謊！」

萊斯咧嘴露出大大的笑容。「有時感覺就是事實！」

雷諾茲豎起眉毛。「長官，我覺得這種偵辦方式好像相當仰賴直覺。」

「一點也沒錯，」馬佛說，「當我覺得某個人是謀殺兇手，通常我就是對的。」

雷諾茲閉上眼睛片刻，明白眼前他再說什麼，都不能說服馬佛有其他想法了。

「那麼，那個男孩呢，長官？」他說，「我們真的得起訴他，否則就得釋放他了。」

馬佛還沒來得及回答，湯頓那邊回電了，他哼了一聲，在一張黃色便利貼上頭寫下地址。

然後他站起來，椅子發出一個好大的刮擦聲。

「去把那個小鬼帶來，」他說，「我們要去倫敦了。」

他們要去的其實不是倫敦，而是屬於大倫敦郊區的布羅姆利。不過離倫敦夠近，讓馬佛都開始講起他的倫敦東區腔了。

在後座，傑克．布萊特充滿興趣地四下張望，看著沿途的建築物愈來愈高，汽車愈來愈新，人們愈來愈豐富有趣。

他們沿著繁忙的街道緩慢前進時，馬佛忽然強烈想念起沙威瑪、柴油廢氣和黏著口香糖渣的人行道。離這裡不遠處，他在倫敦警察廳的最後一個案子以慘敗收場，慘得讓他知道自己在倫敦的時間結束了。

一個孩子失蹤了，一個孩子死了，一個孩子找到了。

他離開時，沒有跟任何人說再見，也沒有任何人跟他說再見。

但如果事情能像往常那樣，他明天就會回去了……

「你打算怎麼進行這件事？」雷諾茲問。

他們在路上沒討論過。三個小時的車程中，大家幾乎都保持沉默，只偶爾講一下路怎麼走，或是咕噥著該去哪裡上廁所。

之前在緬伯瑞休息站時，馬佛買了一桶特價的肯德基炸雞，因為這是神賜的食物，但那小鬼說他不餓。

雷諾茲吃了一個鷹嘴豆泥捲餅，配瓶裝水。這傢伙活得真沒意思。

「你打算怎麼進行這件事？」這會兒雷諾茲又問了一次。

馬佛很想說他們要踢開前門，用ＶＣ自己製作的刀子把他釘在地上，直到他承認自己把謀殺兇器賣給亞當．懷爾。

「一開始，先直截了當來。」他說，「你永遠不曉得什麼時候會走運。」

他們駛出鎮中心，進入住宅區，有了更多綠地，還有氣派的舊宅邸、一般公寓，以及醜陋的一九六〇年代方塊屋，那是戰時轟炸所造成的後遺症。

VC在坎伯蘭路的房子也是這類磚造方塊屋之一，有個雜草叢生的前院。

雷諾茲開車繞過轉角，花了好多時間把車子停進路邊一輛卡車後方的小空間。

「你在這裡等著。」馬佛說，傑克點點頭。

「你確定這樣好嗎，長官？」雷諾茲謹慎地問。

馬佛知道傑克．布萊特不會跑掉的。他比誰都想抓到殺他母親的兇手。要是他們失敗了，然後他才該擔心這小鬼會逃掉，以躲避金髮賊竊案的起訴。但在那之前，馬佛有把握傑克．布萊特不會亂跑。

他懶得跟雷諾茲解釋這一點。雷諾茲上過大學，讓他自己去琢磨出來吧。

「我可以聽收音機嗎？」傑克問。

「不行。」雷諾茲說，然後戒備地跟馬佛說：「我不會把車鑰匙留給他的，長官！」

就連馬佛也同意，把車鑰匙留下是太冒險了，於是他們讓傑克坐在車裡，兩人回頭繞過轉角，進入那條短短的巷道。

「我覺得帶那個男孩來很不妥當，長官，」雷諾茲說，「我們之前沒有法定監護人在場就問他話，而且沒有指控罪名就把他關起來，現在他又跟我們一起來這裡，我不確定為什麼……」

馬佛聳聳肩。「他可能會派上用場。」

「怎麼派上用場？」雷諾茲說。

「每個人都有他的用處，雷諾茲。一切都要看狀況。如果到頭來他沒用處，我們就帶他上M5高速公路，回去用金髮賊的竊盜罪控告他，也不會有什麼壞處。」

「他都還沒見過律師，長官。」

「唔，我們也還沒正式訊問過他啊。」

「到現在快要滿二十四小時了！我們如果不對他提出控告，就得放他走了。」

「冷靜點，雷諾茲，」馬佛說，「別忘了，是他來找我們的。我們叫他不要講話，是他堅持開口的。他想跟我們談條件。另外，因為你那個搞笑逮捕，他大部分時間根本沒有被合法羈押。」

雷諾茲緊抿著嘴唇，沒再說話，兩人一起進入那棟房子的前院。破爛的草坪上有個漆得很鮮豔的地精，上頭裝了個攝影機對著他們。馬佛往上看了一眼，看到屋簷下有個黑色的監視攝影機。一面「出租」的牌子斜靠在鐵絲圍籬的內側。

雷諾茲敲了門，兩個人都拿出自己的警察證。隔著毛玻璃門，一個人影走近，馬佛做好準備。但開門的是一個小個子、衣著過時的女人，年紀應該是五十來歲後段。她戴著厚厚的眼鏡，一頭灰髮剪成保守的鮑伯頭，套頭毛衣上有一隻貓追著毛線球的圖案。

「哈囉？」她提防地說。

「哈囉，」馬佛說，「我是馬佛刑事總督察，這位是雷諾茲刑事警佐。」馬佛舉起警察證讓她看，她認真端詳著。「我們是為了VC刀來拜訪的。」

「啊，」那女人說，「你們要找的是我兒子。他不在這裡。」

「請問你兒子叫什麼名字，夫人？」雷諾茲問。

「克里斯多佛。」

「姓呢？」

「柯利德，」她說。「克里斯多佛・柯利德（Christopher Creed）。」

馬佛皺眉。「我們還以為VC是刀匠的姓名縮寫。」

「我想是維多利亞十字勳章（Victoria Cross）的縮寫，」她說，「不過等他回家了，你們可以自己問他。」

「太好了，」馬佛說，「他什麼時候會回來？」

「星期二，」她說，「他去蘭薩羅特島了。」❹

「狗屎。」馬佛說。今天是星期五。

雷諾茲平靜地微笑。「我們可以打電話給他嗎？」

「打給克里斯多佛？」柯利德太太說，一臉驚訝。「我不曉得要怎麼打！」

「他沒有手機嗎？」

她一副沒有把握的表情，然後說：「唔，他有手機，但是我不曉得他是不是帶去度假了。」

大概就是他們之前打過的那個號碼，馬佛心想。「你知道他住在哪家旅館嗎？」

「不知道，」她惋惜地說。「他沒說哪家旅館。但是蘭薩羅特島非常小，不是嗎？地圖上小得幾乎看不到！你們不能打電話去那個島上，問他住在哪裡嗎？」

老人，馬佛心想。媽的一點概念都沒有。

---

❹ Lanzarote，西班牙加納利群島最東端的島嶼，觀光業發達。

他搖搖頭，懊惱地吐出一口大氣。就在這棟房子裡，或是後頭的某個工具小屋裡，全世界最優秀的刀匠顯然把他的刀子賣給有錢人，其中應該還有罪犯。他很想見見這個人，即使只為了確定他腦袋裡那個克里斯多佛・柯利德的形象。他是個方下巴、當過海軍陸戰隊的壯漢，用有著戰爭疤痕的手指和正義的熱情碾磨著鈦合金？或是某個懶惰、幼稚的胖子，穿著內褲吃洋芋片，一手厲害的金屬工藝技巧源自對《魔戒》的著迷，而能夠淬鍊到完美的地步，純粹是因為他從不離開臥室？

有可能是其中之一，也可能都不是，或者是兩者都有一點。

他們大老遠跑來！他不想空手而回。

「我們可以進去耽誤你一點時間嗎，柯利德太太？」

「當然可以，」她說，「我很少有訪客！你們要不要喝杯茶？」

「謝謝。」

柯利德太太帶著馬佛和雷諾茲進入客廳，然後自己去泡茶。

這屋子裡有股怪味。金屬味？酸性物質？馬佛不曉得製刀的流程，但或許就會產生這種氣味。壁爐台上有一張褪色照片，是一個小男孩。他猜想就是克里斯多佛，不過其實很難想像長大後的樣子。

除此之外，整個客廳裡都是跟貓有關的東西。

瓷貓、木貓、編織貓、毛氈貓、貓門擋、貓空氣清淨劑、貓花瓶、貓燈罩、貓窗簾、貓椅墊，貓、貓、貓。

柯利德太太用托盤端著茶回來。她從瓷壺倒出茶後，將茶壺放進一個貓咪保溫套內，然後把貓咪茶杯放在貓咪杯墊上。

「你喜歡貓？」馬佛說。

「啊，我愛貓！」她大聲說，熱切的雙眼被眼鏡放大了，有點令人討厭。「你愛貓嗎？」

「我愛貓。」馬佛說。

他恨貓。受不了那些自命不凡的小渾球。但為了得到資訊，他就完全沒有節操了。

她滿面笑容看著他。「他們就像有毛皮的小孩。」她點著頭做夢似地說。

「談到小孩，你一定很以克里斯多佛為榮，」雷諾茲說，「我知道他在自己的事業領域相當有名望。」

「應該是吧，」柯利德太太嘆氣。「我知道他很擅長自己的工作，但是我真希望不是刀子。它們那麼……」她苦苦搜尋著完美的字眼，想了好久，才終於說鋒利。

馬佛一副了解的態度贊同道：「是啊，刀子是很鋒利。」

「我老是擔心他會割到自己，你知道？」柯利德太太說。

「我很確定他會採取各種預防措施的，」雷諾茲安慰她。「畢竟，他很專業啊。」

柯利德太太朝他露出小小的微笑。「希望你是對的，雷諾茲先生。吃塊餅乾吧？」

馬佛拿了一塊巧克力口味的波旁餅乾，雷諾茲拿了蛋奶凍夾心餅乾。都是傳統口味的老人餅乾。

「或許你可以幫上我們。」馬佛說，雖然他很懷疑。

柯利德太太啜著她的茶，然後把茶杯放回碟子裡說：「當然了，如果我辦得到的話。」

「是一件很簡單的事，」馬佛說，「我們只是必須查出克里斯多佛是不是賣過一把刀給某位顧客。如果你可以讓我們看他的紀錄，我相信我們很快就可以查到了。」

「哎呀，」柯利德太太說，「克里斯多佛不在的時候，我沒辦法進去他房間的。他鎖上了，你知道？」

「你沒有那道門的備用鑰匙？」馬佛問。

「啊沒有！」柯利德太太搖著頭。「即使我有，如果我趁他不在的時候進去，他會非常生氣的。你知道男生對他們的東西都是那樣的。」

馬佛渴望又懊惱。他跟他想要的資訊之間，就只隔著一道薄薄的臥室門。他大概可以把門撞開，或者叫雷諾茲去撞開。現在他得離開，過幾天再來！即使到那個時候，他也還是需要一張搜索令狀，否則他沒有充分的理由搜索這棟房子，而要找到充分的理由，可能要花好幾個星期。

馬佛花了很大的力氣不要讓他的懊惱表現出來。柯利德太太不是她兒子，而她兒子不是罪犯。還不是。所以他不能把她當成罪犯對待，無論他有多麼想。他這星期已經試圖錯誤地銬住一個懷孕的女人，現在可不能在他的羞愧清單裡，再加上一個穿著貓咪圖案毛衣的老太太。

「那把刀子出了什麼問題嗎？」柯利德太太問。「因為克里斯多佛從來沒接到過任何有關刀子的指控。要是他聽到有把刀出了問題，我相信他一定會很擔心的。」

她看起來是真的很焦慮。

「其實跟刀子無關，」馬佛安慰她。「我們是在調查擁有一把VC刀的男人。」

他從內側口袋掏出那把刀，放在餅乾旁的茶几上。柯利德太太注視著塑膠證物袋裡面的刀子。「唔，它不是很漂亮嗎？」她說，「你們確定要找的是一個男人？」

「我們假設是這樣。」馬佛說。

柯利德太太朝他露出恍惚的微笑。「可不要隨便假設啊。」

「我母親也老是這麼說，」雷諾茲說，「不過以刀子的狀況，這是個相當合理的假設。」

「唔，馬佛先生，我希望這刀子沒用來犯罪吧？」

「恐怕是有，」馬佛說，「一樁非常嚴重的罪。你看刀身最底下的那個深色物質？那是血。」

柯利德太太盯著塑膠袋裡的刀。「可是非常黑啊。」她說。

「已經是很久以前的了。」馬佛說。

「唉呀，」柯利德太太說，「我不敢相信克里斯多佛會把刀賣給一名罪犯。他在網站裡特別說明他的刀不能用於犯罪的。」

馬佛盯著她看，怕她有可能會是在諷刺。

顯然她並不是。顯然她真的相信，只要你告訴人們不要犯罪，他們就會聽從！

「唔，」他說，「一旦你把東西賣給別人，就很難知道他們會拿來做什麼，不是嗎？」

「應該是吧。」她說。

「所以你不會知道跟克里斯多佛買了這把刀的是誰？」

「是啊，」她說，「不過他的顧客群是非常固定的一群人，我很確定他根本不必看紀錄，就可以告訴你是誰買的！」

「等到星期二。」馬佛說。

「沒錯，等到星期二。」她說。

馬佛點頭，皺起嘴唇。這是個僵局。克里斯多佛·柯利德在蘭薩羅特島，光是期望也沒辦法讓他回家。

他嘆了口氣，從皮夾裡拿出一張名片，遞給柯利德太太。

「這是我的電話號碼，」他說，「如果你想到什麼事情可以幫得上忙，就打電話給我。或者要是克里斯多佛打回家，請把我的號碼告訴他。」

「那當然。」她說。

他們喝完了茶，該離開了。

馬佛很不想走。他覺得離自己需要的資訊這麼接近了。

他看了雷諾茲一眼，想著或許他能想出什麼轉變情勢的花招。

「我想多看一些他的刀，」雷諾茲突然說，「我們聽說了好多。」

想得好，雷諾茲！馬佛朝他讚許地點頭。他碰到過的每個母親都認為自己的孩子很特別——甚至是沒出生的孩子！所以何不利用一下柯利德太太對她兒子的自豪感？何不讓她炫耀他的作品，像其他媽媽炫耀蹩腳的樂高積木或冰箱上的手指畫呢？

「唔，」她皺眉。「東西都在他房間裡——我嚴格規定他不准把刀子放在屋裡其他地方，你懂吧？不過他幾年前做了一把小折刀，送我當生日禮物。你想看看嗎？」

「拜託。」馬佛說，令他驚訝的是，她立刻從她燈心絨裙子的拼綴布口袋裡掏出來。

乍看之下，那把刀並不起眼。幾吋長，黑色的刀柄很平。微微彎曲，拇指柱上有一顆小鑽石。柯利德太太大拇指輕輕一彈，刀身就展開來。刀身長度不到三吋——法律規定可以隨身攜帶折刀的長度上限。

馬佛很失望。

「非常不錯。」他說

「非常漂亮。」雷諾茲說。

「不、不、不，」柯利德太太說，「你們不明白。」

馬佛有點意外。這個女人隔著厚鏡片看他，眼神有點不以為然，像他小時候學校的老師。

「你必須握在手裡……」柯利德太太折起刀子，塞在他手裡，然後讓他的手指包住刀柄。

馬佛覺得一陣戰慄傳遍全身——那是一種身體反應，從他的手開始，往上傳到他的胳臂，再到他的頭部。那種感覺並不愉快。一時之間，他覺得幾乎想吐，於是像隻狗似的舔舔嘴唇。

然後他展開刀，再一度感覺到某種好怪異、好無名、好陰暗的感覺傳遍全身，讓他覺得暴露，毫無遮蔽。

「這把刀有陶瓷的樞軸承，」柯利德太太說，「這就是為什麼開闔時這麼順暢，你懂吧？」

馬佛默默地點點頭。他折起刀子，然後又展開。他曾體會過這種感覺。被擄獲了，被迷住了。

那是一種魔力。

「刀身是鈦做的，」柯利德太太說，「刀柄和拇指柱是碳纖維。另外你看到鑽石了嗎？那是克里斯多佛的特有標記。他的鑽石是跟阿姆斯特丹一個奇怪的小個子男人買的。我覺得非常有型，你不覺得嗎？」

她微笑，馬佛也微笑。的確是很有型。那顆小鑽石在黑色的碳纖維拇指柱上閃閃發亮。

他展開刀又收起，展開刀又收起。再度展開。

「另外你看看，刀身跟刀鞘很密合。間隙是兩千分之一吋。」

她一定是看出馬佛雙眼中的無知，因為她接著解釋：「全世界最厲害的幾個刀匠，能做出二十分之一吋就很高興了！」

馬佛更慢地收起刀。看著刀身像被一根看不見的線拉進刀柄中。收起時，刀背看起來像是一整塊結實的金屬。只有轉向燈光時，才能看出裡頭藏著薄薄一片刀身。

「非常精巧。」他說，是真心的。

「是啊，而且很不容易製作。」柯利德太太繼續說，「鈦合金的細粉非常易燃，絕對不能累積。所以磨刀身要非常、非常慢。鈦粉要直接扔進一桶水裡，免得整個房間爆出火焰！」

講到這裡，她大笑起來。

馬佛也大笑，很好奇她家的保險公司是否知道鈦粉和水桶的事情。

然後柯利德太太伸出手，馬佛不情願地把刀放到她的手掌裡，覺得自己像是在音樂課末尾要把鼓交還的小孩。

「謝謝。」他說。

「克里斯多佛這把刀的確做得很好，」她嘆氣道，帶著明顯的驕傲。「你們星期二再來，馬佛先生，我確定他會很樂意協助你們的。」

馬佛拿起那把裝在證物袋裡面的鮑魚殼刀。「謝謝你的協助。」

「不客氣，馬佛先生，」她說，「雷諾茲先生，再會了。」

他們走出去，回到車上。

一如馬佛早預料到的，傑克・布萊特還在那兒。

「怎麼樣？」他問，「你們見到他了嗎？」

「他不在家，」馬佛說，「我們剛剛跟他母親談了，但她沒辦法給我們任何資訊。」

他們坐在車上一會兒，雷諾茲一手輕握著車鑰匙，放在一邊大腿上，打了個寒顫，那是全身顫抖，一種詭異的預感，然後他難為情地大笑起來。

「你是怎麼了？」

「只是有點冷。」雷諾茲說，還是沒有發動車子。

他們沉默地坐在那裡。

馬佛覺得好怪異，彷彿才剛從一場夢醒來。那些該死的貓！那個令人想吐的寒顫讓他胃裡翻騰。另外那個刀身自行彈出來，順暢得就像滑溜的奶油。

這些都是實際發生過的嗎？

這場拜訪宛如出自童話故事中的情節。他像是被施了魔法——不過是一種陰暗、可怕的魔法。

愚蠢！

愚蠢？

他設法甩掉那種感覺。然後他把那鮑魚殼刀舉向車窗，好看得更清楚。他幾乎就要打開袋子的封口，把刀拿出來了，只為了重新體會一次那種震顫……

「我不冷，」雷諾茲忽然說，「而是有點……毛骨悚然。」他難為情地看了馬佛一眼。「有個什麼，是關於那屋子，或是她，或是那個氣味。你注意到了嗎？」

馬佛點點頭。他全都注意到了。

雷諾茲又繼續說：「感覺上就好像有個我們根本不知道的人，在那裡觀察我們。」

「除了那個地精？」馬佛諷刺地問。

「是的。」雷諾茲說，馬佛點點頭。

這是第一回他們對某件事有共識。馬佛不太相信這種事往後還會再發生。

「你認為柯利德在屋裡？」雷諾茲問。

馬佛皺著嘴唇。「我想完全有可能。屋子外頭有個監視攝影機，他有可能到處都裝了攝影機。刀子迷。保全迷。監視一切。」

「連他母親都不准進他房間，」雷諾茲點頭道，「聽起來是那種偏執狂。」他緊張地回頭看了一眼，好像以為克里斯多佛．柯利德可能就站在車旁——像鬼魂一樣突然出現，揮舞著一把VC刀……

「如果真是這樣的話，那他母親就是個很高明的撒謊精了。」他說。

「她很迷貓，」馬佛聳聳肩。「誰曉得她有什麼本事。」

雷諾茲大笑。

「但是她的確讓人毛骨悚然，」馬佛小心翼翼地說，「她遞給我那把刀的時候，碰了我的手。搞得我幾乎想吐。我本來以為是吃了炸雞的關係，但現在……」

「你覺得我們應該監視這裡嗎？」

馬佛咕噥著。「只有我們？」

「還有我！」傑克說。

他們兩個都不理他。

雷諾茲聳聳肩。「我們可以訂個旅館，現在先去睡兩個小時，然後天黑了再過來，看亮燈後屋裡還有誰。」

「我想我們應該這麼做！」傑克說。

他們兩個繼續不理他。

雷諾茲又說：「我知道希望不大。但是如果她撒謊，克里斯多佛．柯利德其實在家，那我們就有理由去申請搜索令狀了。我們唯一要找的，就是一張紙，上頭有亞當．懷爾的名字……」

馬佛點頭。只要能找到任何懷爾曾購買ＶＣ刀的紀錄，這個案子就無可避免地會開始朝向正確的方向進行了。

謀殺的方向。

布羅姆利不是什麼旅遊勝地，不過知名演員約翰．赫特剛好在鎮上的邱吉爾劇院演出，所以旅館房間吃緊，而且他們發現，臨時要訂兩個房間，根本是不可能的。

到了四點，雷諾茲才設法在匹克賀斯特巷的一家民宿訂到一間雙床房，老闆答應多收十元、在裡頭加一張折疊床。既然他們打算大半夜都在他們那輛福特Focus車上度過，馬佛認為這樣的安排是可以接受的。

那家民宿應該是由一對卡波夫婦經營的，在門廳的廣告摺頁裡頭，他們看起來非常快樂而好客。但卡波太太似乎離開了，而卡波先生對於獨自經營民宿簡直是沒有興趣到了極點。

他站在樓梯底下往上指著他們的房間，然後遞給他們每個人一條沒折疊的毛巾，像個體育老師似的。

「早餐是八點，」他說，「沒有培根。」

然後他朝起居室走，要回去看被他們打斷的足球賽，接著他又停下，從長褲口袋裡掏了東西出來，遞給他們每個人一顆外包裝起毛的薄荷糖。

「放在枕頭上的。」他說，然後關上起居室的門。

雷諾茲想找找看房間裡有沒有燒水壺和茶具，等到他確定沒有，馬佛已經打開電視、沒關門就在浴室裡面很大聲地上過小號、在兩張床上試坐著彈跳幾下，接著脫掉鞋子，挑了一張床靠著床頭板而坐，拿著遙控器在逛頻道。

雷諾茲坐在馬佛留給他那張皺皺的床上，皺眉看著馬佛的腳。看到另一個男人的襪子，總是讓他覺得有點不自在。

「你介意我拉上窗簾嗎？」他問。

馬佛不介意。

雷諾茲於是拉上窗簾，躺在床上。如果是他一個人，他就會鑽進被子裡——即使沒脫衣服——但感覺上那樣好像很沒男子氣概，於是他就改躺在被單上。

傑克原來就假設折疊床是給他的，結果沒錯。他躺在上頭，立刻就睡著了。

雷諾茲的手機響起鈴聲時，傑克完全沒驚動。

是帕思摩太太打來的。那個黑白反轉的大貓熊。她跟雷諾茲大吼了五分鐘，同時他一直設法要講話——首先是想提供建議，接著是想抗議，最後是想跟她說這段對話到此結束。但他還沒機會提出任何一點，她就先掛電話了。然後只剩他和耳邊發出嗡聲的手機，覺得自己像個白癡。

「有什麼麻煩嗎？」馬佛問。

「帕思摩先生因為保險詐騙被逮捕。」雷諾茲說，準備好要聽到早就告訴過你了。

但結果馬佛只是點點頭說：「幸好你之前沒有介入。」好像一切都是因為雷諾茲自己判斷得好，才沒有丟大臉。

「是啊。」雷諾茲說。他拍鬆枕頭，再度躺下來。人們總是讓他驚訝。連馬佛都不例外。

結果這個人畢竟也沒那麼糟。

雷諾茲笨拙地交抱著手臂，真希望自己有勇氣鑽到被子裡頭。

有幾分鐘，馬佛繼續轉頻道，下巴垂在胸部，眼神呆滯。

然後，正當雷諾茲的眼皮快閉上之時，馬佛說：「早就告訴過你了。」

傑克找到他母親了。

她在路肩上，走向電話，他手臂裡抱著沉重又汗濕的梅麗。

他母親不斷回頭看他，但太陽在她後方，他看不見她的臉，只看到她金色頭髮發出的微光，像是一個光圈環繞著她的頭部。

他累了，想要停下腳步，把梅麗放下來一會兒。

媽？他一直說。媽？

但是她沒停下，只是繼續走，而他開始落後了。他把往下滑的梅麗抱高一點，加快腳步，但他只要腳步稍微慢下來，就又落後了。每回都更落後一點，直到他母親在前方領先五十碼，一百碼。

他又把梅麗抱高一點。

然後他母親消失了。

她沒有地方可以躲，就是不見了。

傑克停下來，站在熱氣中。

整個世界只剩下那條馬路。兩側的防撞護欄之外什麼都沒有，只看得到一片黃灰色的霧靄。田野、草地、樹籬，全都不見了。只剩下那條馬路。還有——

小昆蟲

小昆蟲

梅麗扭動著身體，朝他肩膀後方伸手——

媽媽！媽媽！

傑克轉頭看見他母親，但太慢、太遲了——那把刀從他肚臍劃到脖子。

他在黑暗中猛吸一口氣醒來，知道自己不是一個人。

他坐起身，喘著氣，一手抓著那把刀插入的腹部，彷彿這樣有辦法止住流血。

感覺好真實！

他四下看著房間裡，慢慢想起身在何處。

電視機還開著，藉著發出的亮光，傑克可以看到馬佛和雷諾茲都睡著了。雷諾茲蜷縮側躺，背對著房間。馬佛背靠床頭板垮坐在那裡，領帶拉鬆了，下巴垂在胸口，遙控器也放在胸前。

傑克小心翼翼地下了床，站在房間中央。

他已經做了自己能做的。警方現在認真在辦這個案子了。他父親回家了。梅麗和喬依都安全了。他現在可以離開，甚至不必買火車票，就可以去倫敦了。不會被控告，不會上法庭，不會被拘留。

一切重新開始。

他甚至不必穿上鞋子，因為他睡覺時沒脫掉。這一年來，他每天晚上都是這樣睡覺的。總是準備好要跑路。

他無聲走過地毯，門鈕是冰冷的圓形黃銅，他轉動時只發出一個小小的吱呀聲。馬佛稍微動了，傑克憋住氣，看著那大塊頭翻了身，重新安頓在一個比較舒服的姿勢，側躺著，面對他。

傑克打開門，想到童話故事裡金髮姑娘偷溜進三隻熊的家，吃了他們的燕麥粥，睡過他們的床。

操他媽的金髮姑娘，他想起馬佛的話，咧嘴笑了。

操他媽的金髮姑娘。

馬佛是警察，也是個混蛋——不見得要照這個順序。他跟傑克直說過他不想介入這個案子，當時傑克好想揍他一拳。

但接著他介入了，他們達成協議。現在馬佛盡力守住他那邊的承諾。

馬佛令他驚訝，而且不止如此，馬佛還喚起了傑克心中早以為失去的——希望。

實踐正義的希望。

結束的希望，以及一個更好的、新開始的希望。

睡覺時不要做夢的希望。

馬佛正在辦這個案子，再也不需要他了，就像喬依和梅麗再也不需要他了。

再也沒有人需要他了。

傑克可以走了。

然而他沒有動。他只是站著，成為門口的一個剪影。

他不能離開。

因為他實踐正義的最大希望就在這個房間裡——躺在一張凹凸不平的床上，電視機發出的光線照著他的臉，一顆薄荷糖卡在他臉頰。

傑克靜靜地關上門。

他們十一點回到那棟屋子外。裡頭沒亮燈。

他們把車停在對街，雷諾茲瞇起眼睛望著黑夜。

「那個『出租』的招牌又豎起來了。之前是倒下去的。」

馬佛思索了半分鐘。「我之前以為她才剛搬進去。她看起來不像是正要搬走的樣子。而且，相信我，那些貓完全是一副定居的模樣。」

雷諾茲點頭。

他們全都盯著那棟房子。

「你看得到那個地精嗎？」馬佛問。

「什麼地精？」傑克說。

「看不到。」雷諾茲說。

馬佛把他的雙筒望遠鏡對準草坪。「不見了。」

「好怪。」雷諾茲說。

馬佛把雙筒望遠鏡遞給他，掏出自己的手機。「把出租招牌上的電話號碼唸給我聽。」

雷諾茲照辦了，馬佛撥了號。他聽得出鈴聲改變，轉接到另一個號碼——他猜想是從下班的租賃仲介辦公室轉到某個待命的人員。

「喂？」那個待命人員聽起來很不高興。

馬佛跟他表明身分，問起坎伯蘭路那棟物業的房客。

「那裡沒有房客，」那個聽起來頗年輕的男人說，「所以才要出租。」

「我今天下午才在那棟房子裡跟房客談過話，」馬佛說，「所以麻煩再查一下你的紀錄，拜託。」

「我知道那棟房子，」那個仲介傲慢地說，「六〇年代磚房。坎伯蘭路。已經空著好幾個月了。」

「你上次去那裡是多久以前？」馬佛問。

那男人猶豫起來。「好一陣子了。」

「好吧。」馬佛說，然後掛了電話。他的工作不是去管理租賃仲介公司。他轉向雷諾茲。「他們是擅自佔用房子！」

兩個人趕緊下了車。

「我可以去嗎？」傑克問。他們兩個人齊聲說：「不行！」

雷諾茲繞到屋後，馬佛則沿著車道一側來到鄰居樹籬的陰影裡，鄰戶那隻聲音很大的狗憤怒地對著他狂吠。然後他沿著屋子正面走，肩膀貼著磚牆，想避開監視攝影機。

來到前窗，他雙手呈杯狀罩住手電筒周圍，往屋裡看。

所有東西都一樣。那些貓都在，沒有問題。托盤還放在茶几上。

馬佛想著不曉得柯利德太太是否安好。她給他的印象並不是那種會把髒杯子留在客廳不收的人。茶包放久了會染髒茶壺的。以前他和黛比同居時，因為這件事老是搞得黛比抓狂。當然，還有其他很多事。所以他有點擔心。這只是一件小事，但他不會忽略的。

要是克里斯多佛‧柯利德之前一直在監視他們呢？要是他很氣他母親讓他們進屋呢？要是他們大吵一架，那個矮胖的小個子女人要對抗她當過海軍陸戰隊、穿著內褲、迷上刀子、被慣壞的兒子呢？要是他一時生氣殺了她呢？外行人聽起來可能覺得很誇張，但馬佛親眼看過更糟糕許多的事情。

馬佛來到屋後，跟雷諾茲會合。

「有什麼動靜？」他低聲問。

「完全沒有。什麼都看不到。太暗了。」

馬佛點點頭。「我覺得我們應該進去。」

「根據什麼理由？」雷諾茲說，「我們不能只因為想要查探，就強行闖入啊。」

馬佛沒理他，試著開後門，但鎖上了。

他們繞到屋子前面，但前門也鎖上了。

「狗屎。」馬佛說。

然後他們只是站在那兒，鄰戶的狗發瘋似地狂叫。

最後馬佛終於說：「去叫那小鬼過來。」

雷諾茲一臉驚恐。「長官，我們自己都想不出合理根據進入這棟房子了，更別說是一個已知的重罪犯！」

「我很擔心柯利德太太的安危，」馬佛從容地說，「如果要進去確定她沒事，我可以撞壞她的後門，但最沒有破壞性的辦法，就是叫那個男孩進去。」

「但是如果他因此受傷呢？或甚至被殺害？克里斯多佛．柯利德是刀匠，他製作的一把刀曾用來犯下謀殺。他會盡一切可能不要被捕的！」

「如果柯利德在裡頭，那他就是躲起來了——這顯然不是個具有侵略性的行為。」

「或許只是躲著我們！他不會反抗兩個執法的警察，」雷諾茲用氣音說，「但是一棟黑暗的房子裡，只有一個男孩？任何事都有可能發生！」

「傑克．布萊特有辦法照顧自己，」馬佛說，「而且如果他需要的話，我們就在這裡。去叫他過來。」

「我不喜歡這樣，長官，」雷諾茲很不高興地說，「一點都不喜歡。」

「知道了。」馬佛說。

雷諾茲走向他們的汽車，帶著傑克回來。

「現在沒有辦法，」馬佛向那男孩解釋，「我們很擔心柯利德太太可能受傷或生病。我們希望你進去屋裡，確定她很平安。」

「好的。」

「你明白嗎？」

「明白，」他說，「進去看她是不是沒事。」

「另外，如果你碰巧看到任何相關文件……」

「這是非法搜索，」雷諾茲說，「他所發現的任何東西，都是不可採信的證據。」

「他不會去搜索什麼的。」馬佛厲聲說，「他只是要進去看看柯利德太太是不是安好。如果碰巧看到任何文件上頭有亞當・懷爾的名字，放在抽屜裡或檔案櫃裡……」他朝傑克點個頭，「唔，那就只是個幸運的意外而已。」

「這事情我完全不會參與的。」雷諾茲說，然後轉身背對著他們兩個。

馬佛翻了個白眼，傑克忍不住咧嘴笑了。

「去做你的事情吧。」馬佛說。

他跟著傑克朝屋子背面走。而雷諾茲儘管剛剛高姿態宣布過，卻還是咕噥著跟在他們後頭，參與了一小部分。

傑克在後院裡走了十呎，要找屋頂排水溝槽和污水管。屋後總是機會比較多，污水管通常都是在這裡的。

他竊賊的眼睛很快發現了弱點——後院工具小屋上方的一扇小窗。他看了一下露台，從一個充滿枯死雛菊的花盆裡拿起插在裡頭的小鏟子。接著他把一張露台椅放在工具小屋旁，迅速爬到屋頂最高點，再輕鬆沿著一條雨水管來到二樓那扇小窗旁。他把那小鏟子插進木窗框裡，直到喀啦一聲撬開，然後他默默鑽進窗子裡不見了。

整個過程花不到兩分鐘。

「好厲害。」馬佛說。

「太可怕了。」雷諾茲說。

傑克跳進一間儲藏室。即使是空的，看起來還是小得放不下一張床。

他躡手躡腳走過地毯，小心腳下的每一步，以防萬一採出吱嘎聲。不過這棟房子沒有老舊到釘子鏽蝕的程度，而他的腳步也靜悄悄地令人安心。

他打開門，外頭是一道狹窄的走廊，通到幾扇關上的門。

傑克顫抖著吸了口氣。只要他認為裡頭有人的房子，他是從來不會闖入的。凱瑟琳・懷爾那次是個錯誤，是尚恩搞砸了。當時傑克忽然明白屋裡還有別人，真是個可怕的震驚。但這裡，他早知道屋裡可能還有別人，搞得他緊張得要命。

他打開第一扇門。

裡頭很暗，但他看得出那是間浴室。空的。連衛生紙都沒有。

他沿著走廊上那厚厚的灰白地毯走了幾步。下一扇門開向一間空的臥室。沒有床，沒有衣物。只鋪了地毯。

還有一股他說不上來的氣味。

勉強硬要講，就是一種工業的氣味。

接下來又是個浴室，這回傑克站在門口好一會兒，足以看清裡面沒有毛巾，沒有牙刷。而且又是連衛生紙都沒有。

怪了。

接下來只剩兩扇門了。一扇在他右邊，另一扇是直走到底的走廊盡頭。出於某些原因，他掠過右邊那扇門，來到走廊盡頭，緩緩轉開門鈕。

那是主臥室。從外頭路燈透進來的光線，傑克看得出來。而且裡頭也是一片空蕩，只剩下地毯。

他在黑暗中皺眉，然後默默關上門。

最後一扇門，他預期也一樣是空的，但抗拒著那種自滿的感覺。他入室盜竊一百一十七次都沒被逮，絕對不會是因為自滿。

最後一扇門後面，任何事都有可能。

任何事。

他緩緩轉動門鈕，推開門。

什麼都沒有。

傑克站在那裡一會兒，不確定接下來要做什麼。然後他想起馬佛說他們跟一個老太太談過話。或許她爬不動樓梯。或許樓下有其他臥室。

他花了點時間重拾必要的謹慎，然後輕手輕腳走下樓梯，有條理地搜尋。

每個房間都是空的。廚房裡連燒水壺都沒有。傑克打開冰箱和廚房的櫥子。空的。

到處都是空的。

只除了那個完全充滿了貓的房間。

這是他所見過最詭異的事情。

傑克走向後門，要讓馬佛和雷諾茲進來。但他朝門把伸手時，一個女人的聲音問道：「需要我幫忙嗎？」

傑克在屋裡待得愈久，馬佛就愈緊張。

他本來希望那男孩進去頂多待幾分鐘，然後從原路出來，跟他們說柯利德太太在她床上睡著了，另外希望他手裡抓著一張開給亞當．懷爾的發票。

但現在，他真的開始擔心柯利德太太是否安好了。

或許到頭來，派一個十四歲男孩進去這棟房子裡查探並不是太好的主意。勞夫．史陶畢吉說過什麼來著？

不是我狀態最好的時候。

馬佛希望自己日後回顧起這一刻，不會有同樣的想法。即使傑克平安無事，他也不希望這小鬼發現了一具屍體。馬佛在兇殺組的這些年已經發現過一些屍體，但即使你事前就料到了，也永遠不會習慣那種一開始的震驚。那就像是你正吹到一半的氣球忽然在你臉上爆掉。

雷諾茲隔著廚房的窗子往裡看，雙手遮著眼睛周圍，馬佛則走到他旁邊，也朝裡頭的黑暗盯著。

「需要我幫忙嗎？」

他們兩人都縮了一下，轉頭看到一個中年女人。她穿著一件毛巾布的黃色晨袍，腳上是橡膠雨靴，手裡牽著一隻很大的黑狗。

「哈囉。」馬佛說。

「你們在這裡做什麼？」她問道。

「我們是警察，」馬佛說，舉起他的警察證。「你在這裡做什麼？」

「啊，」那女人說，顯然鬆了口大氣。「我住在隔壁。巴比一直在叫，我想過來看看是不是一切都還好。」

「你是柯利德太太的朋友？」

「不算是，只是鄰居。她才搬來沒幾個月。不太跟其他人來往的。」

「她好像不在家。」

「是啊，她離開了。」那女人說。

「什麼時候？」

「今天下午。大約四點。」

兩個男人交換了一個眼色。那是他們離開後沒多久。感覺上很可疑——好像他們的來訪促使她離去。

「你知道她什麼時候會回來嗎？」馬佛問。

「不知道。」

「她開的是什麼樣的汽車？」

「她沒汽車，」那女人說，「只有一輛卡車。」

「藍色的大卡車？」雷諾茲問，看了馬佛一眼。「就停在轉角？」

「是啊，大得要命。她三個月前就停在那裡，一次都沒移動過，即使後來住平房那邊的錢札太太很和氣地要求她移一下，因為那車擋住了他們家的光線。」

馬佛和雷諾茲擔心地互看一眼。下午他們過來的時候，車子就是停在那輛卡車後頭。

「她都沒移動過車子，直到今天？」馬佛問。

「沒錯。她常常進去車裡，好像要移動，但從來沒有真的移過。錢札太太覺得她是故意氣她，但我覺得她不太像是那種人。」

「她兒子也跟她一起離開了嗎？」馬佛問。

「她兒子？」

「克里斯多佛。」

「我沒看過她有什麼兒子，」她說，「不過我也不是那種好管閒事的人。」

馬佛和雷諾茲又困惑地互看一眼。

雷諾茲開口問了下一個問題：「你知道柯利德太太叫什麼名字嗎？」

「我想是薇若妮卡。」

「薇若妮卡？」馬佛說。

「薇若妮卡．柯利德（Veronica Creed），」雷諾茲緩緩說，「VC。」

「狗屎，」馬佛說，「她就是刀匠！」

「天啊，」雷諾茲咕噥道，「老天爺啊！」

「這一切是怎麼回事？」那個鄰居問，但忽然間馬佛希望她離開，不要見證他們的失敗。

「警察公務，」他不客氣地簡單說，「謝謝你的協助，這位太太……？」

「芙蘿爾女士。」

「謝謝你的協助，芙蘿爾女士，但現在我要請你回家了，好讓我們繼續辦案。」

芙蘿爾女士一臉不高興。「什麼？所以我過來這邊，給了你們一大堆有用的資訊，然後你們一點都不跟我說？」

「沒錯。」馬佛說，然後引導她和她的狗走入黑夜。

馬佛、雷諾茲，還有傑克．布萊特站在那個貓房間裡，打開了燈。

克里斯多佛．柯利德——或者管他是誰——的照片不見了，原處放了一隻招財貓，上下揮動著它嘲弄的金爪子，清楚表明自己對他們的想法。

「她甚至還問過我們，確定是要找一個男人嗎。」馬佛嘆道，「她捉弄了我們。」

「不是我們的錯，長官！她撒謊！」

「他們全都會撒謊的！」馬佛生氣地說，「我們的職責就是要記住這點！但我們實際上找到了我們要找的證人，這個證人還請我們吃茶點。然後我們放走了這個證人，因為我們假設刀匠一定是個男人。」

「唔，是啊，」雷諾茲說，「或許有點算是我們的錯。」

薇若妮卡．柯利德耍了他們。在他們面前丟下了一個又大又肥的線索，然後看著他們不予理會，只是盲目地跌跌撞撞，想尋找他們偏見中的人選。

他們被一個穿著貓咪毛衣的老女人智取了。

「她一定是在卡車上工作，」雷諾茲繼續說，「不然她要那麼大一輛車幹嘛？製刀需要一些重型的碾磨設備，所以把一切都放在她的卡車上，屋子裡什麼都不放，表示她隨時就可以跳上車離開。」

「所以這間房子根本就不是她的？」傑克問。

「對，」馬佛說，「她大概很常這樣，偷偷佔住空房子，好安排手機戶頭和信用卡之類的，然後，只要苗頭不對，她就換個地方。」

「所以這一切，」傑克一隻手臂對著那個貓咪房間揮了一圈。「其實只是個捕捉屋。」

馬佛和雷諾茲交換了一個尷尬的眼神，傑克大笑起來。

「那現在怎麼辦？」他問，「你們要怎麼抓到她？」

「天曉得她還給了我們多少其他線索，」馬佛悶悶不樂地說，「但當時我們根本沒注意，只因為那些貓和那些操他媽的蛋奶凍夾心餅乾。」

「或者因為他是個沒有吸引力的中年女人。」雷諾茲說。

「好啦，女性主義專家，」馬佛兇巴巴地說，「是她故意要誤導我們的。要是她不想為難我們，大可以直接給我們亞當．懷爾的發票。」

他們兩個盯著自己的筆記本猛看。唯一的聲音就是招財貓的貓爪上下揮動的小小喀噠聲。

「你們去找她的卡車不就得了嗎？」傑克說。

「好主意，」馬佛兇他。「我這就發出通報。藍色大卡車。在倫敦某處。應該就找得到了吧。」

「我以為你們可以追蹤車牌號碼的。」

「唔，如果我們有車牌號碼，那就可以。」

「X250 TBB。」傑克說。

他們兩個都瞪著他，然後他聳聳肩。「唔，你們去了幾百年，我又沒別的事情可以做。」

在三個地區警隊控制中心的協助下，三個小時後，他們終於發現了那輛卡車，位於一處鋪著柏油碎石的馬蹄形小停車場，俯瞰著一片薩塞克斯郡的海灘。

馬佛把他的福特Focus停在五十碼外，旁邊一個垃圾桶被薯條包裝紙和塑膠空罐塞得爆滿。垃圾桶側面的公告寫著保持佩文西灣之美。

黑暗中他們看不出佩文西灣美不美。看不到旅行拖車或鐵絲網籬內的小船，甚至看不到海洋。不過他們聽得到海浪拍擊下方海灘的聲音，每一道浪都捲起小石頭砸在卵石灘上，然後泡沫發出嘶嘶和嘩啦聲響，又把小石頭吸回海中。

這是個溫暖無風的夜晚，只有海浪的聲音和天上的星星，讓傑克覺得他們彷彿是在峇里島。

「現在怎麼辦？」他打了個呵欠說。他們離開布羅姆利之後，這是他第一次開口。

馬佛沒說話。傑克不確定他是不是聽到了，於是又問了一次：「現在怎麼辦？」

「不要一直問。」馬佛暴躁地說。

傑克閉嘴了。他不在乎只是旁觀。其實不必做任何決定的感覺很好。有他們幫他做決定，他不必為結果負任何責任。

「征服者威廉當年就是在這裡登陸的，你知道，」雷諾茲沉吟道，「一〇六六年。」

傑克往下看著海灘，想像著攜帶弓箭、長矛和鏈矛的男人們迅速地在卵石灘往上爬。想像著他們會製造出的吼聲。想像著他們的鮮血流入小石頭間，消失在下頭的土地裡。

「你還偷了我其他什麼東西？」雷諾茲說。

「什麼？」

「從捕捉屋裡。除了我的西裝和領帶之外。」

傑克怒氣沖沖瞪著他。他們共度了這麼一段愉快的時光！他們是一個團隊！而現在他就非提起那件事不可！

他雙臂在胸前交抱，什麼都沒說。

「我們得讓她離開卡車，」馬佛說，「這樣我們才能察看裡頭。」

「沒有令狀的話，我們不能搜索那輛卡車，長官。」雷諾茲說。

「我們不會去搜索的。」馬佛說。

他們兩個都轉身看著傑克。

「好啦。」傑克交抱的雙臂放下，心跳開始加速。他從沒闖入過卡車，但已經知道怎麼進去了。他下午獨自在車上等著馬佛和雷諾茲時，沒有收音機可聽，於是就打量著這輛卡車的背後，熟練的雙眼漫無目的地琢磨著門閂是怎麼運作的，尋找著整個結構的弱點。為闖空門策劃是一種習慣。這種骯髒的小習慣讓他同時引以為恥又引以為傲，而且程度是一樣的。他完全想不到這些知識能實際派上用場，但如果能對調查有所幫助，他非常樂意試試看。

「又一次非法搜查。」雷諾茲抿緊嘴唇說。

「如果沒有第一次的話，現在我們會怎樣？」馬佛立刻頂回去。「總之，我們去跟薇若妮卡．柯利德問起有關殺害艾玲．布萊特的那把兇刀之後，才幾個小時內，她就忽然搬家。我想這就給我們合理根據了。」

「申請搜查令狀的根據，或許吧。但可不是闖進去搜索的根據！而且要把一個小偷送進去裡頭亂翻……！我不認為全英國有哪個法官會簽這樣的令狀，長官！這樣至少都是協助未成年的犯罪！」

「我們之前已經讓她跑掉一回了！」馬佛大笑。「而且我又不是要派他去倫敦塔裡偷王冠珠寶——只是去一輛卡車的後車廂找一張紙，協助我們追到殺害他母親的那個人！」

雷諾茲看起來還是沒被說服。

「而且總之，」馬佛又繼續說，「誰會說出去？」

「我不會！」傑克說。

馬佛轉向雷諾茲，雷諾茲只是搖頭說：「我對這事覺得非常不安心，長官。」

「好吧，」馬佛說，拿出他的手機。「趁著傑克和我去逮兇手的時候，你可以替我們兩個人不安心。」

「傑克和你？」雷諾茲說。

「很好，」馬佛說，「所以我們達成共識了。」

趁著馬佛跟當地警方通電話時，傑克翻了後行李廂裡的工具箱。不到十分鐘，一輛有標示的警車輾過碎石路面，緩緩經過他們旁邊，在那輛卡車旁邊停下。

一等那輛車停好，傑克就悄悄溜進夜色，進入那片有著鹹味和狂野冒險氣息的黑暗中。

他來到卡車周圍的陰影時，一個穿著螢光背心的警察敲了卡車駕駛室的門。

一次。

再一次。

然後是第三次。

「警察。請開門。」

車門打開了。低聲交談。某個人爬下駕駛室的聲音，接著警察帶著那個女人離開去談話，一如馬佛之前的要求。她穿著厚重的大衣和靴子。

傑克利用福特車裡找來的十字扳手，設法對付卡車後車廂上頭的掛鎖。那是一把很好的鎖，而十字扳手又不太長，但是槓桿作用和咬牙努力終於獲得報答，那鎖喀啦一聲彈開了。接著只要拉開門上的門閂就行。後車廂門咿呀打開，傑克撐起身子跳進去。

他們看著傑克．布萊特輕易跳進了卡車的後車廂。

「接下來無論發生了什麼事，」馬佛忽然說，「我都不認為應該對他提出控告。」

「什麼？」雷諾茲說，「可是他是金髮賊啊，他都承認了！」

馬佛凝視著卡車的車尾。「三年來，兩個地區的警隊都沒能抓到殺害他母親的兇手。我不想因為我們的失敗，就對他所犯的罪提出控告。否則我覺得不安心。」

雷諾茲皺起嘴唇。「無論原因是什麼，長官，事實就是，他入室盜竊又破壞了超過一百棟房子。被判刑坐牢是無可避免的，這點現在連他自己都接受了！」

馬佛點頭，又沉默了一會兒。然後他說：「但其實不是，對吧？」

「不是什麼？」

「不是無可避免的。」

雷諾茲皺眉。「你的意思是什麼？」

「只要我們……有彈性一點。」

雷諾茲不喜歡這個口氣。以他的經驗，彈性是一種被高估的特質。

「我們沒有辦法繞過法律的，長官。」

馬佛大笑一聲。「你我都知道事實不是如此！」

「我可不知道要怎麼繞過法律，」雷諾茲冷冷地說，「畢竟，我自己逮捕了傑克．布萊特！兩次！」

「是嗎？」馬佛說。

「你明知道的，」雷諾茲咕噥道，「我唸了他的權利給他聽，全都唸了。尤其是第二次！」

「我沒有親眼看到逮捕，」馬佛說，「你有目擊證人嗎？」

「目擊證人？」雷諾茲說，「那次逮捕的？」

「是的。」馬佛說。

「在警察局的那次逮捕？」

「是的。」

「沒有。」雷諾茲說。

「哼。」馬佛說。

「那是什麼意思？」雷諾茲問，開始緊張起來。

「我的意思是，如果你那次逮捕沒有目擊證人，那就是他和你各說各話了。」

雷諾茲萬分驚訝地瞪著他的總督察。「你的意思是，一個撒謊、當小偷的男孩所說的話，要對抗一個紀錄完美無瑕的警察所說的話？」

「這個警察搞砸了第一次逮捕，」馬佛說，「至於聲稱的第二次，逮捕了一個沒有監護人、沒有律師在場的未成年人，他母親被殘忍地謀殺，而且警方讓他失望，接著每個應該要幫他的人都讓他失望了。從他自己的父親，到所有應該注意到三個小孩沒上學、獨自住在那棟髒臭房子裡的人。那個男孩，雷諾茲？」

雷諾茲恨恨瞪著卡車。「那是一次合法的逮捕，」他說，「你知，我知。」

這回他沒說長官，而且他不在乎。

傑克站著不動一會兒；他聽得到那女人和兩名警察在外頭談話。他得趕緊找出他們需要的證據，然後出去。

在卡車裡，海風的氣味沒了，取而代之的是一種單調的金屬氣味，充滿了傑克的喉嚨後方。

他利用手機上的手電筒功能，在整個車廂裡頭照了一圈。路易斯說得沒錯——製作刀子的機械可以放進一間工具小屋。那些機械在車廂另一端緊貼在一起，甚至還有剩下的空間塞進一台小冰箱、一塊加熱板，以及一台微波爐。卡車後車廂內部牆面焊接著一組金屬框架，所有機械和其他生活用具都固定在框架上，於是車子行進時就不會移動。

就連一個塑膠桶，都是扣在牆上。

但是車廂裡沒有檔案櫃。沒有櫥子、沒有保險櫃、沒看到生意相關文件可以放的地方，他甚至檢查過冰箱和微波爐裡頭了。

什麼都沒有。

「狗屎。」他喃喃道。

他又檢視了車廂裡的工具，都是很大、超過正常尺寸的結實傢伙，有發亮的柄和刀片和刻度。其中一個工具的底部變寬，形成一扇活門，他第一次察看時漏掉了，這回他仔細檢查，發現門內是幾個金屬抽屜裝著分格盤——各種大小的格子，每一格都有鉸鏈裝上的透明蓋，所以他一眼就可以看到各種手持小工具、鑽頭、半完工的刀身、刀柄鑄模，還有各式各樣不確定的小塊金屬、木頭、石頭和皮革。

四個淺淺的抽屜。幾十個格子。

但只有一個裝著鑽石。

傑克憋住呼吸，緩緩掀開蓋子。

只有這個小格裡面鋪著黑色天鵝絨，幾打明亮的鑽石閃耀著，像是一個黑暗新世界裡頭一道遙遠的銀河。

傑克吐出氣來。接著又吸氣。然後他把黑色天鵝絨迅速拉起來包住那些鑽石，一把抓出來，塞進自己的牛仔褲口袋裡。

畢竟，他是小偷。

但他不是為了鑽石而來的。

外頭的聲音稍微變大了，說著謝謝和再見。

狗屎！

傑克拚命四下張望。買賣紀錄不在這兒。那些抽屜是最可能收放的地方，但結果不在裡頭。他一顆心往下直沉，忽然想到存放重要商業紀錄的合理地方，根本不會是在卡車的後車廂，而是在駕駛室！在前頭，VC隨時可以拿到。

他之前找錯地方，而現在沒時間去對的地方找了。

他逼自己站著不動，仔細傾聽。

他聽到警車輾著碎石開遠了，那女人踩在沙礫的腳步聲逐漸接近。他看了後門一眼。門是開著的，但只開了一點點。要是她來檢查，他就完了。他沒地方可去，沒地方可躲。

結果她沒檢查。

他放鬆地呼出一口氣，同時聽到、也感覺到她爬回駕駛室，她的一舉一動所引起的震動都透過金屬傳送到她腳下。要是他能感覺到她的舉動，那麼她也可以感覺到他的。傑克知道現在自己的任何動作都一定得特別謹慎。他關掉手機上的手電筒，朝後門小心邁出一步。

引擎發動了。

不知為什麼，傑克沒想到她會發動車子。他本來以為ＶＣ進入駕駛室後，會繼續睡覺。但ＶＣ沒睡覺。她要換地方。離開這裡。

載著他！

汽車駛離的聲音。

傑克一時恐慌起來。他得出去！馬上！

但他還沒來得及行動，油壓煞車就發出嘶嘶聲，卡車往後扭，甩得他跪趴在地。他起身，但旋即又因為卡車突然往前而踉蹌，於是他抓著冰箱的邊緣好穩住自己。

然後卡車急轉彎，傑克悶哼著滾過地板。冰箱門在他後頭甩開，照亮了後車廂內。卡車搖晃著，他又抓住冰箱跪起身，此時在他雙眼的高度，他看到一個狹窄的冷凍隔層，是他之前漏掉的。

他拉開那隔層，像是要找零食。

裡頭有一袋冷凍豌豆，壓在下頭的，是一個大大的塑膠袋，裡頭裝著某些大而扁的東西。放在冰箱裡非常奇怪，就像一把刀放在靴子裡一樣奇怪……

雷諾茲就要心臟病發了。

之前他被告知一旦回到提弗頓之後，他逮捕傑克·布萊特的過程就會受到質疑，這樣就已經夠糟糕了。而現在，他還得看到同樣這個小賊悄悄走過停車場，闖進私人產業——一切都要拜身邊這位資深調查警官之賜。

接著他得坐在車上等，不曉得卡車的後車廂裡頭到底發生了什麼事，這更是徹底的折磨了。裡頭可能有詭雷、有帶著武器的警衛，甚至有一隻裝在籠子裡的老虎！

當薇若妮卡·柯利德——打造絕世好刀的刀匠——跟警察交談完畢，回頭走向駕駛室時，雷諾茲緊繃到難以負荷的地步。

然後她發動引擎……

雷諾茲全身發冷。他沒料到這個。

馬佛也沒料到，他驚訝地哼了一聲。

「長官？」雷諾茲緊張地問。

「給他一分鐘。」馬佛說。

雷諾茲給了十秒鐘，然後又說一次，「長官？」這回更有力了。但馬佛堅持立場。

那卡車倒退。接著往前進。然後又呈弧形倒退。現在他們看不到車尾了。非但不曉得卡車裡發生了什麼事，甚至比一分鐘前還更糊塗。

煞車發出嘶嘶聲，雷諾茲看著大大的前輪轉動，最後一次掃過停車場，開出去了。

「長官！」他尖聲說。

「給他一分鐘。」馬佛說。

雷諾茲想像著懲戒委員會，說不定還是審判。他將會如何敘述自己見證馬佛冷酷、無情的口吻，派那個男孩去幫忙偷證物，結果男孩受傷或被殺害或被綁架，從此不見蹤影。馬佛是個肥胖、自私的教唆犯。而同時他是——

雷諾茲的想像力暫停。他是什麼？要是傑克．布萊特受到傷害，那他在這一切裡頭算是什麼？

「狗屎！」他喊道，終於推開他那邊的車門，好讓這種瘋狂狀態停止，同時那輛藍色大卡車在黑暗中隆隆駛過他旁邊。

「狗屎！」他又喊了一聲，趕忙撲回車上，甩上車門後大喊：「快走！快！快！快！」像個銀行搶匪急著要逃離。

但馬佛沒走，甚至沒有發動這輛停在停車場入口的車子。

「**長官！**」雷諾茲朝他喊，但馬佛咧嘴笑了。

同時手指著。

指向傑克．布萊特，雙手趴跪在地上，獨自在停車場裡。

「我跟你說過，要給他一分鐘的。」他說。

雷諾茲驚奇地看著那瘦巴巴的男孩小心翼翼站起來，四下看看以辨認方位，然後朝他們搖晃不穩地小跑過來，胸口抓著一個又大又扁的東西。

他拉開後座車門，跌坐在座位上，喘著氣。

「你弄到了沒？」馬佛對著後視鏡說。

「我弄到了某樣東西。」那男孩說，然後遞出去。

「為什麼這麼冰？」馬佛問。他打開車裡的燈。在透明塑膠袋裡，他們看到裝著一本黑色的皮革帳簿。

封面燙金印著：

刀子帳冊。

那本帳冊完全是以密碼寫成。

每一筆紀錄都是一連串看似不相干的數字和字母，中間偶爾有個符號，或是同樣看不懂的註解。

馬佛在那個停車場裡咕噥著琢磨了一陣子，但一點進展都沒有。

「他媽的一堆胡謅。」他最後說，賭氣地啪一聲闔上那本帳冊，遞給雷諾茲，然後發動車子。

他們離開佩文西灣時，雷諾茲翻開了膝上的刀子帳冊。

他喜歡這個任務。以前在學校，他的數學就很好，可以比同學更快看出種種模式和反常之處。另外他也很喜歡《泰晤士報》、《每日電訊報》這些報刊上的縱橫字謎。那些解碼的玩意兒他向來有興趣。他很有把握自己的才華現在可以派上用場。

首先他瀏覽那本印了橫格線帳冊的每一頁，沒有特別的焦點，只是讓自己的雙眼緩緩掠過去。那些手寫的字跡寫得緊密而精確，簡直不像出自人類之手。他以一種從容的節奏翻過每一頁，雙眼流暢地掃過去，直到紀錄的最後一筆。

每一頁有十筆紀錄，總共寫了九頁多一點。如果他假設——想到這裡，他皺了一下臉——每一筆紀錄都是有關一把刀，那就表示VC平均每年製造的刀不到十把。感覺上似乎不多。

或者其實很多。

雷諾茲這才意識到，他沒有任何參考標準，所以任何推測都沒有意義。

在後座，傑克．布萊特說了什麼。他轉頭看那個男孩，發現他睡著了，皺眉靠著椅背，雙手握拳放在耳朵上。

「他剛剛說了什麼？」馬佛問。

「我沒聽到，長官，」雷諾茲說，「他睡著了。」

他又翻起那本帳冊，這回速度放得更慢。

他假設那些紀錄是按照時間順序排列。有了這個唯一的參考根據，自然可以看出日期。日是數字，月是一個或兩個字母，年則又是數字，但是只需要兩個數字就行。

他默默慶祝這個小小的勝利之後，往下就再沒有什麼可以慶祝的了。每一筆紀錄都是一連串數字和大小寫字母的混合，中間以空格打斷，像是一個個字彙，只不過並不是。每一筆紀錄裡頭都有個句點。除此之外，那些紀錄只是一長串看不懂的鬼畫符。

雷諾茲的眼睛因為缺乏睡眠而灼痛，他隨便挑了一筆瞪著看，希望它能奇蹟地重新排列，展現出意義。

22AP98S7433t 334546anPK3gWC e0.3CTN133500

對他來說毫無意義。

14JL98G7869r 667897aST7vAGC e0.7CCF72s6500

下一筆也是一樣。

12OC98W7991h 223988iFH5lABT e0.5CTA1110250R

然後九八年的紀錄沒了。還是沒有意義。

19MR99H7224a 775888yPK3deWT n0.2CBR173250

「有碰上好運氣嗎？」馬佛輕聲問。

雷諾茲嘆氣。「沒有，長官，不過我看得出這些紀錄是按照日期排列，所以我假設每一筆都是有關一把刀的銷售紀錄，但也就只是這樣了。這種密碼不是根據數學或語言，而是根據刀子的獨特屬性，以及刀匠的生意往來所設計的——這些我們根本都不曉得。」

馬佛的手指在方向盤上迅速敲了一輪。「這一本不可能跟其他銷售帳冊差太多。針對每一筆銷售，她會想記錄下什麼？日期、項目、價格、購買人，還有什麼？」

「嗯……地址？品質？特點？」

馬佛點頭。「就是這樣，不是嗎？所以即使她設計得很嚴密，但她會記錄的也就是大約六件事。那麼，只要這是一本銷售帳冊，而不是她跟火星人溝通的紀錄，那我們就能破解。我們只要把每一個元素連結到一把刀或購買人等等。」

「但是我們對那些刀子或購買人一無所知啊。」

「我們知道一把刀的狀況，還有一個可能的購買人，」馬佛說，「就從這裡開始。」

「唔，在日期之後，」雷諾茲說，「每一筆紀錄都有一個字母，和一個七。」他隨便挑了幾筆紀錄唸道。「W7991、L7634、P7220……諸如此類的。」

「那之後呢？」

雷諾茲花了點時間檢查幾筆紀錄，這才回答。

「另一個字母。好像是隨機的。所以，一個任意字母，一個七開頭的任意四位數號碼，接著又是一個任意字母……」

「然後呢？」

雷諾茲又檢查了幾筆紀錄。「然後是一個六位數號碼。也是一樣，似乎是隨機的。每一筆紀錄裡頭都有個句點。」

「在哪裡？」

「每一筆大約三分之二的地方。啊，句點前面都還有個零，看起來像是0.5、0.2等等。」

他唸出一筆紀錄。「19MY00H7224a 775888yPK3deWT n0.2CBR173250。」

沉默。

「那個句點之前是什麼？」

「一個零，長官。然後句點之後是一個數字和字母C。」

「每一筆都這樣？」

雷諾茲檢查了一下，然後點點頭。「看起來是這樣。」

馬佛謹慎地猛拉了一下鼻毛，而雷諾茲則呆呆瞪著他膝上的帳冊。同時他們的車子在黑暗的M4高速公路上奔馳。

傑克．布萊特醒了，他伸了個懶腰，然後攀在前方兩個座位之間，也盯著帳冊看，好像想幫忙。

「為什麼那筆的尾巴有個R？」

接著他們又默默往前開了十哩。

「C有可能是克拉（carat）嗎？」馬佛說，「會不會是代表鑽石的大小？」

雷諾茲皺眉，一根手指沿著那些紀錄往下。「是的！」他大聲說，「長官，我想你說得沒錯！每一筆都有一個相似值——從0.2到0.75，後面都有個C。」

他滿面笑容看著馬佛，而馬佛只是嚴肅地點點頭。「我們還沒破解呢。」

「我知道，我知道。」但雷諾茲又再度充滿熱情。他們知道日期，現在又知道每一串數字與字母代表了刀子的種種細節——最可能是價格和購買人。接下來只是時間早晚的問題。

他們開進瑞丁休息站，三個人都下車上廁所，喝點咖啡，然後又上車再度往西。傑克蜷縮在後座，幾乎立刻就又睡著了。

在前座，雷諾茲懷著新的決心打開刀子帳冊。他很確定破解密碼、把亞當．懷爾和謀殺兇器連在一起，只是時間早晚的問題。

雷諾茲皺眉，翻著每一頁檢查。「傑克說得沒錯，」他忽然說，看了馬佛一眼。「只有一筆紀錄是以字母結尾。」

「是嗎？哪一筆？」

雷諾茲第一百次弓身湊近帳冊，翻著紙頁，手指搜尋著，眼睛檢視著……

12OC98W7991h 223988iFH5lABT e0.5CTA1110250R

「這把刀是一九九八年十月（October）賣出的。」

「那是艾玲被謀殺兩個月後，」馬佛低聲說，「在那之前，懷爾有那把刀已經好幾年了。」

「但是如果兩把刀都是他的呢？」雷諾茲說，「如果他之前和之後都有刀子呢？如果他用一把幾年前買來或別人送的刀，謀殺了艾玲呢？然後他恐慌起來，把刀子丟在現場？他回到那個路側停車帶想找回刀子，但是被抓起來之後，他才明白刀子已經被警察找到了。」

馬佛點頭。「知道警方已經發現謀殺兇器的人沒幾個，他是其中之一。」

「一點也沒錯！照他的想法，警方可能會向媒體公布兇刀的照片，某個人、比方他太太可能會看到，開始問起有關他的刀子。所以他得盡快再弄到一把同樣的刀。因為如果他手上還有那把刀，那麼警方找到的刀子就不會是他的了。一切都無懈可擊。」

馬佛也順著這個邏輯往下推。「問題是，他不可能隨便去街上買一把同樣的刀，因為那把刀不是一整批製造了幾千把的其中之一，而是只有一把。」

「或者，在這個案例裡，」雷諾茲說，「只有兩把。」

「所以R代表複製品（replica）。」馬佛說。

雷諾茲點頭。「或者替代品（replacement），或者再次訂購（re-order），或者再版（re-issue）。但這些的意義都一樣——亞當．懷爾必須訂購一把新的VC刀，用來掩蓋自己的罪行。在八月底訂購，十月底完成。」

雷諾茲咧嘴笑得像個傻瓜。他不記得上回這麼樂是什麼時候了。他看到馬佛瞥了他一眼，那種眼神是他以前從沒見過的，所以花了一會兒才明白，那是尊敬的眼神。儘管雷諾茲警佐認為馬佛總督察是個混蛋，但他還是覺得很滿足。

「薇若妮卡．柯利德趕緊做了一把替代品，完成之後，她一定就曉得他犯了某種罪，」馬佛說，「這大概就是為什麼我們去拜訪之後，她就趕緊溜掉。」

「一點也沒錯。」雷諾茲說，然後又低頭看著那帳冊。

現在他專注在那筆紀錄。他拿出自己的筆記本抄下，好把那筆紀錄拆開來，東移西湊，把所有字母、所有數字都按照不同順序排列看看。他已經知道頭六碼是日期，而0.5 C是半克拉鑽石，R則是代表複製品。或替代品，或再次訂購，或再版，或急件（rush）……

之後，就只是時間早晚的問題了。

快到斯文頓時，雷諾茲從車子置物匣裡拿出那把刀量了一下尺寸，然後又放回去，置物匣發出一個響亮的喀噠聲。

「懂了！」他喊道。

傑克醒來，打了個呵欠，揉揉眼睛，然後又湊在雷諾茲的肩後，聽他要說什麼。

「我們需要的所有資訊全都在這裡了！她唯一做的，就是把資訊拆開來，混合在一起，讓整筆紀錄看起來像是沒有意義的字串，但是一旦破解了，其實很容易看懂！」

他拿給他們看。馬佛開著車並不時往旁邊看一眼，而傑克・布萊特則湊在他耳邊呼吸沉重，雷諾茲把那些密碼拆開給他們看，中間畫線顯示在哪邊斷開，還把字母圈起來……

12OC98W7991h 223988iFH5lABT e0.5CTA1110250R

「前六碼是日期，這個我們已經知道了。接著是任意一個大寫字母。接著是一串七開頭的數字。這個國家的所有手機號碼都是零七開頭。你們知道？她只是把零拿掉，讓它看起來比較不好認，然後把號碼拆成兩部分，兩邊各夾著一個看似隨機的字母！」他朝馬佛露出滿面笑容，馬佛點點頭。

「所以現在我們知道，那些數字組成了一個手機號碼。接下來是兩個大寫字母和一個數字，再接著是一個小寫字母和三個大寫字母。FH5lABT。因為後頭緊接著鑽石大小，所以這一定是刀子的某種描述。我想，FH應該是代表折柄（Folding Handle）或獵刀（Hunting），五表示刀身長度五吋。然後是小寫字母，然後是ABT，這大概表示刀子的其他特徵……」

「鈦（Titanium），」馬佛說，「刀身是鈦。」

「是了，當然了！」雷諾茲說，「還有鮑魚殼（Abalone）刀柄！AB表示鮑魚殼，T表示鈦！然後是另一個小寫字母，接著鑽石的克拉數，之後是更多大寫字母，但是我不曉得它們的意義。TA1110250。」

馬佛緩緩消化這這些資訊。「剛剛我們說，任何製造商都會想記錄一筆銷售的資訊，其他還有什麼？產品、價格、日期、顧客名和地址——」

「地址！」雷諾茲說，「TA是湯頓（Taunton）的郵遞區號。」

「謀殺案發生時，懷爾住在湯頓。」

「所以就是TA1或TA11了。這表示最後這串數字是價格，也就是……」雷諾茲暫停，然後看了馬佛一眼。「一萬零兩百五十鎊。」

馬佛咬牙輕輕吹出哨音。「她知情。」他冷冷地說。

「你還沒看到最精采的呢，」雷諾茲說，「剩下這些散布在各個地方的字母，有助於混淆其他資訊的？你看看……」

他舉起筆記本，好讓傑克看得更清楚。

「W——」傑克開口。然後他停下來，艱難地吞嚥著。「While，」他說，「拼出來是懷爾。」

上午剛過九點，他們回到提弗頓警察局，馬佛和雷諾茲難得都心情很好，傑克隔著一小段距離跟在後頭，彷彿就連雷諾茲都曉得他現在不會逃走了。

傑克坐在門邊一把便宜的塑膠椅上，雙手插進帽T口袋深處，等著看接下來要怎樣，他肚子裡那種平靜的感覺很不熟悉，但是他很樂意接受。

「亞當・懷爾就是我們要找的兇手，」馬佛說，「我們查到太多他涉案的資訊，這回他絕對別想再脫身了。」

派洛特和萊斯都咧嘴露出大大的笑容。派洛特幫他們鼓掌了一輪，而伊麗莎白・萊斯則走過來，在傑克窄窄的肩膀上充滿母性地捏了一下。

「派洛特，找一輛巡邏車過來。我們現在就去逮他。」

「是，長官。」他點頭，匆忙走出去。

「萊斯，你得留守在局裡，除非你有辦法找到人來換你的班？」

「我會試試看。」她說。

馬佛轉向傑克。「如果你想要的話，可以在這裡等。但是你可以離開了。」

傑克驚訝地看著馬佛。

「長官！」雷諾茲抗議。

「說好的條件就要遵守，」馬佛聳聳肩。「難道你要我把他關起來，直到我們真把懷爾上手銬帶回局裡嗎？」

雷諾茲臉上的表情顯示，他就是這麼希望的。

馬佛轉向萊斯。「這事情你不反對吧，萊斯？」

「完全不反對，長官，」她說，「說好的條件就要遵守。」

傑克猶豫地站起來，不太確定自己可不可以走。

「我之前的逮捕是合法的。」雷諾茲堅持。

馬佛和萊斯都沒說話。

「一百個家庭遭了小偷，還被破壞！那些被害人呢？」

其他人都沒接腔，傑克不曉得該怎麼辦。雷諾茲的確逮捕過他——但是說好的條件就要遵守……

他很緊張，插在帽T口袋裡的兩隻手握得更緊了——一隻手裡握著手機，另一隻手握著雷諾茲太太給他的那個小瓷偶。

雷諾茲太太。

真是晚得令人難堪，傑克這才把二跟二加起來，得到一個令人驚人的——而且是絕妙的——四！

他緩緩從口袋裡掏出那個小丑瓷偶，手指輕握著，同時注視著雷諾茲警佐的雙眼。

雷諾茲看到那瓷偶，臉紅了。「你從哪裡弄來那個的？」他問道。

「我隔壁鄰居給我的，」傑克小心地說，「因為我修好了她的割草機。」

雷諾茲張開嘴，然後又閉上。

傑克試探地伸手抓住門把。沒有人阻止他。連雷諾茲都沒有。

「謝謝，」傑克說，朝他們所有人咧嘴笑了。「謝謝你們所做的一切！」

然後他走出警察局。

傑克好想回家。想查看喬依是否安好，把小丑瓷偶給梅麗。他想走進前門，發現他父親已經設法把那棟房子恢復成一個家……

他因為希望而振奮，匆忙走過路邊的長椅，然後開始奔跑，穿越特易購超市的停車場。

一輛車尖嘯又震動地猛停在他背後，傑克憤怒地拍了引擎蓋一下，瞪著擋風玻璃內的人。駕駛人是凱瑟琳．懷爾。

「傑克！」她隔著打開的車窗說，「拜託幫幫我！」

一時之間傑克沒動，他實在太不知所措了。

你有什麼緊急狀況？

凱瑟琳．懷爾哭過。她的雙眼發紅，淚水使得睫毛膏往下流，在她臉上畫出幾道亂糟糟的痕跡。她的頭髮一團亂，看起來穿著睡袍。

「怎麼回事？」他問。

「傑克，」她說。然後不得不停下一會兒，才又繼續。「我想你可能說得沒錯，」她結結巴巴地說，「我想或許亞當——」

她沒法講完，但傑克覺得喘不過氣來。

時間彷彿突然慢下來。他目光從懷爾太太身上轉開，看著停車場裡那些汽車的金屬車頂在陽光下發亮。

眼前這一幕真的發生了嗎？*這裡？*三年後，在一個超市的停車場？他就要查出他母親發生了什麼事，*就在這裡？就是現在？*

「我們可以談談嗎？」她說。

他看著她，很茫然。「你是怎麼找到我的？」他問。

「我之前只在這裡看過你，」她說。然後又說了一次，「我們可以談談嗎？拜託？」

他默默地點了頭。

她等著。她等著。她還在等。

最後他總算明白了，她是在等他。等著他上車，這樣兩個人才能談。

傑克緩緩繞到那輛Volvo車旁邊，打開前乘客座的門，上了車。

裡頭很熱。跟烤箱一樣熱。雖然車窗都打開了。

懷爾太太塞在方向盤後方，緊得方向盤都貼著她的大肚皮。

「謝謝。」她嗓音顫抖地說。然後她擦了一下眼睛，深吸一口氣，鬆開手煞車，緩緩開出停車場。

傑克不曉得他們是要在車上談，還是要開去別的地方。不是她家，他心想。他可能會在那裡。

他們經過了那個汽車展示處，裡頭充滿了沒人買得起的豪華汽車。然後他們經過傑克家。他好希望懷爾太太停車。

她沒停，他們把他家拋在後方。

他一直看她，但她沒看他。她臉色蒼白，握著方向盤的雙手顫抖。

「你還好嗎？」她問，即使她是成人，而他是小孩。

她點頭，但她的嘴巴發顫，而且不斷擦著眼睛，所以他知道她不好。

她開到雙線道，往北。

「我們要去哪裡？」他問。

她無言地搖搖頭，傑克覺得肚子裡像是壓著一塊冰冷而不安的石頭。

「我們要去哪裡？」他又問了一次。

凱瑟琳・懷爾嘴裡發出一聲啜泣，像是一個恐懼的大泡泡，傑克轉身，但太慢、太遲，也太愚蠢了。

他背部被轟了一記，眼前模糊，一把刀抵在他喉嚨。

鮑魚殼。

懷爾家沒人應門。

「狗屎。」馬佛說。真是運氣不好！

雷諾茲和派洛特繞到屋後，去看看有沒有什麼異狀。

隔著馬路，有個男人正在洗一輛已經乾淨得發亮的汽車。馬佛走過去，出示自己的警察證。那個鄰居名叫諾曼·肯特。

「我們要找亞當·懷爾。」馬佛說。

「今天早上，」那鄰居說，「我聽到他大約七點離開了。」

「你看到他了？」

「沒有，我只是認得他那輛廂型車的聲音。」

「什麼樣的廂型車？」

「白的，側面有一匹馬，後門有一個紅色玫瑰形飾物。」

「很容易辨認。」馬佛說，肯特先生點頭微笑。

「那懷爾太太呢？」

「她的車是一輛綠色Volvo。」

「你今天看到過她嗎？」

「沒有，我這幾天都沒看到她，」肯特先生說。他暫停一下又說：「你想她還好吧？」

馬佛目光凌厲地看著他。「為什麼會不好？」

「其實沒有什麼原因，」肯特先生說，「只不過她最近不太對勁。平常她都是面帶笑容，會揮手打招呼的。但過去幾個星期，她看起來有點焦慮。不曉得是不是跟寶寶有關係，但是這種事你不可能就直接問吧？」

「老天，是啊。」馬佛說。

「另外我聽到他們吵架。」

「懷爾夫婦？什麼時候？」

「不記得了，」他說，「四天或五天前？亞當很晚才回家，這個我曉得。我想他是去喝酒，因為他沒開他的廂型車，而且我注意到他走路回家，大概是在凌晨一點的時候。」

「離酒館打烊很久了。」

肯特先生聳聳肩。「總之，我聽到他進門時，她朝他大吼。」

「在那之後，你看到過凱瑟琳嗎？」

肯特先生緊捏著他的海綿，好像這樣可以協助自己記憶，然後想了很久才說，「沒有。」

「你有他們家的備用鑰匙嗎？」

「恐怕沒有。」肯特先生說。

「謝謝你的協助。」馬佛說。

他回到懷爾家的前門，跟派洛特和雷諾茲會合。

「發現了什麼嗎？」

「什麼都沒有，長官。」

「鄰居說聽到他們四、五天前吵架。從此沒看過凱瑟琳．懷爾。」

馬佛的手機響了。他接起來只是聽，臉色愈來愈凝重。

「幾點的事情？」他只說了這麼一句，沒多久就掛斷了。

「是萊斯打來的，」他說，「凱瑟琳．懷爾的母親剛剛報案說她失蹤。顯然她去那邊住了幾天，今天早上七點下樓去泡茶，從此就不見了。」

他們同時望向前門。

「我們應該去弄張搜索令狀來。」雷諾茲說。

「或者弄一塊磚頭。」馬佛說，從小徑上拾起一塊，打破前門上的小窗。「不要臭臉看我，雷諾茲。我有理由相信裡頭有人在犯罪，凱瑟琳的性命可能有危險。」

他們搜索了屋裡。

什麼都沒發現。

「閉嘴！」亞當．懷爾說，「閉嘴！」

但是傑克根本沒開口。

或許他是說給他太太聽的，她現在哽咽著，哭得滿臉發紅。

「閉嘴！」

他愈生氣，她開車就開得愈糟。

傑克沒介入。他設法思考。設法計畫……盡可能，因為他的腦袋被推得偏向一側，一把刀尖扎著他的脖子。

凱瑟琳．懷爾開得搖晃不穩——一下踩油門，一下踩煞車——於是那把刀不時扎到他。他可以感覺鮮血淌下他的喉嚨，流過他的鎖骨。

要是他動，要是他說話，懷爾就會殺了他。這點他毫不懷疑。

要怎麼阻止他？傑克不知道。他沒有武器，沒有本領，而亞當．懷爾又在他背後。他得設法轉身面對他；但等到轉身之後，他的血管就會被割斷，鮮血會噴出來，即使只是不小心割斷的。

他們快開到雙線車道的盡頭了。他知道前面有個圓環通往M5公路。或許車子會減速到夠慢，他就可以跳出去。

他想到他母親。她曾像這樣計畫過嗎？她曾試著從亞當．懷爾的車子裡跳出去嗎？當時她看到了他和喬依和梅麗在路肩嗎？拚命揮手希望有人幫她？看著他別過頭不看她？

害怕。

愚蠢。

先是看著他們愈來愈大，接著又看著他們愈來愈小？

淚水湧上傑克的鼻子，但他氣憤地硬忍下去。哭從來不會讓任何人得到任何東西。眼前他得思考其他的事情。

比方設法活著。

他全身緊繃，眼睛朝旁邊看著門上的把手。他想像著它在他手裡會有什麼感覺，想像車門會如何打開，他會如何往旁邊翻——離開那把刀——他會如何落在柏油路上，設法像酒醉的人保持全身放鬆，同時希望自己不會被卡車撞上……

凱瑟琳對眼前的圓環猶豫不決。「哪裡——」

「往北！」懷爾大叫。「往北！」

「哪裡是北邊？」凱瑟琳轉頭看著她丈夫——她嘴唇哭得又紅又腫，眼睛周圍的黑色睫毛膏往下流出一道道黑痕。她看起來像個小丑。

悲傷的小丑。

「左邊！」懷爾大吼，身子湊到兩個座位之間，猛拉方向盤。「左邊！」

汽車忽然往一側傾斜，懷爾歪向另一邊，傑克扭身把那小丑瓷偶砸向懷爾的鼻梁。瓷偶在傑克手裡碎掉，血流過他的指節，但是他不曉得是誰的血。

凱瑟琳尖叫，同時她丈夫倒在後座左邊，他左手護著自己的臉，右手持刀戳著空氣。

傑克一個動作就跳到後面，膝蓋朝下壓在懷爾身上，一把奪走懷爾手裡的刀子，同時把小丑的碎片碾進懷爾的眼睛。懷爾大叫，去抓他的手腕，但傑克猛割懷爾的手和胳臂，直到他放手。

好幾輛車子朝他們按喇叭。凱瑟琳又尖叫，車子轉向另一邊，傑克仰面倒在後座右邊。

懷爾雙手亂揮，想抓個東西拉起身子。他設法在車裡的地板撐坐起來，接著傑克就踢他的臉。他腳上穿的只不過是球鞋，但踢到臉的效力還是很大，懷爾往後摔在車門上，滿臉是血地大叫。就連他的牙齒都變成紅色的了。然後他彎腰縮在左下方的置腳處，鮮血滴到他雙手上，他號哭得像是送葬人。

「我的眼睛！我的眼睛！」

傑克爬到前座，摸索著座位調整桿。他找到了，然後整個人用力往後壓，座位擊中懷爾的後腦，懷爾又大叫著彎腰，整個人被困在地板上。

「亞當！」凱瑟琳尖叫。

「繼續開車！」傑克喊道，「繼續開車就是了！」他會逼她開到一個夠大的城鎮，有警察局的那種。

亞當．懷爾往上頂，想把椅背推直。但是傑克跪在椅背上，膝蓋用力往下壓。

「你這小操蛋！我瞎了！我看不見了！」

傑克轉身坐在椅背上，好加上更多重量。後座和車窗上到處都是血。他自己的左手在流血，但不足以造成那麼多混亂的血跡。幾片有如利針的碎瓷片嵌在他手掌裡，痛得他皺起臉。那把刀的刀柄因為染血而變得滑溜，他用袖子擦了一下。

「真對不起，」凱瑟琳說，「真的很對不起！我不知道……」她哽咽著說，然後又稍微恢復鎮定。「他說他只是想跟你談一談。」

「你不能用刀子談，」傑克憤怒地說，「沒有人會用刀子談的。」

他把注意力轉向前方的路。他們已經上了高速公路。他不曉得是哪裡，老早失去方向了。

「這裡是哪裡？」傑克問。

「M5高速公路南向車道。」她說。

「幹！」懷爾吼道。「幹，幹，幹！」然後他嗚咽著說：「凱瑟琳，幫幫我！我的眼睛在流血。我看不見了！我想我瞎了！」

「閉嘴。」傑克說，沒力氣了。他注視放在膝上的刀子，又擦掉一些血。

兩把中的一把。

凱瑟琳又開始哭了。

亞當．懷爾說了一次凱瑟琳，但她沒回應他。

傑克瞇眼看著急速下降的夕陽。一個大大的藍色路標說明前方就是艾克斯特。艾克斯特很好。那裡有個很大的警察局。他們會去艾克斯特——

「停車！」傑克喊道。

「什麼？」

「就在這裡停車！」

凱瑟琳突然把車子猛往路邊轉，引得其他車猛按喇叭繞過她。車子緩緩停在路肩上，靠近一小排針葉樹。

「關掉引擎。」

她照做了。有好一會兒，唯一的聲音就是亞當．懷爾發出的，在置腳處抽鼻子又呻吟。然後一輛車迅速掠過旁邊，整個車身震動起來。接著又是一輛。

太危險了。

傑克注視著前方的路，回憶令他在熱氣中打了個寒噤。

「這就是事情開始的地方。」他低聲說。

「什麼？」凱瑟琳抽著鼻子問，「什麼事情？」

「這就是我最後一次看到我母親的地方。」

凱瑟琳眨著眼睛看他，雙眼瞪大。

「當時我們家的車就停在這裡，」他說，用刀指著前面。「然後她沿著馬路往前走，要去找電話。」

凱瑟琳望著前面。視線中沒有電話，一個大彎之後，就什麼都看不見了。

「我們等了一小時，」傑克繼續說，「我有個手錶是那年的生日禮物。天氣好熱，車裡聞起來就像整輛車都在融化。我們玩『我是小間諜』遊戲。我和喬依。但我們等太久才去找她……」

他清了清嗓子。「我等太久了。」

凱瑟琳懷疑地看著他，但傑克繼續說，眼神恍惚，聲音輕柔，彷彿在回憶一個夢境。

「我們一直走一直走。我們好渴又好害怕，一路都沒有人停下來幫我們，我還得抱著梅麗，因為她不肯走。」他看了凱瑟琳一眼，匆匆一笑。「她真是被慣壞了！」

然後他嘆氣，又往前看著公路。「所以我抱著她，從頭到尾都一直想，有個人會停下來。有個人會停下來幫我們。但是沒有人停車。沒有人幫我們。等我們走到那裡，媽媽不在了。電話只是垂掛在那邊。」

「發生了什麼事？」凱瑟琳驚恐地低聲說。

「撒謊！」亞當說，「他在跟你撒謊！」

但凱瑟琳的目光始終定定看著傑克，像是被他的故事催眠了。

「有個人曾經停下來幫她。她以為是停下來幫她的，你知道？但他不是要停下來幫她，而是要停下來殺她的。」

傑克用染了血的手臂擦過鼻子，凝視著天空中轉為橘色的太陽。

凱瑟琳抖得好厲害，傑克都能透過座椅的震動而感受到。

「亞當？」她問，「是亞當？」

接下來是一段很長的沉默。

「亞當？」她又說一次，顫抖的聲音裡有恐懼。

「一個壞選擇，凱瑟琳。」亞當嗓音嘶啞地說，「我只是理智斷了線一次。後來再也沒有過……」

凱瑟琳．懷爾開始大哭，抽噎著猛喘氣，驚駭地明白了一切。

傑克感覺好奇怪。三年來，他一直想像著這一刻，他會聽到某個人招認自己殺了他母親。他總以為，等到這一刻來臨時，他會憤怒大罵，會變得很凶殘。他放在心裡太久的怒氣和失落會炸開來，像個太陽，在痛恨與復仇所帶來的盛怒之下，吞噬整個星球。

但現在聽到亞當．懷爾的招認，他只是木然而冷漠。

他的招認毫無意義。

改變不了任何事。

他甚至不想知道為什麼。

整件事只是……結束了。

他下了車。

「你要去哪裡？」凱瑟琳問。

那男孩聳聳肩，望著地平線。「我不知道，」他說，「我只是想走路。」

然後他認真看著她。

「你會沒事吧？」

凱瑟琳張開嘴想說*才不！*但結果她說：「是的，我會沒事的。」

傑克·布萊特停頓了一下，點點頭。沒再說半個字，就轉身走掉了。

凱瑟琳覺得某部分的她也跟著他離開了。某個不想再當自己的部分。想要另一個人生、另一個未來，而不是眼前這樣：坐在這輛豆綠色Volvo車上，腹部抵著方向盤，座椅上頭沾了血。而她的丈夫——她的謀殺犯丈夫——困在後座置腳處裡流著血快死了。

「凱瑟琳？」他呻吟道，「你可以帶我去醫院嗎？」

凱瑟琳考慮著。她可以帶他去醫院。

或者她也可以不要。

「凱瑟琳？」他說，「我流了好多血。我想他割斷我手臂的一條靜脈了。而且我瞎了。而且我這樣彎著腰，呼吸不太順暢。我沒辦法動！我他媽的沒辦法動！你能不能把椅子調正？好讓我呼吸？拜託？……凱瑟琳？拜託？」

「安靜點，」她說，「我正在想。」

一個壞選擇，她心想。*當年他做出一個壞選擇。她得小心不要再做出另一個。*就在這裡，就在此刻，在這個路肩。

她注視著前面的公路。那男孩快走到轉彎處了。一個小小的人影，愈來愈小，後頭襯著橘色太陽照耀下的田野，那個背光的人影顯得模糊不清。

亞當又開始哭了，但現在聲音微弱些。

她簡直懶得聽。

最後她終於轉動鑰匙。

「凱瑟琳！」他哭著說。

但是凱瑟琳沒回應他。她看了一下後視鏡，打燈號，然後把那輛有著側撞防護系統和自動兒童安全鎖的豆綠色Volvo車轉入車道。

等到車子掠過傑克．布萊特身邊時，車速已經達到一百一十公里。她油箱裡面的汽油還很滿。如果想要的話，她可以開一整夜。或許她會這麼做。

到了明天早上，很多事情就會變得比較清楚了。

傑克走在路肩上。

小昆蟲在沉滯不動的空氣中發出嗡響，經過的汽車使得路緣揚起一陣陣塵捲風，而路邊的護欄旁，黃色的長草高度到他的臀部。

但現在經過的汽車比較少了，西邊起伏的丘陵形成一道高高的地平線。暮色漸濃，熱氣開始消散。

前方有一棵低矮的小樹。傑克走近時，腳下喀嗤喀嗤踩著野生紅蘋果，他坐下來，撿起一顆。

那顆蘋果小而完美，像是童話中給精靈吃的蘋果。

他想起三年前喬依摘了一個來咬過，被酸得吐出來。他想起自己把梅麗放在掉滿小蘋果的地面上。他想起自己把那嬰兒袋藏在……

他緩緩起身，把沾了血和塵土的雙手在牛仔褲上擦了擦，那些碎瓷片還是扎得他皺起臉。

蘋果樹倚著護欄，像個疲倦的觀眾。傑克朝那溫暖的金屬伸出手，盲目摸索著護欄和樹之間的狹窄空間。他完全不期待，卻摸到了某個東西。

某個塑膠的東西。柔軟的。熟悉的。

他小心翼翼地把那袋子從他三年前留下的地方拉出來，三年前，他是另一個男孩，喬依還是原來的喬依，梅麗對他而言只是肩膀上一個又熱又難搞的重物。當時他母親只不過是離開了很久，還沒有死……

那袋子被壓扁了，而且有點髒，不過還是很容易辨識——有拉鍊的粉紅色塑膠袋子，上頭印著品牌的標誌。

傑克再度盤腿坐在樹下，拉開袋子的拉鍊。

光是袋子裡面的氣味，就像是時光旅行。溫暖的塑膠，還有那種詭異的嬰兒奶瓶氣味。

他第一個拿出來的就是奶瓶。他舉高了瞇眼看。瓶裡還有幾滴水。然後他拿出尿片，有兩片，裝在一個三片裝的小包裝袋裡。三年前喬依拿出了一片，準備等找到母親後，讓她幫梅麗換的。但結果當然，他們始終沒找到母親。傑克試著回想後來是誰幫梅麗換尿片的，想不起來了。

袋子裡面還有其他東西。濕紙巾和毛巾，以及一個小木狗滑輪車，尾巴是彈簧做的，另外有三個小塑膠罐裝著食物——萎縮的胡蘿蔔棒、乾掉發黑的蘋果片，還有恆久留存的寶寶軟糖。

傑克用濕紙巾擦掉手上的血，吃著寶寶軟糖。

在袋子的最底部，是一個舊的紅色皮包。

傑克拿起來，緩緩湊到鼻子前，腦中的回憶彷彿煙火被點燃。他母親在學校門口的微笑；在超市排隊結帳時，他無聊地站在她旁邊；他低頭寫功課時，她放在他背部的手……

他打開皮包。裡頭有錢，不多，幾鎊而已。一張信用卡。他的大拇指俯過上頭她名字的凸字。

艾玲．布萊特女士。

裡頭還有一張會員卡，以及兩張買茶包的優惠券。抵用半鎊！

傑克拉開裡面那幾片柔軟的皮革隔層，免得漏掉任何東西。有幾個硬幣，還有一小片硬紙。

傑克的心跳加速了。

一個秘密！一件很棒的事情，只有他母親知道……拜託、拜託、拜託……拜託不要是一份購物清單。拜託是某個珍貴的東西……

傑克憋住呼吸，從皮包裡拿出那張紙。

是空白的。他翻面看。

那是一張照片。

他記得的那張照片。他以為已經遺失、或是他想像出來的那張照片。家裡有個偷來的相框、等著要裝進去的那張照片。

照片裡，他們沒在做什麼特別的事情，只是站在那片狂風大作的懸崖上一起大笑，頭髮被吹得遮住眼睛，樂得對未來一無所知。他父親強壯的大手臂抱著梅麗，喬依穿著她從來不肯脫下的套頭毛衣，同時他在她腦袋後頭豎起兩根手指、比出V字。他母親一手放在他肩膀上，但稍微彎腰，好像在跟他講話。

他不記得她當時跟他說了什麼，但從她臉上的表情，他知道是說*我愛你*。

憤怒離開了傑克，宛如一顆氣球飄走了。即使在淚光曚矓中，他都感覺到喜極的暈眩，搞不懂自己為什麼要抓著那根殘酷的線*那麼久*。

無所謂了，他心想。遲到總比不到好。

傑克凝視著照片好久好久，等到他再度抬頭，這才發現天黑了。現在掠過他旁邊的汽車都開著燈。在不遠處，一隻貓頭鷹發出叫聲，蘋果樹周圍的灌木叢忽然安靜下來。然後慢慢地，慢慢地，又恢復生氣，充滿了刮擦聲、窸窣聲、匍匐聲和爬行聲……

小昆蟲

他把皮包和其他東西放回尿布袋裡。VC刀也放進去了。

他不想要那把刀，但他知道警方會想要。之後，或許路易斯……

但是他沒把照片放入袋子內，而是放進口袋，這樣他隨時想看都可以拿出來。等回到家，他會拿給喬依和梅麗看。因為他會回家。回家和他的家人相聚。回家吃馬麥醬，玩仙女棒。回到家要走很久。他今天晚上走不到，也不打算試，但西方的天空一片燦麗的紅，今天晚上不會下雨。

於是他躺在路肩上，把那個嬰兒袋墊著當枕頭。

明天，一輛警車將會發現傑克·布萊特四肢大張躺在掉了一地的蘋果間，身上已經蒙著薄薄的一層沙塵。他躺著動也不動，搞得他們以為他死了。

明天，一個警察將會搖醒他，好像要喊他起床去上學似的。

但今夜，他睡在嶄新的星空下，一個口袋裡面裝滿了鑽石，另一個口袋裝滿了愛。

他沒做夢。

謝辭

凱瑟琳・懷爾（Catherine While）付了一筆結實的大錢，成為本書裡某個我所選擇角色的名字。她是在慈善組織CLIC Sargent每年一度為罹癌兒童與青少年募款所舉辦的Get In Character拍賣會中，出價最高的人。感謝凱瑟琳，也感謝所有其他曾出價的人，逼得她如此慷慨！

非常感謝我在世界各地的出版商和譯者，但尤其要謝謝我的編輯群Sarah Adams、Amy Hundley、Stephanie Glencross的耐心、熱忱，和洞見。

另外要特別提到，是Sarah首先想像出她床邊放著一把刀……

Storytella **150**

斷線的殺意

SNAP

斷線的殺意 / 貝琳達.鮑兒作 ; 尤傳莉譯. -- 初版. -- 臺北市 : 春天出版國際文化有限公司, 2023.01
面； 公分. -- (Storytella ; 150)
譯自 : SNAP
ISBN 978-957-741-638-4(平裝)

873.57 111021758

ISBN 978-957-741-638-4
Printed in Taiwan

作　者　貝琳達・鮑兒
譯　者　尤傳莉
總編輯　莊宜勳
主　編　鍾靈

出版者　春天出版國際文化有限公司
地　址　台北市大安區忠孝東路四段303號4樓之1
電　話　02-7733-4070
傳　真　02-7733-4069
E－mail　bookspring@bookspring.com.tw
網　址　http://www.bookspring.com.tw
部落格　http://blog.pixnet.net/bookspring
郵政帳號　19705538
戶　名　春天出版國際文化有限公司
法律顧問　蕭顯忠律師事務所
出版日期　二〇二三年一月初版

定　價　460元

總經銷　楨德圖書事業有限公司
地　址　新北市新店區中興路二段196號8樓
電　話　02-8919-3186
傳　真　02-8914-5524
香港總代理　一代匯集
地　址　九龍旺角塘尾道64號 龍駒企業大廈10 B&D室
電　話　852-2783-8102
傳　真　852-2396-0050